U0101181

后浪

Дни Савелия

莫斯科小猫

Григорий Служитель

[俄罗斯]格里高利·斯鲁日特尔 著

[俄罗斯]亚历山德拉·尼古拉延科 绘

丁一 译

海峡出版发行集团
THE STRAITS PUBLISHING & DISTRIBUTING GROUP
福建教育出版社

目　录

格里高利的命运

叶夫根尼·沃多拉兹金

当我在邮箱里发现一部名为《萨韦利的命运》[1]的文稿时，我习惯性地猜想这是个什么样的故事。猜测的方向有两个——历史小说或乡村散文，如果说它类似《图尔宾一家的命运》[2]，那肯定是历史小说。

后来发现，这部小说讲的是一只猫。在读完前面几段后，我已经停不下来了，不是因为猫（对于猫我无限热爱），

1　本书俄语名为 Дни Савелия，直译作“萨韦利的命运”。除特别说明，本书注释均为原书注。——编者注

2　一部描写苏俄内战的长篇小说。——编者注

而是因为文字本身。文稿中没有新手作家惯有的冒失与卖弄，我听到的是大师般冷静而有力的声音。

这声音来自格里高利·斯鲁日特尔，一位戏剧艺术工作室的演员。当我肯定地认为这不是他写的第一部小说时，他回答说这正是第一部。戏剧艺术领域竟出现如此惊人的意外，真不知道这一切是怎么发生的。

不过，他工作的地方不是普通的工作室，而是热诺瓦奇的戏剧工作室。热诺瓦奇导演对文学有特别的鉴赏力，工作室很大一部分戏剧表演来自对文学文本的戏剧化。我不能说，明天这样的戏剧工作室就要全面攻入俄罗斯的文学领域了，但至少《萨韦利的命运》的作者已经出现——这是个征兆。

演员和作家很相似：他们都在演绎他人的生活，尽管方式不同，但都在演绎。作家扮演士兵、理发师、总统——在一段时间内，作家既是士兵，又是另一个人，还是第三个人，在其创造的文本中，他们必须要扮演全部角色。作家的演绎止于文本上的句号，对演员来说，恰好相反，正是从点上句点的这一刻起，演员的演绎拉开了序幕。

作家行动迟缓，声音空洞，姿态也没有什么好称道的，这些他们自己也了然。他们勉强当着演员的面读出自己的文本，演员们则用舞台上的微表情（低垂的目光、扬起的眉毛）向作家传达自己对他们表演的看法。

与此同时，由演员来创作文本可不是件稀松平常的事情。演员们知道，到了写作的时候，尽管作家表情贫乏，但在他们身上总是闪动着一种明媚的忧伤。作家与演员共生的前提正是对所从事领域的明确分割。

但有一种情况，一个人身上同时集结了演员和作家的才华，然后这两种天赋开始相互作用，茁壮成长。格里高利·斯鲁日特尔就是这样。作为文艺学家，我一定会想办法解释那些在创作上完全成熟的作家是如何诞生的。我可能会说，舞台上的好文本可以培养一个人的文学风格——无论他是否写作。但（不作为文艺学家来说）我认为真正的天赋在很大程度上是无法解释的。

在文学作品中，猫不是一个新鲜的话题，写过这种古老而神圣的生物的人很多，就不在这里列举了，尽管我在脑中已经大概数了一数；我也不会说透过一只只猫总是看得到人类；我甚至不会提到什克洛夫斯基的陌生化理论。我只想说，作者在书中写的角色——不管他们是谁，猫还是人——都是真实的，他们有孤独和痛苦，有欢笑和爱。这部小说中的爱值得特别说一说，它是——正如它发生的那样——柏拉图式的，是所有爱中最崇高的爱。

读《萨韦利的命运》时，我的脑海中有这样一个想法：在这部小说中，作者已经完全成为一只猫。这个概念对于首都的居民来说是不寻常的，甚至充满了异域色彩，但对于一个作家来说却非常重要。他用自己的小说证明了，从今以后，他可以转变成任何生物体。而我们，将坐在观众席上，屏住呼吸，跟随他的转变。

我们会哭、会笑，并为我们的文学作品中出现这样一位萨韦利而欢欣。当然，也为出现这样一位格里高利而雀跃。

致赫敏、柏拉图

和所有离开的朋友

你还记得那些我们相伴走过的灿烂的日子吗？

你记得吗，每天我们在亚乌扎河岸迎来朝阳，

又在大波利扬卡与它辞别？

你还记得我们悠闲自在地，

沿着鲍曼街散步吗？

你还记得我们情投意合地，

摇着尾巴，从巴斯曼大街冲下来吗？

当第一束光照在尼基塔教堂的金顶上，

你玛瑙绿的眼睛灿若繁星，

那一刻，你笑了吗？

你记得波克罗夫卡大街、杂烩菜、霍赫洛夫卡公园吗？

老天，这些都去哪儿了？

这些都去哪儿了？

一　豪宅

如果我再次怀孕，
我想把孩子的命运交给这里。

克莱门汀·丘吉尔写在
克拉拉·泽特金妇产医院《金色之书》上的话

说真的，从一开始我就有一种同类少见的能力：我早在来到这世界之前，就顿悟了神的世界。确切地说，不是世界，而是那个临时的住宅——被称为母亲的子宫。这个住宅怎么说呢？它……它像是温暖的、有脉动的橙子。透过混浊的云母壁，我能看到兄弟姐妹们的轮廓。那时，我还不确定，他们中有没有我。因为，“我”还完全没有什么样子呢。所以，那到底是不是“我”，我很难回答。

从远处哪儿传来了轰隆声，对我不友好的轰隆声。有时我甚至试着用爪子捂住耳朵。实际上，那个时候，我的耳朵长什么样，我的爪子就长什么样。应该说，当时爪子和耳朵相差甚微，而耳朵与尾巴也相差甚微。是的，全身上下都是平滑的、温暖的，一块地方和另一块没什么差别，基本上全身都是一样的，令人难以置信地相差甚微。没什么能辨认出我来，也说不出什么名堂来。

当然，我还没意识到我在成长，只觉得我住的地方越来越小了。住在这里的时光太欢乐了，如果可以选择，大概率我更愿意留在这里。虽然我说这话的时候已经出生了，但我总觉得，我从未离开过那里。不管怎样，莫名其妙地有些东西就是用得上了：为了踩在地面上有了四只爪子，为了观察这世界还有了一双眼睛（已经说过了，比一般猫更早看到），还有尝试了一万亿零一次把毛线团般的思绪理出秩序来的，那虽然小但还算有效率的猫儿脑袋。

我似乎说得太快，跳过了一些事情。[1]不好意思，让我来描述一下，关于我生命初见光明的那几周的情况。

是这样的，妈咪在六月生下了我、弟弟和两个妹妹。生产进行得轻松又快速：当她感觉要“开始”了，她就爬到了一辆“扎波罗热人”轿车[2]的防水篷布上等着生产。这辆

1 这个小说的缺点就是情节跳跃，不按常理写作，比如，有时候情节发展太快，有时候又陷于回顾往昔的那些不合时宜的泪水中。

2 苏联时期最大的汽车制造品牌 ZAZ 生产的汽车。——编者注

“扎波罗热人”停在那儿很多年了，连轮子下面的沥青都下陷了，防水顶篷上也破了几处。“扎波罗热人”里没有方向盘，没有座椅，没有大灯，没有烟灰盒，没有踏板，没有车窗升降把手，里面什么都没有。它就停在那儿，被虫蛀，被掠夺一空，像树林里野兽的尸体。现在它的主人在哪儿呢？这也是我妈咪在等待生产时思考的问题。蘑菇雨稀稀拉拉地下了起来，不过在雨停之前，我们就出生了。

世界并没有因为我的到来而颤抖，上天的钟声也没有响起。对了，说到上天，那年夏天，城外在烧泥炭，黄色烟雾笼罩了天空。我不知道其他的天空怎么样，但我觉得那天的天空美极了，烟雾中隐约能看到妈咪的脸庞。

妈咪有个美丽的名字叫格洛里娅，她还正值青年，有一

身深灰色的、又短又亮的毛发。蓝色的眼睛里凝聚着一些小点，当她感到愤怒或危险的时候，这些点会放大并变黑。右眉上方有一条白色的斑纹，这让她整只猫有一种悲惨的神情。胡子很长，没有断掉——即使在最艰难的日子里，她也能照顾好自己。妈咪把我们都嗅了个遍，然后仔细地把我们舔干净。随后她清理了自己，把我们一个一个移进她提前准备好的装过香蕉的箱子里。我们就像黏糊糊的水果糖，绵软无力地瘫躺在阳光下，小声地吱吱叫。哦，我的纸箱！我的摇篮，粘着杨絮，散发着金吉达香蕉腐烂的味道，它就是我的储藏室，里面装着儿时的幻想、愿望、恐惧，等等。借助视力的优势，我抢在其他小猫前面，选了最喜欢的乳头（第二排左边那个），就贴着它趴在那里。妈咪用她的后爪轻轻推开我，问："怎么，你能看见我，是吗，宝贝儿子？你能看见我？"

"是的，妈咪！我没瞎说，我能很好地看见你。甚至可以说，是非常好地看见你！"我回答着，比以前更卖力地吮起奶来。

"还没见过这样的猫。"

我又喝了一口，用妈咪的细绒毛擦净嘴说："是的，妈咪，你说得对！没有这样的猫！在我看来，大自然这样安排，是为了用我这样特殊的例外情况，再一次证明所有猫的猫生法则！"

“儿子，你确定？”

“不，妈咪，完全不确定。”

吃饱后，我侧身躺下，思考起来。哪怕是不过几个小时大的小猫，如果还没名字，是不能四处走动的。

“妈咪，我叫什么名字？”

她想了一会儿说，我的名字叫萨韦利。她为什么给我取名萨韦利？我不知道。也许是为了纪念她最爱的脂肪含量百分之三的萨武什卡牌奶渣，整个孕期她都吃那个来获取营养。奶渣被收银员季娜放在了 ABK 超市后面，妈咪说就是奶渣把我们从饿死的边缘救了回来。为了感谢这位爱猫的女士，妈咪给一个妹妹取名季娜，给另一个妹妹取名 ABK。就是弟弟的名字还没来得及取，因为……算了，他甚至还没明白自己已经出生了。或许，从他的视角来看（如果他已经有了视力），这也是件好事。因为当你如此接近虚无的一端，另一端就不那么可怕了。恐惧本来是一种失去的预感，如果你还什么都没有，自然就没什么好怕的。我想，妈咪也明白这一点，所以弟弟的死没有给她多少悲痛。她找来了鼹鼠丧葬队，他们把弟弟埋在了花园里的大杨树下。命运就是这样，总是逆着我们的毛梳。

我的生活就这样开始了，在亚乌扎河的高岸上，在塔甘卡的贸易区，在谢拉普廷斯基的巷子里。我们的纸箱扔在莫洛佐夫家的豪宅旁边，对，这是一位和我同名的名人[1]——大商人、戏迷、自杀者，我们说的正是这个家族的后裔。到了千年之交，这座十九世纪的建筑已经相当破旧萧瑟了，破烂的护栏网挂在门面上晃荡，窗户被大火肆虐后的烟雾熏得漆黑。一对白嘴鸦相中了顶层阁楼，三角屋檐下的小圆窗两侧小心翼翼地托着两个胖乎乎的丘比特，而白嘴鸦把它们的喙伸出窗外，看起来就像一对祖传的圆形坠子。在一些幸免于难的浮雕上，一群女神飞驰着，两个轻肆的萨蒂尔追在女神后面，却怎么也追不上。其中一个萨蒂尔的头和芦笛早都掉了，而一个女神在奔跑中丢了一只脚和一截膝盖。浮雕欢快的主题多少与这建筑的使命形成了对比：在莫洛佐夫家族的时代里，它是所有阶级的救济院；在苏维埃时期，它是克拉拉·泽特金妇产医院。大宅子被空心的铸铁栅栏围着，橡树把自己的树枝伸进栅栏，好像饥饿的囚犯，想要讨一碗稀粥。

这座豪宅留下了许多故事。比如，鼹鼠们讲过一个。苏里科夫美术学院一位叫贝拉昆的学生，在一栋 20 世纪 80 年代的废弃建筑里参观（学校就在附近的达瓦里什斯基巷），学生摆好了自己随身带的一套工具——三脚架、画架、调

1　指俄国纺织业巨头莫洛佐夫家族的第三代家族成员萨瓦·蒂莫费维奇·莫洛佐夫（1862—1905）。由于“萨韦利”被爱称为“萨瓦”，所以说此人与自己同名。——编者注

色板，然后用了半天的时间，把自己对那废墟美景的感受描绘在画布上。很难说他的画家事业有多成功，但到2000年末，他已经成了一位上了年纪、肥胖、蓄着蓬乱胡须的男士，又不知何故决定选择妇产医院的废墟为自己的永久居住地。是什么把他吸引……或者说诱引到了这里，究竟是什么？过了好久，我明白了：终有一天，我们会变成我们所爱的模样。

对衰败的东西如此着迷的年轻艺术家，决定将自己的生活变成废墟。鼹鼠们补充说，他已经在宅子里的某处找到了自己永恒的安息之地。不过，没有人看到过他的残骸，所以鼹鼠也没能埋葬他。

这样一来，事情就很简单了。而现在到了生命最初积攒幸福的时刻，小石子、小草、火柴、光线和音乐碎片，梦境、灰尘、绒毛、火光和黑暗。所有一切都被珍惜地收藏，放进、沉入积满淤泥的我的意识的底端，以兑现我、标记我、验证我。这些是我毫无用处的金库，虚幻的财富。不过我在希望什么呢？随着时间推移，希望就只剩下山包上烧尽的篝火。但这些都是以后的事，以后再说。

而现在……是的，现在世界赞赏地接纳了我，仿佛为了证明这一点，窗户清洁女工用夸张的肢体动作欢迎我的到来。从家对面的阳台上传来一阵旋律，准确地说，是安东尼奥·维瓦尔第[1]的*L'amoroso*协奏曲——快板。四楼的住户，一位鳏夫，厌世者丹尼斯·阿列克谢耶维奇，从早到晚都在听这首协奏曲。我觉得，他对世界的看法不高明，他六十四年前就得出了自己的看法，是的，他没有给我们的世界一点儿机会。但他喜欢音乐，他在阳台上放了一台老式留声机 Vega-117，扬声器冲着街道。音乐声响彻四周，用丹尼斯·阿列克谢耶维奇正确的见解来说，哪怕只有一丁点儿，也要让谢拉普廷斯基人无望的灵魂高尚起来。这确实是我婴儿时期的一首颂歌！哎呀，我说什么呢！就这首，你们自己听吧。只有一点儿，开头的部分：

很动听，对吧？我真是太喜欢这首曲子了！我按照*L'amoroso*协奏曲的节奏建立了我的生活。午餐时，我随着快板的节奏将左右脚掌交替踩在妈咪的乳房上：奶水就一会儿

1 意大利巴洛克音乐作曲家，小提琴演奏家。——编者注

像长长的连音、一会儿像短短的顿音流向我。上课时间，我就用协奏曲的速度追着自己的尾巴打转。我跳过柏油马路上的裂缝，想落在那块结实的地面上！随着我身体越来越强壮，我学会了自己钻到丹尼斯·阿列克谢耶维奇的窗户下面，以便更好地听音乐。那个时候，似乎连鸽子都按照我最喜欢的乐曲的音符排列坐在电线上。

妈咪不喜欢我擅自外出。虽然公共交通工具都恭恭敬敬地绕开了我们的巷子，路上也很少有车行驶，但突然出现的车子会更危险。妈咪跑到了我跟前，咬住我的后脖颈，把我拖回箱子里。当她叼着我时，我吊在空中摇摇晃晃：蓝天——草地，蓝天——草地。一个跟头——我就到了箱底。

我很快就学会了把惩罚变成娱乐。再次到盒子里后，我把上面的纸板关紧，在箱子上抠出许多洞，然后坐下来观察外面的世界。阳光从四面射穿我黑暗的住所，从这些同时存在与不存在的东西中，我收获了一种难以言喻的快乐。一股香蕉味的凉意从角落里吹来，我把脸放在了热热的光线下，打了个喷嚏。透过小洞我看到，妹妹们在小草地上安静地吃草；少年们沿着人行道点燃了积满毛絮的沟渠。活跃的世界欢呼着、平和着，并承诺按照我自己的条件接受我。我想知道，这种面对生命的喜悦会不会是一种预付金，是对下一个奖励的承诺？还是一种惩罚？这两个问题在赌局里本质上是同一个：到底会不会有点什么，是会有一个 grand après[1]，还是终究不会有？这有什么区别呢？

“萨宝！猫是一种柔弱的、没有自卫能力的生物，”妈咪对我说，“爪子和牙齿给了我们优势，但那也只是在比我们弱小的生命面前。在机械化的交通工具面前我们什么都不是。别去冒险，根本就没有九条命一说！别想着自己能用掉几条命。萨宝，继续勇敢下去，但要小心谨慎！”

“亲爱的妈咪！我还想补充一下，生命不只是一次，或者不管它是什么样的，它会随着日子的行进越来越少，就像盛在有窟窿的盆里的水。要知道我们可不是每天都能开始我们的生命。我们听从着被谁按下的键，持续演奏着，随后渐渐安静下来，我的延长记号能延长多久？多久？”我对着空气问道，因为妈咪走开了，已经没人听我说话了……

………………………………………………………………………………
……………………………………………………………………
………………………………………………………………………………
……………………………………………………………………
………………………………………………………………………………
……………………………………………………………………

1 伟大的以后。（法语）

嗬，这些省略号。在美好的年代里，以前的作家们在自己的文章里撒满了省略号，让读者都纳闷了：这不会是排版错误，检查的时候忘删掉了吧？还是作者压根忘记自己想说什么了？

就这样到了晚上，在经过让人疲惫的身体锻炼和脑力练习后，我躺在自己的诞生地，依偎着妈咪的肚子，时不时咬几下妹妹的尾巴，我想："拥有一个家庭是多么幸福啊，哪怕是不完整的家庭。（当然了，在我们的家庭中，像大多数猫科动物家庭一样，从未有过父子关系这个事儿。）有一个妈咪和两个傻里傻气但可爱的小妹；有一个容身之所，即使瓦片在漏水；有墙，虽然是纸板做的，但是属于自己的墙！墙壁上，还闻得到腐烂的金吉达香蕉的味道；有一碗简单的奶渣、一盆流动的水。没我们走运的猫可多了去了！"

接着我想到了那些支撑着我们脆弱生命的人，那些给我们食物和水，照顾我们的人。毕竟，就像一颗早已停止闪烁的星星仍能反光一样，这座快散架的豪宅还在继续发挥着妇产医院 / 福利院的功能。比如我们，不管怎么说，正是在这里出生的，而且我们还得到了一个人数不多但富有爱心的工作团队的照料。

比如，看门人阿卜杜洛，塔吉克斯坦共和国公民，出生在帕尔恰索伊村。他有一个十人之家要扶养，其中八个是他的孩子，一个是他老婆，还有一个是他的奶奶。他以前被市政府分配到这个豪宅区守门。每天早上，阿卜杜洛都会把自己收拾得干净整洁地去上班，坐在妇产医院后面的台阶上，跟自己玩骰子。有时候，他会拿起扫帚，扫除小路上的毛絮、树叶、死甲虫，还有报春花和来历不明的垃圾。他有节奏地一挥一扬，这些垃圾就飞扬到空中，飞啊，飞啊。

没一会儿，阿卜杜洛就注意到了我们的纸箱。他看了看里面，说："啊呀，这么一群小不点，多漂亮的猫啊！"说完就去了一趟ABK超市，回来时带了一瓶水和一大包猫粮。他把肉冻倒在报纸上，我就过去吃起来，同时弄清楚了国家的政治局势和全球碳氢化合物的价格。然后我去灌木丛中休息，看门人用手指不时地搔搔我的肚子，而我则用那叫什么广角视野的来探测木樨草、山楂、成熟的樱桃[1]和榛子树最轻微的摆动。

我们的花园出乎意料地包容各种各样的植物：卫矛与蚊子草愉快地共存，凤仙花对蔷薇没有造成任何伤害，不管你信不信，唐棣与雌雄异株的蝶须和平地共享土地，荨麻在花园周围密密麻麻地长了一圈。阿卜杜洛悠闲地将枯叶堆成小堆。当阿卜杜洛的脸颊上开始出现胡茬的阴影时，这意味着

---

1 是的，和莫斯科其他地区相比，我们的樱桃早熟了几个月。

他的工作时间即将结束。他把骰子装在一个天鹅绒袋里就离开了。他肩膀上扛着一把扫帚，另一只空闲的手敲打着一个看不见的手鼓，那敲打的节奏和着只有他能听到的旋律。阿卜杜洛每天早上八点会准时给我们喂食。

不过他不是唯一一个给予我们家力所能及的帮助的人。快到中午时，我们听到呼唤声，就扔下游戏，聚集在妈咪身边，跟着她穿过马路，来到二栋四十五号房的拐角。很快，米迪亚·普拉斯金从街角出现，他是一个爱猫人士，也是一个天生的广告张贴工。他长长的脚装在带三条魔术贴的运动鞋里，过早秃顶的头上戴着一顶塑料帽檐的破布鸭舌帽，帽檐朝上立着，鼻子上架着一副弯镜腿的老式大框眼镜。他穿着灰色的喇叭裤，一件针织背心，里面是常穿的黄色衬衫，肩膀上搭着一条带子，侧面晃荡着一条旧的皮背带。米迪亚的手掌总是做祈祷状合拢在胸前，手指碰来碰去，仿佛在思考一个狡猾的计划，他的嘴巴微微张开，眼神中透出有点儿惊讶的感觉。

米迪亚在电线杆和墙上贴出租、招工、求租和售货广告。广告的张贴方式值得特别一提。起初，米迪亚花了很长时间用眼睛打量即将开始的工作区：他把头歪来歪去，用手指拼成一个相框。然后是实践阶段，米迪亚用刮刀小心翼翼地铲掉表面残留的旧广告，然后用胶水涂一个X形，并仔细地用滚筒粘住广告。没有一个气泡，没有一丝褶皱。最后，米迪亚用剪刀，严格对着虚线，把广告从下面剪开。于是这些带着电话号码的流苏在风中飘动着，飘了很久，直到它们变得和先前铲掉的残缺纸片一样，米迪亚再仔细地清理掉它们，在它们的位置贴上新的广告。但由于某些原因，我们附近的公寓不怎么受欢迎，所以米迪亚的劳动在某种程度上是没有意义的。

“猫咪们！我的小猫咪们！”米迪亚拍着手，高兴地叫道。他把我们家每只猫依次举到空中，包括妈咪，在我们的小胡子上各亲了三下，并摸了摸我们的额头。然后他同情地把弯成小船状的手掌贴紧我的脸颊，说：“你们饿了！”我们大声地表示同意米迪亚的话，他就摆动着双臂匆匆去了ABK超市。玻璃门还在摇晃的工夫，他已经跑回来了，手

里拿着一个脂肪含量百分之三的萨武什卡牌奶渣和一袋小猫吃的肉冻。

当然，应该再次提到收银员季娜。除了在妈咪怀孕期间和我们生命之初最艰难的几个月里，她为妈咪提供了口粮，这个装过金吉达香蕉的纸箱也正是她送给我们的礼物，免费的。她去了趟仓库，就拿来了一个空箱子，丝毫不顾现在在莫斯科有套房产多么难，要是你了解过，就知道那有多难了。

就是他们几个了，我们主要的三位恩人！

午餐（早餐、下午茶、晚餐都一样）通常在一个大家围起来的小圈子里进行。吃饭时，我们会分享一天的经历，讨论今晚和明天早上的计划：去哪里散步，去哪里看夕阳。一周中的大部分日子都随我们这样决定，但每个星期天我们会去瑟罗米亚特尼奇水闸区，那里住着妈咪的姐姐，就是我们的玛德琳姨妈。出发前一天晚上，我会特意早早去睡觉，好让梦寐以求的清晨快点到来。妈咪一舔我的额头，我就立刻睡着了，心里装满了对明天的期待和激动。我非常喜欢玛德琳姨妈，嗯……我承认，比起姨妈，我更喜欢我们一起去看她的旅程。

一大早，宅子后面的洼地上还在起雾，圣马丁教堂沉闷的钟声还在空中回荡，我们已经出家门了。我们追着尾巴一会儿朝这边跑，一会儿朝那边跑，做完了早操就去吃早饭。然后，我们沉默着静坐了一小会儿，就出发了。

妈咪谨慎地走在队伍最前面，后面是还没睡醒的ABK一脚深一脚浅地走着，季娜催她跑快些，而我在队伍的末尾。算上休息时间，通往水闸区的路程大约需要一个小时。最近的路是穿过紧挨着豪宅的斜坡，但妈咪理所当然地判断孩子们可能会在树叶上滑倒，进而栽倒在路边，所以她决定绕道而行。

我们走过位于地下室的专攻修理的“科尔叔叔的店”，招牌上画了一个被咬过的苹果，和一只想把苹果缝好的手。苹果上缠绕着一条曲线画得很清晰的丝带，丝带末尾是燕尾样的，上面写着：“您的故障——我们的问题！”但他们的问题，很遗憾，没多少。要不就是谢拉普廷斯基人过于节俭了，要不纯粹是他们更喜欢面对面交流，他们的电话几乎从来没坏过。修理店的生意不怎么样：透过扇形的栅栏，我们能看见店主——科尔叔叔，在电脑上玩纸牌，日夜不停。墙上挂着一本褪色的日历，上面有圣尼古拉的图像。圣人要怎么帮助这个人呢？可能会让当地人的小工具尽可能多地出现故障，让屏幕出现裂缝、电线磨损、电池耗尽。

在尼古拉亚姆斯基街上，教民们分散到圣阿列克西教堂、拉多涅日的圣谢尔盖教堂和圣马丁教堂做礼拜。当地居民的一大特点就是虔诚，所以为了满足他们的精神需求，在一块一平方公里的土地上建起了整整三座教堂。

无轨电车的电缆中已经通上了电流。独腿乞丐戈沙拄着双拐一瘸一拐地往圣谢尔盖教堂前的台阶走去，他的光头在阳光下愉悦地闪光，不知是去向主祈祷还回他的左腿，还是祈祷至少保住右腿。格拉菲拉·叶戈罗夫娜在她侄子的陪同下，优雅地坐着轮椅不紧不慢地前往她每周布道的地方。尽管现在是夏天，她的头上却围着温暖的厚绒头巾，脚上穿着“再见青春”的毛毡长靴[1]。她平静安宁地把双手交叠在腹部，面带微笑，把头歪向一边，好像睡着了，实际上，她正在心里复习即将演讲的内容。每个星期天早上，她的侄子都会开车送她去圣马丁教堂，把她放在索尔仁尼琴街和斯坦尼斯拉夫斯基街交会的路口，就在教堂对面。在那里，格拉菲拉·叶戈罗夫娜会花几个小时来与路人分享她的见解：她认为亚当缺乏毅力、意志薄弱，常常让步于夏娃的任性；她分析了约拿的处境，他被迫在鲸鱼肚子里待了三天三夜，她因与他共情而悲伤，又为他幸运得救而欣喜；她赞扬回头的浪子，大声斥责彼得的背叛行为，诸如此类。

在此期间，我们走过了一个旧瞭望台，顶上有很多彩色气球。应该解释一下，这些气球是怎么出现在那里的。事情是这样的，在全球经济衰退的大环境下，地方银行、商店或者美容沙龙快速开张，很快又消失不见。比如，原来商店那

1　苏联时期生产的一种靴子，橡胶鞋底，多为黑色毛毡鞋面，由于其耐脏、保暖的特性，适合学生和工人穿着，因此也被视为穷人的鞋。——译者注

地儿新开了一家药店，当然了，开张仪式怎么会少了放飞气球的庆祝环节。在一帮谢拉普廷斯基人的掌声和口哨声中，一串有白色有蓝色的气球向上飞了起来。但风把它们吹向了瞭望台：气球被钩住了，绳子被缠在了一起，气球就落在那儿了。过了几个月，破产的药店变成了一家文身沙龙，瞭望台上也增加了一组红色和黑色的气球，接着是黄色和绿色的、紫色的，等等，时间久了，从远处看，瞭望台就像一个彩虹头发的小丑。是的，这一带的气候多风，这个国家的经济形势也不稳定。

我们经过了商人维什尼亚科夫的房子。不久前，房子里开设了一个流浪汉救助点，现在这些人都挤在房子外，等着开始发放食物。我们常常也能拿到一份。如果当地的狗还没来得及全部吃完，我们（就像现在）很乐意吃光羊骨头或者剩下的萝卜白菜稀粥。这就是所谓的第二份清淡的早餐。

在安德罗尼耶夫广场上，迎面而来的汽车向我们致敬，鸣笛声大作，吱嘎吱嘎地刹车，用轮胎画出优美的螺旋形。我们从妈咪那里学到了第一堂礼仪课，我们当然要向它鞠躬回应并礼貌地微笑。但我们对二十号电车特别着迷，妈咪稍稍走在前面，而我们被它老派的魅力吸引，在轨道上停下了脚步。它颤动作响，速度很慢，车顶上有一个难看的吊索，在马路上喷出火花。有轨电车尖叫着停了下来，用它的铁栅栏胡子狠狠地喘了一口气，对我们表示威胁。它要给我们点颜色看看，然后用力轰鸣起来，拼命地敲打着铃。我们哭喊着冲向妈咪，当然，少不了一顿臭骂和胖揍。

莫洛佐夫家的豪宅早就看不见了，装香蕉的空纸箱仍在宅子后院的某个地方，这是我第一次离家这么远。右边矗立着安德罗尼科夫修道院，亚乌扎河在下面溅起水花，而左边，一群大城市的摩天大楼闹哄哄地从晨雾中向莫斯科逼近。这些高熔点、耐火、又高又窄的楼房闪着蛇鳞一般的光，把自己拧成一个 DNA 螺旋，像巨大的金属软管一样冲上天空。它们身上有一种骇人的东西，大得出奇的、令人不安的、可怕的东西。就是那种会让你害怕，却让你无法将目光移开的东西，就像是自然灾害。

在河边围栏那里站着一位先生，他穿着斗篷，戴着帽子，手腕上吊着一根棍子。他把面包屑扔进河里，鸭子们大声争吵着，互相推搡，吃掉了面包屑。他一边给鸭子们喂食，一边用鼻音很重的声音呢喃着什么诗歌，似乎是“我将长久地受到人民的爱戴……”[1]。电车从桥上轰鸣着驶过，车里的黑色剪影一个接一个掠过，有去度假的人、外来务工的人、警察、退休老人，还有莫斯科郊区来的人、被宿醉和难以忍受的泥煤渣折磨的人。乘客们有的全神贯注地在手机上玩贪吃蛇、俄罗斯方块、纸牌；有的在回想昨晚喝了多少；

1 普希金的诗歌。——译者注

有的笑着重复昨天从乌尔甘特[1]那里听来的笑话；有的盘算着，到了秋天自己那点儿积蓄能不能支撑他们一家子去哪儿旅行。维佳·帕谢奇尼克[2]被夹在母亲和外婆之间，他坐在长椅上，忧伤地看着窗外，想见到他心爱的同班同学尤利娅。维佳即将在我的生命中占据一席之地。

电车从莫斯科飞驰而出，身后追着大大小小的狗叫声。那是早上溜达的狗的声音。塑料飞盘、小球和其他玩具从右飞到左，再从左飞到右，后面一群不怎么正常的土猎犬、柯基和牧羊犬紧紧追赶着。

我们走过金角溪上的桥，在我心里，像往常一样，奏起了 *L'amoroso* 协奏曲。那就是亚乌扎河了，安静的河面，水波不兴，微弱的水流，昏昏欲睡的河道，往里看，一片阴影。你在河底都藏了些什么？你在遵守什么样的法令和圣旨？那些军团在哪儿？他们的旗帜陷入你的淤泥中腐朽，定音鼓在你的河沙中生锈，昔日胜利的喧闹声在黑暗的波浪中荡漾，被遗忘的古老旋律与水草蜿蜒缠绕。风弹奏着走调的古钢琴，过时的笑话在鱼群中流传，它们早就不能惹人发笑了。这是一条普普通通的河流，是虚弱、干涸的亚乌扎河；这是一位年迈的保姆，出于怜悯而留了下来；这是海狸的隐修院，是鸭子的小河湾。你灌溉了多少田地，又涵养了

1　俄罗斯喜剧演员，他的喜剧节目广受欢迎。——译者注

2　该姓氏的全称为帕谢奇尼科夫。——编者注

多少水草？漫漫长夜，你喃喃自语着突厥人[1]的传说，像德国人那样计算卖燕麦赚来的钱，或是用你那缺了牙的嘴含糊不清地唱着倒霉卖货郎之歌。我亲爱的河流，你总是最喜欢闹着玩、最好酒贪杯的那个，就像个疯婆子，你什么都记不住，早餐吃了什么也忘了，但你能兴致勃勃地讲一千遍阿列克谢·米哈伊洛维奇[2]猎鹰旅行的故事，或者用表情模仿醉醺醺的比伦公爵[3]，讲他敞胸露怀地穿着睡袍走在军乐队前面游行的故事。冰冻从未，从未束缚你的涌流，在寒冬腊月，你面对漫天大雪是那么冷静，就如同你在秋天接纳枯枝败叶，在春天感受和风细雨。你的好客一如既往，不管是面包渣还是不适合科斯托马洛夫斯基弯道的黑色吉普车，都统统沉到了河底，而在这一切之上，升腾起一阵轻薄的灰色雾气——喊叫、责骂、命令、玩笑、歌曲的回声阵阵，还有死前的哀号和爱的埋怨声。而你依然冷漠，就像曾经倒映普雷什堡的堡垒一样，今天你倒映着鲍曼研究院暗淡的门脸。

打老远我们就看到了玛德琳姨妈的耳朵。她爬上高高的栏杆迎接我们，就那样蹲在上面，直到我们走近。然后她跳下来冲我们走来，开始和妈咪抱在一起舔毛。从大坝上游流

1 突厥是中国古代的一个游牧民族。——编者注
2 沙皇阿列克谢·米哈伊洛维奇，钟情鹰猎。——译者注
3 沙皇安娜·伊万诺夫娜的宠臣。——译者注

下的水，带着巨大的声音向我们冲过来，水花溅到我和妹妹们身上，水雾吹得我们痒酥酥的，很快就把我们打湿了。我们四处玩耍，试图吃掉这儿或那儿突然出现的彩虹，有时我们会成功吃到。

玛德琳姨妈的豪华住所是一台阿里斯顿公司的滚筒洗衣机。一个圆形舷窗照亮了她宽敞的房间，用轻便塑料做的屋顶可靠安稳，让她免受坏天气的影响。房子的看门人，也就是照顾姨妈的人，把洗衣机的滚筒拆了下来，这让姨妈的居住面积大大扩展了。在夏天的几个月里，凉爽的“阿里斯顿宫殿”可以阻隔炎热，但到了冬天，天气太冷了，玛德琳姨妈就搬进了室内。姨妈的性情温和，举止优雅。她可以进入大楼的各个角落：地下室、厨房、看门人的卧室、屋顶，甚至开关控制室。

首先，为了增加食欲，玛德琳姨妈给我们安排了一次短途参观。其实那时胃口已经完全大开了，但我们无法拒绝。我们在看门人的房子里散步，在窗帘架上、在一串保龄球形的矮胖立柱撑起的楼梯扶手上、在社会主义劳动英雄的雕像间穿行。我们走过大坝上的金属大桥，再一次听了瀑布的声音后，终于沿河向下游走去。玛德琳姨妈提前准备好了小型野餐，黑麦面包头、吃剩的金枪鱼罐头、一些干兔粮，当然也少不了脂肪含量百分之三的萨武什卡牌奶渣，那个时候没有这个奶渣可不能算是一顿完整的猫猫餐。玛德琳姨妈还把鞋带从看门人的运动鞋里扯了出来，当作我们的甜点。可真是太美味。

从妈咪和姨妈聊天的只言片语中，我才知道，大约是一年前，命运将这对姐妹分开了。以前全家人（外婆、妈咪、玛德琳姨妈和查尔斯舅舅）都住在金角溪边。但妈咪坠入了爱河，带着她的意中人离家出走，便在谢拉普廷斯基住了下来。后来舅舅去西边闯荡，而外婆生了什么病过世了。看门人维亚切斯拉夫发现了玛德琳姨妈，就带她一起生活了。

从日常生活的角度看，玛德琳姨妈的日子真是再好不过了。一日四餐，高级公寓，让人心醉的河景与公园，只是她的个人问题一直没有解决，看门人就带她做了绝育，从那以后，她开始发福，虽说她只比妈咪早出生三分钟，看起来可比妈咪老多了。姨妈和妈咪，对，是他们全家都长得很像，所以我都能想象出我们舅舅的模样，我想在现实中我应该不会认错他。姨妈的胡须确实长得不尽如人意，而且和妈咪不一样，她眉毛上没有横着一道白毛。妈咪活在猫的自然生命节律中：不快也不慢，照顾孩子让她没什么时间为自己考虑，不过这也让她的脑袋摆脱了那些会让她提前衰老的坏念头。而玛德琳姨妈则无所事事，有太多闲暇，这让她过度忧郁且优柔寡断。她早就忘了饥饿和寒冷的感觉，她不用辛勤劳动来获取面包——要知道许多猫只能幻想这样的生活。但与家猫相比，她有一个显著优势：维亚切斯拉夫没有限制她的活动，不管什么时候、什么地点，她想去哪儿就去哪儿。就连看门人给姨妈起的弗洛夏这个名字，她也从容地接受了，“这可不算糟糕，弗洛夏就弗洛夏呗”。简而言之，她整天无事可做，无聊得难受。安逸磨平了她的想象力。

少年的争吵、无谓的胡闹和打架都被远远抛在脑后。现在，玛德琳姨妈和妈咪进入了一个时刻，这个时刻关于她们共同的童年记忆，关于一个永远失去的家，关于离开的母亲和兄弟，她们像磁铁一样相互吸引；记忆要求她们说出一切，澄清、分享、坦白那些被隐瞒了很久的事儿，被藏在灵魂黑暗角落的东西，现在都可以重见天日。姐妹俩毫无顾忌地向对方坦白了一切。时间不会给孩子的情绪标上数值，往日的怨恨不会随着年龄的增长而减少，而童年快乐的光芒依然闪耀。一切情绪都被释放，也就是说，重新经历了一次。原来藏在车库里的腊鱼头竟不是查尔斯哥哥偷的，而是格洛里娅偷的；在鞋垫上搞恶作剧的正是查尔斯，不是玛德琳；姨妈说，外婆临死前向她坦白，在孩子们刚出生什么都看不见时，她不小心把最小的女儿摔进了小溪里，这让她终生感到痛苦与折磨。

终于有一天，她们说尽了所有的往事。但她们之间依然充满眷念与温柔，对那些和她俩都有联系的，却还没弄清楚的事儿，姐妹俩开始补充一些新线索和细节，重复那些说过的话。

我听着这些关于外婆、姨妈、舅舅和妈咪的猫生故事，想了想，大自然的安排到底是奇怪的。我来到这片土地还真是没多久，我的传记才刚要开始写。要是我突然出现在新闻发布会，有人采访我，我会跟他们说什么？我的沉默大概会让记者们窘迫。关于我自己确实没什么好说的，不过那些在我出生前很久就发生的故事，已经成为我时间线的一部分。毕竟，有时描述自己的生活比描述我们出生前的事情更难。那些我无法亲眼看见的，但从别人口中听到的事儿，有时似乎比我自己记录的事实更真实；在灵魂深处，我们几乎不信赖自己的感觉和记忆，但我们更乐意相信别人。

枪挂在墙上，它肯定要射击。什么时候？当然不会在第二幕，是在演出还没开始的时候，在第一位观众走进大厅之前射击。而留给观众的演出大概只剩下久久回荡的枪击声，他们没有赶上看真正的枪击。

妈咪和玛德琳姨妈不时提到一只叫摩摩斯的猫。我能确定的是，他在这世界中算不上一只品德端正的猫。姐妹俩不遗余力地抨击他，说出他名字的时候都带着厌恶。我漫不经心地，沿着被冲坏的小路，没看前路地走着，细细听着那些轻声交谈，总结听到的信息，我突然生出一个怀疑：“这个神秘的摩摩斯……就是我父亲？”真叫人纳闷，总的来看，就是这样。我的世界突然响起钟声和嗡嗡的轰鸣声，就像不久前遇到的电车。那真的是我的父亲，不出意料，他不仅成功和妈咪去散步，还和姨妈……哦，也许还有谁，天知道。所以说不好，这一带足足一半的猫崽子都和我有血缘关系。而他的名字叫什么摩摩斯。我看了看 ABK 和季娜——她俩爬进了洗衣机，撕咬着五颜六色的电线，滚筒拿出来后出现了很多这样的电线。我差点就要张嘴喊出来："我知道我们的爸爸是谁了！"但又及时打住了。这没什么意义，名字可不是咒语，摩摩斯不会因为我们多念了几次名字，就回到我们身边。何必这样想？我们需要吗？要是他现在回到我们身边——他有什么理由在那么久的离别后，突然找回猫的端正品格？一旦决定了什么能让我们获得最大的愉悦，我们就很难从选择好的道路上离开。[后来我明白了，对一件事的执着所获得的痛苦并不少于快乐（并且痛苦常常多于快乐，我用双括号来标注）。]

……到了说再见的时候。我们告别的动静可能是大了点，因为有一对年轻的夫妇推着婴儿车朝我们走过来。年轻人蓄着尖尖的、上翘的胡须，用手机对着我们拍照，戴着粗框眼镜的姑娘从婴儿车里抱出孩子，坐在旁边。这个性别不详的小婴儿穿着一件带猫条纹尾巴的连体衣，帽子上还有一对猫耳朵。他兴冲冲地仔细看着自己这身装扮活起来的样子，为了证明这一点，他把拨浪鼓向我们扔了过来。姑娘捡起拨浪鼓，带着夸张的父母的严厉语气说："小索尼娅，猫是好的！你不能伤害猫！"小索尼娅微笑着抬起小手，好像是想摸摸我们。我接受了她的邀请，向小女孩越走越近。妈妈撑着她站起来，女孩向我探过来身子。爸爸还在说注意卫生和猫癣的事儿，索尼娅已经用手抚摸上我了，她的手指笨拙地、不自在地轻轻动着，只有小孩子才会这样做。她看着我的眼睛，我看着她的眼睛，它们是令人难以置信的蓝色。从这双眼睛里仿佛能窥视到某种超然于世的浅蓝色，那种小女孩由内而外充满着的蓝色。她的小手掌刚抚过我的胡子，妈妈就托着她的腋窝抱起了她，而索尼娅大声哭着，向我伸出的双手，离我越来越远，最后消失在婴儿车里。

虽然米迪亚·普拉斯金、阿卜杜洛，还有售货员季娜都不止一次地抱过我，但只有那小孩子的手触碰过我后（那触碰我甚至都没怎么感受到），我仿佛预见到了，她会在我的未来出现，这是一种猫与人之间奇怪的契约。当你似乎不再属于自己，当你把自己的意志交给这个奇怪的生物，当人的关爱欲与猫的生存需求相交，当你终于决定信任他，而他，就我预见到的，将赋予你一些莫名其妙的能力，比如治愈力、能看见屋子里的恶鬼。当主人沉浸在自己的关爱力中，他会给猫喂食饮水，而猫会感激不尽，会回报主人——尽其所能地什么也不做，只管睡觉、发出咕噜咕噜的声响，再懒洋洋地把毛线球不时从一边滚到另一边。这一切会发生在我的猫生中吗？

我们排成一队，向谢拉普廷斯基进发。我又走在队尾，我不时回头看，栏杆上玛德琳姨妈的身影越来越小，直到消失在我的视线中。海关大桥下方反射着眩光。安德罗尼科夫修道院的外墙下，一组身穿橙色马甲的外籍工人正在斜坡上劳动，阿卜杜洛也在他们中间。他用草耙子的把手指向我们，用他们的语言说了些什么，每个人都笑了。他们彼此非常相似，人手一台袖珍收音机，接收的也是同一条无线电波，每个人口腔里都储存了黄金，每个人的眼中都透露着同样懒散的恭顺。我想了想，如果他们真的相似到如此地步，那他们每个人还有可能都照顾了一个猫猫家庭。这很不错。

教徒们像一股股小细流从三个大教堂缓缓流淌而出。在教堂里，他们能向神父忏悔，他们有什么罪孽要忏悔呢？不过一到星期天，他们还是会认真地履行自己的义务，把自己身上一切污秽肮脏的东西，像茶杯里的茶渣一样，撒出去，让自己的良心好受点。教徒们四散回到家，给自己煎一份灌肠鸡蛋，就着速溶咖啡吃几块纪念牌饼干[1]。然后抓起一块破抹布，一齐擦起被莫斯科近郊的泥炭熏黑的玻璃（谢拉

1 纪念牌饼干是俄罗斯历史悠久的饼干品牌，1913 年为纪念罗曼诺夫王朝建立 300 周年推出，到现在都深受民众喜爱。——译者注

普廷斯基人、尼古拉人和别斯托夫人的玻璃上都有）。

格拉菲拉·叶戈罗夫娜坐在一辆轮圈歪斜、轧轧作响的轮椅车上回家了。她平静地把胳膊叠在一起，像小鸟一样从自己的头巾里探出头来，左右开弓地开始教训。“为什么？不要以报喜节为耻！不能这样。来，你最好告诉我，智者他在哪儿？撰书人在哪儿？这个世纪的争论者又在哪儿？嗯？你说啊！你说不出，为什么呢？因为——”格拉菲拉·叶戈罗夫娜抬高了她的食指，“当世界用自己的智慧无法看清上帝的时候，那就请上帝用疯狂的传教来拯救信众。当然了！不然怎么办！那犹太人要求神迹，希腊人寻求智慧。希腊人和犹太人真是好样的。让他们找吧。”侄子扶着轮椅扶手，向格拉菲拉·叶戈罗夫娜点了点头，重重地叹了口气，她大概是把自己当成了圣人。

我的日子继续过着，每天玩游戏、散步、锻炼身体，还会练习捕猎。我和妹妹们长得很快，越来越结实，就像他们说的，技能和经验也得到了积累。童年的时间，一分钟就是一分钟，时间走得正正好，不急，不催，不赶，也不会放慢速度。然后，就不知道发生什么了，时间像是脱了扣的螺丝，换个说法：时间变得像那种愚蠢的胸背带，有时狠狠地勒住脖子和胸口，而有时完全相反——松松垮垮地挂着，怂恿猫逃走。我对未来感到恐惧，我害怕时间出毛病，我对它的期望并不高，我想过很多关于时间的事，但都没得出什么结论，我的思考是不明确的，也是徒劳的。我着迷于每个过去的日子，因为它们一去不复返，我哀悼每个今天，因为它们还没来得及变成昨天。这个神秘的规则、不可抗拒的法则令我惊叹，我大为震撼又感到害怕：时间永远逝去，不知去向。时间消失不见，沉入你的记忆，就像掘金者筛子里的珍贵沙子。我的腿向前迈，头却向后转。

到了晚上，我常会离开我们的纸箱，在大宅子后院转悠一会儿，走过白桦树和绣线菊，徘徊在狗牙根草和蔷薇花之间。我呼吸着花园的香气，听着蟋蟀协调且不间断的大合唱，我在他们的作品中没有看到任何意义或目标，拜托，随便找一首其他歌都有的：唱出一些未知的、看不见的，但仍然存在的秩序。这些声音听起来是如此和谐，就算是一个跟着一个唱也不觉得奇怪，貌似——他们中有一个最重要、最尊贵的特级蟋蟀，他穿着黑色天鹅绒燕尾服，披着掉色的襟翼，他应该会指挥和领导大家，但其实没有指挥，也没有领导。我好像在这里感受到了未出生的弟弟，我还听到画家贝拉昆昏昏欲睡的喃喃自语和摩摩斯轻巧的脚步声……

我离香蕉纸箱越远，它对我的牵引力就越强，就像在拉着一根藤蔓，每走一步都需要更多的力气，我放开了这根藤蔓，飞快地跑了回去。我偷偷摸摸地爬进箱子，挨着妈咪躺下，若无其事地钻到 ABK 的胳膊下面，盖上季娜的尾巴。我睡着了，梦见了老亚乌扎河。

八月到了，带来了雨云。城市里阴雨连绵，雾气在空中四散开来。很多谢拉普廷斯基人都去了他们的夏季别墅，这么一来，安静的小路变得更荒凉了，几乎没什么人。那是阴沉沉的一天，很平淡，但也正是这特别的阴沉与平淡，使它成了被我记住的日子之一。我们的花园里争奇斗艳，散发着一种令人心醉神迷的气味。很可惜，除了我的妹妹们、妈咪、几只公鸡、十几只麻雀、一队鼹鼠（他们可太无聊了，把一个可乐罐埋了，再挖出来，又埋进去了）和一些小鱼，周围几乎没有人看到。午饭后，我和妹妹们出来打发时间，在一个巨大的水坑边摊开四肢懒洋洋地躺着，不时喝几口水，阳台上传来 *L'amoroso* 协奏曲的声音，我在倒影中看到了自己的脸，两只圆锥形的耳朵——正好差十分两点。

"萨韦利哥哥，你说说吧，"季娜对我说，"你有没有想过去一个人类的家里？"

"这是个复杂的问题，季娜，"我回答道，"如果是花一个小时顺路去看看——我不反对。"

"不是，不是，"ABK 帮着说，"姐姐的意思可不是一个小时，而是永远！萨瓦，你想不想在暖气充足的公寓里和人类一起生活，吃上规律的早餐和午餐，富含蛋白质、脂肪和其他健康成分的猫粮，嗯？"

一只瓢虫落在我的鼻子上，他的颜色长反了：橙色斑点长在黑色的身体上。如果遵循简单的逻辑，这种生物应该叫作“虫瓢”。

“姑娘们，我说不好。当我看到一个潜在的主人时，我会权衡所有的优点和缺点，然后我当场就知道，是否想和他一起生活。但我现在没法说。”

妹妹们笑了起来。

“你不会真的以为，有人类会对你的意见感兴趣吧？”ABK 问。

“嗯……我觉得，这是一个，怎么说，两相情愿，才能成的事，是吧，难道不是吗？”——姑娘们让我很难堪。

“萨瓦，你真是个傻瓜。大家都知道，没有人类会问我们什么。他们只会用两只手把你抱起来，就把你带走了。”

“真的？”

“大家都知道。”

我在水坑前坐下来，消化刚才听到的内容，但还没来得及，阳台上的音乐已经停了，维佳·帕谢奇尼克就站在了我身旁。他没礼貌地用两根手指拿起季娜，分开她的后腿，看了看就把她放回了地上，季娜飞快地逃走了。ABK 试图偷偷溜走，但维佳抓住了她，对她，他重复了一遍同样的程序，他对自己检查的结果有些失望，也放 ABK 走了。我太害怕了，不能动弹，轮到我了。

显然，维佳从未抱过猫。在检查过程中，他粗暴而笨拙地掐得我喘不过气。可以确定的是，他对他所看到的很满意，因为他用毛巾把我裹起来，带走了。我体内的一切都崩溃了，一切都坍塌了，一切都静止了，仿佛陷入了一个黑色的漩涡。我的喉咙抽搐着，一点儿声音都发不出。我只能在毛巾的褶子下，半睁着眼睛，我看到了我的亲人，她们在追着我跑，姑娘们在大声哭泣，妈咪冲我喊着什么，关于爪子，也许，她是想让我用爪子抓维佳的手，然后逃跑。但我已经失去了力量，我没有能力做任何事情。不知道发生了什么，我只能感觉到，我屁股周围开始变得温暖起来。

“怎么了，小猫咪，你尿了吗？”维佳笑着问。

“对，我尿尿了。”我在心里回答。

慢慢地，我回过了神，我想起了我的爪子，但我不管怎么使劲，都抠不穿毛巾，抓不到他的手，也咬不到维佳——我的头钻不出去。我只能等着，看会发生什么。

我们进了门厅，维佳说着些废话，比如“好吧，我们不会用电梯吓唬你，我们走着上楼”。电梯吓唬你，电梯吓唬你！我害怕得连自己的名字都要忘了，我大喊大叫，我也不知道我在喊什么，反正喊就对了。好了？没事了？好吧，振作。他又不是来杀你的，新生活要来了，完全不一样的、妙不可言的新生活。这一切发生得太快了。经过一条一条的过道，旁边是掉漆的拼色墙壁，有个男人在垃圾桶上啪嗒啪嗒地拍打拖鞋。我以前怎么从来没见过他？还是见过，只是在楼里我就认不出来了？他朝我笑了。

“维佳，这猫你从院子里捡的？”

“对，迪马叔叔。”

“不错，不然他们总在院子里那台车下面玩。是个女孩？”

“我想他是个男孩。”

“他尿在你身上了。”

“对，我发现了，迪马叔叔。”

“好，那回去吧，维佳。”

“再见！”

身后，生锈的垃圾道打了个哈欠，里面的东西就哗啦啦地飞了下来。我们走啊走啊，什么时候才能走到？怎么这么远，身下的水汽都变冷了。维佳想让我平静下来，他用大拇指顺着我的背抚摩，但他抚摩的是毛巾的褶子而不是我。他一直在说什么，说什么：“我们要养一只猫咪了，我们会给他饭吃，会给他水喝，以后猫咪会生活得很好！”我哆嗦了起来，我真的非常想吃东西，还想喝水，不知道为什么，还想睡觉。再见了，各位。

最后我们在楼梯间停了下来，站在一扇门前，门上贴着的人造革被缝制成了一个个肿起来的菱形块。维佳按了门铃，听起来像一只夜莺在叫。我旁边的墙上挂着一个电表箱，透过它的门，我看见带着红色标记的仪表盘在疯狂地旋转。门里老远传来一个人的拖鞋声，然后是锁的声音，现在会发生什么？我会怎么样？我不是晕倒了就是睡着了，我是怎么到公寓里面的，我不记得了。

二　维佳

我在一个柔软的东西上慢慢醒来。睁开眼睛，我发现自己躺在柳条筐里的垫子上，抬起头，旁边的地板上放着装好水和干粮的金属碗，还有一个杯子，里面装着某种肉冻。很显然，这一切都不是今天买的。盘子锃光瓦亮，篮子上的标签都还没来得及摘掉。也就是说，维佳早就成熟酝酿了绑架小猫的计划，把一切都准备好了。

我的头一件事，当然是美餐一顿，接着巡视我的新家。人字拼木地板，窗台上有些花，做旧的白色玻璃吊灯，角落里有台电脑，窗户中间挂着一幅山景画，是拼图拼成的，有些地方还缺着几块。有一面柜子墙，搁板上陈列着一套水晶玻璃器皿、纪念盘和陶瓷小摆设，一把电动剃须刀上歪歪扭扭地写着“致阿尔乔姆·阿尔乔莫维奇，胜利三十周年快乐，来自同事们”。

一切发生得非常快，有多快？我刚听到脚步声，就冲回篮子里。门开了，维佳静悄悄地走进来。我假装睡着了。

“八月？八——月？啊呜！”

真有意思。

“八月！醒醒，别睡啦。”

八月，好吧。来打个招呼，我的新身份。我想起了玛德琳姨妈说过的：“糟糕的事常有，更糟的事也不少。”可不是嘛，说得真准，更糟的事这不就来了。八月就八月，就这样吧。我得习惯这个新名字，适应这个新住所。我看了看我的保护人，这是我的第一个保护人！他有一双黑色的大眼睛，肩膀斜斜地耷拉着，他的身材看起来就像一个窄窄的红酒瓶。他背有点驼，膝盖奇怪地弯曲着，而他修长的手臂似乎提着两个看不见的水桶，每个水桶有六磅重。

维佳的外婆走进房间，趿拉着拖鞋，她名叫赖萨。她一手拿着香烟，另一只手拿着烟灰缸，一分钟都没有和它们分开过。公寓隐没在迷蒙中，死气沉沉的烟缓慢地从一个房间流到另一个房间，就像虚弱沉默的灵魂。我的肺部得以存活，只是因为我在低处活动，低处至少有一些可以呼吸的东西。不过，我出现后，通风口和窗户开始微微打开了。

老太太有七十岁了，这七十年里有四十多年她都在学校教英语。她的耳垂，因为多年戴着重重的耳坠，现在松弛下垂。那双褪色的眸子看起来很平静，那双眸子接受了一切，也同情一切。老太太很少说话，只是经常点头——要么是因为她患有帕金森病，要么是因为她预先顺从地同意了所有。

“小猫睡醒了？”

“外婆，就是这只猫，他叫八月。”

“你该抓一只小母猫，她们更安静。”

列娜·帕谢奇尼克在朋友的生日聚会上认识了谢廖沙·杜金。再准确点说，他们还在去朋友家的地铁上时就注意到了对方，他们慢慢地，从左到右，从右到左，环视整个车厢，乘客和形形色色的广告一丁点儿都没能提起他们的兴趣，直到他们目光对视的一瞬。

到了基辅站，车厢进来一位缺了手臂的残疾人。大家都没搞清楚，该把施舍的钱物放在哪里，因为残疾人没有带合适的容器，因此他走过的地方就变成了一个莫名其妙的走秀舞台。这一幕让列娜和谢廖沙都感到有些尴尬，他们默契地理解了对方，两人都微微一笑。接着，两个人在同一站下车了，因为他们的朋友都住在米金诺区，本身这个词——米金诺（Митино）——简直是文雅的巧合，是在用英语开他们相遇的玩笑[1]。然后，两个人沿着同样的线路走着，走过车

1 词语游戏：英语 meeting 指见面。（米金诺的俄语发音与 meeting 的英语发音相似。——译者注）

库、荒地和小游乐园中间歪歪斜斜的路。他们开始猜测，两人被邀请参加的是不是同一个聚会。直到谢廖沙按了门禁呼叫，他替自己也替列娜对寿星说道："是我们——你最好的朋友！"于是他们一起走进电梯，这时他们已经大概猜出来了。两人在电梯里低头看着自己的脚，安静得让人想摇摇钥匙串或是清清嗓子。然后他们一起站在门边，把礼物上的价格从标签上刮掉。接着他们就顺理成章地认识了对方，在公寓里匆匆地向寿星表达了祝贺后，两个人就仿佛变成了两颗带电粒子。

"列娜，你知道吗，我感觉我们就像两颗带电粒子。"谢廖沙说。

"嗯，我，我也有这样的感觉。"列娜回答他。

然后谢廖沙拉着列娜的手，带她上了楼。就在那里，在顶楼，靠在阁楼围栏上，他们怀上了维佳。

又过了三周，谢廖沙和列娜去高尔基公园玩，两个人都有非常重要的事想告诉对方。那是一个愚蠢的大阴天，不是什么节日，也没有什么名头，整个公园只有谢廖沙和列娜，他们孤独地在娱乐区逐个体验了所有的项目。老守门人还兼职收银员，他走进岗亭，戴上制帽，收钱卖票。然后他摘下帽子，走出岗亭，走到了游乐设施的控制台前。他应该是在一次施工中失去了中间的两根手指，这导致他的手总是呈现某种撒旦的手势。显然他对完成自己的工作感到快乐，是一位自豪的守门人。他用布满皱纹的小手启动了一个巨大的机械装置，他抬起黑色柄头的推杆——一个鼻子脱皮、头两侧长着绿色卷发的秃顶小丑活了过来。小丑的眼睛亮了起来，双手敲着锣，电线杆上的音响里响起了失真的波利卡舞曲，灯泡一个接一个急急忙忙地亮起。谢廖沙和列娜坐进小车厢里，他给列娜系上了安全带，放下扶手，车厢移动了起来。列娜紧偎着谢廖沙，闭上了眼睛，直到最后才睁开。小火车缓慢地爬上斜坡，然后毫不客气地向下跌去，在马上要靠近地面的最后一刻，又重新飞起。列娜和谢廖沙被晃得东倒西歪，颠簸着，翻了个身。莫斯科河波光粼粼，一会儿在他们右边，一会儿在左边，一会儿又在头顶。列娜怕得出不了声儿，而谢廖沙看着前方，想到了一些自己的事情。

守门人站在下面，抬起头，用自己的宝丽来给列娜和谢廖沙拍了几张照片。虽然没人请他拍，但他还是拍了，以备这两位突然想要几张照片，不过他俩并不想要。

然后他们沿着公园的小路散步，列娜吃着一根焦糖公鸡棒棒糖。从莫斯科河的弯角驶出几辆空空荡荡的电车，看起来空虚而饥饿。谢廖沙握紧列娜的手，放进自己的口袋里，低声哼唱了一段什么曲子。接着他突然停下来，将列娜拉过来，吻了上去，激烈而绵长。他们坐在长椅上，谢廖沙用鞋后跟在地上画着某个公式，列娜咬着公鸡糖，两个人都在琢磨着合适的词汇。谢廖沙首先选好了词：

“列娜，我要告诉你一件事。”

“真的？我也是。”

“那你讲吧。”

“别，你先说。”

“就你先说吧。”

“不好，你开的头，你就说吧。”

“好吧。”

两人都低头看自己的脚。

“是这样的……”谢廖沙想了想怎么说。

“怎么样的？”列娜问道。她把棒棒糖从嘴里拿了出来，用脚画乱了地上看不懂的公式，那是谢廖沙刚在地上画的。

谢廖沙叹了口气，说道：

“就是，休斯敦大学给我提供了一个工作岗位。”

列娜皱了皱眉头，扭过脸去，然后她迅速拉住他的胳膊，依偎着他。

“嗯，这可棒极了，真的吗？”

“是，这很好，确实很好。”

列娜听到了小火车上下一批乘客的尖叫声。

“你想告诉我的就只有这些吗？”

“不，不是全部，我不能带你一起去。”

“这样……啊。”列娜拖着嗓子说，把棒棒糖又塞回嘴里，“原来是这么回事，一点儿办法都没有吗？”

“没办法，只有两个岗位，”他突然停了一下，又急急忙忙补充道，“我们要研究等离子体的特性，与美国同事共享经验。这是双边关系上的突破。”

列娜同意谢廖沙说的，这是双边关系上的突破。然后她挺直腰，认真地看着谢廖沙的眼睛，她应该是想说些什么，但却一直沉默着。他们就这样坐了十分钟。

“你是不是也有要告诉我的事？”

“你什么时候走？”

“后天。”

“就这样？”

“什么‘这样’？”

“这样快？”

从游乐项目那边走出一对情侣，女生也吃着公鸡糖，男生飞快地甩着手中的宝丽来相片。

“现在该你说了。”

“没，没什么。”

“听我说，列……”

“嗯？”

“我真的应该去。这一切……你应该理解我吧？”

“嗯，我理解你。这是你最后的决定，对吗？你确定要离开吗？”

“是的，我已经买好了票，签证也办了。等我熟悉了那边，马上邀请你过去。”谢廖沙说。说到这儿，他的话变得轻松多了。“真事儿，老天爷，这是一个大肥差。”

“对啊，是个大肥差。”

列娜再次看着谢廖沙的眼睛，她认真地看了很久，就好像还能看出什么别的东西，比如看出一些比谢廖沙的话更能说明他决定的东西。她注意到他的眉毛上方有一个白色的小伤疤。她觉得奇怪，以前从没发现这个伤疤。

“那边有个很大的实验室，是得克萨斯州最大的实验室，也是美国最好的实验室之一。”

“听我说，你这个伤疤是怎么来的？”

“啊？”

“你眉毛上的伤疤是怎么来的？”

“哦，这个啊，小时候打架打的。”

“嗯……小时候打架啊，知道了。”

到了列娜的临产期，她得去另一个区待产，因为克拉拉·泽特金妇产医院早就没人上班了。没想到的是，谢廖沙的兄弟鲍利亚赶来帮忙，他开车载着列娜和她妈妈到了妇产医院，支付了一些补充费用。等一切结束，他送给列娜一大束花和一个玩具狗。这样的花束和玩具狗，几乎能在每张病床上看到，因为它们都是在转角的同一家礼品店买的。但列娜还是很喜欢。

鲍利亚的这些付出不知道为什么让他觉得自己对列娜享有一些权利。鲍利亚每个月至少去看望她两次，他总是喝得大醉，向列娜讲他在商业领域有多成功（鲍利亚在做布良斯克的复合饲料生意），甚至吹嘘自己在黑道的人脉。他一心想和列娜喝一杯交谊酒，探身去亲她。每次他都说，和妻子的路要走到头了，他想改变自己的生活。列娜没有同意，不过他走后，她会在走廊的镜子旁发现一个装着钱的信封。这钱来得正是时候，家里的收入很少。学完文学，列娜找不到专业对口的工作，她在一家汽车销售点上班，编辑协议和合同，她的妈妈在家带外孙，也低价翻译一些英语侦探故事。

晚上，列娜在炉灶上暖了暖手，然后拿了一张碟片，封面上有一个半裸的女战士，在紫色的夕阳下骑着一只恐龙，下面用加深的斜体字写着"Romantic Collection"（浪漫收藏）。列娜放了最喜欢的一首歌，蝎子乐队的"Still Loving You"（《依然爱着你》），这首歌被反复播放了很多次。列娜在想，谢廖沙在她记忆中的位置越来越多地被与他相关的东西占据，比如他最喜欢的好彩牌香烟、牛仔夹克，还有手指在空中、桌子上或墙壁上乱画各种看不见的公式的习惯。但他的脸不知道为何显得有些模糊，仿佛是从一面蒙了水雾的镜子中看他。

三四年后的一天，列娜乘着扶梯上楼，突然看见对面扶梯上下来一个人，很像谢廖沙。当这个人越来越靠近，马上就能确定是不是谢廖沙的时候，顶灯挡住了他的脸，他就这样从旁边经过，列娜却没看清。令她不快的是，列娜发现自己的心脏开始剧烈跳动，并要求跳出她的身体——穿过她的上衣、外套，沿着电梯台阶向下，去找那个很像谢廖沙的人。

列娜的日子黯淡而空虚。她需要帮助，而这个帮助来了，不是来自某个好心人，而是来自奥尔科特上校、律师贾奇和海伦娜·彼得罗夫娜·布拉瓦茨基。

不知怎的，她在马克思地铁站旁的旧货摊上买了一本布拉瓦茨基的《沉默的声音·七兄弟·两条路》。列娜兴致勃勃地读完，就又去那家旧货摊买了一本《深山里的神秘部落》，接着是贾奇的《神秘学合集》、爱德华·舒瑞的《伟大的受启者》、康科迪亚·安塔洛娃的《两个人生》。就这样，列娜开始对那些超越世俗认知的领域感兴趣，吸引着她的有秘传的教义、神秘的圣三体论，还有伟大先知们的作品：她怀着崇敬的心打开了丹尼尔·安德烈耶夫的《世界玫瑰》的"花瓣"，与卡洛斯·卡斯塔尼达一起去伊斯特兰旅行，手拿伊曼纽·斯威登堡的重剑，从天堂里一大群不可胜数的天使上空飞过。她对布拉瓦茨基的书百读不厌，这些排版歪扭的读本翻印自革命前的老出版物；她在中世纪宇宙起源学说的神秘图画中，弄清楚并记住了通往所罗门神殿的每一层级对应的星座、自然元素和数字；她翻阅旧刊《科学与宗教》，订阅《神秘力量》报。每个星期天，她会和朋友们一起去听著名占星师萨弗尔·格雷巴的讲座，那是在戈尔布诺夫文化宫的一个勉强有点暖气的房间里，她用冻僵的手指记下了专家讲课的要点。两个半小时后（讲座要进行大约六个小时），她眯起眼睛哼着歌，以盖过玻璃纸发出的沙沙声，然后小心翼翼地从包里拿出一个三明治。讲师的胡子非常之黑，远看像是蓝色的，让人想起古老童话中的英雄，而这么多冷得打战的女听众则像是他注定要死亡的妻子。中间休息的时候，女人们会到楼下大厅交流感想，她们分成了几拨，又在一排高镜子中变成了双倍。那时她们才发现来听课的还有男人，这些瘦削又招人喜欢的男人通过这些没有屈光的镜子环顾四周，就好像昨天晚上刚出生，没法不对这个世界感到惊奇。

是的，这个新的爱好给列娜带来了希望，一切都不是徒劳，一切都不是偶然，一切都会得到回报与补偿。

维佳长高一些了。有一天，列娜费劲给他穿上衬裤，她突然意识到自己正在老去，这正顺了她的意。仿佛为了证实这一点，布谷鸟从挂钟的门里跳了出来，将头歪到一边，向母子俩打招呼。

维佳的童年是单调无趣的。维佳是一个安静、沉稳的孩子，儿时的沉闷只有探险家图书馆的多彩书卷才能打破。当外婆在看墨西哥电视剧、妈妈在画占星图时，两岁的维佳则对着一个旧地球仪又抓又舔。地球仪上的澳大利亚已经被磨掉了，马里亚纳海沟也不再是地质图上的裂缝，而是真正的裂缝。小维佳向这道裂缝里看着，高兴地嘟囔了一声，吐了口唾沫。他在地球仪上用手指比画着，测量了从南极洲的一头到另一头、从格陵兰岛到日本的距离。到了四岁，维佳就熟记了所有国家的首都名。六岁，他已经能解开国际象棋问题了。八岁时，他开始注意到，丰富的知识和过度的沉默会引起周围孩子的敌意和焦虑。体育课上的失利成倍增加并巩固了这种敌意与焦虑。这课就像在跟他作对似的，运动性很强，上课如同在受折磨。跳高——维佳的助跑很长，但就在垫子前，他突然刹车，像鸟儿一样摆动双臂，连滚带爬地跌倒。攀爬绳索——维佳好不容易爬到顶点，但他已经没有精神也没有体力向下爬回去了，他抓着绳子，惊恐地看着身下，大声呼救，泪水顺着脸颊流到掌心，从掌心流到手肘，从手肘流到膝盖，从膝盖流到运动鞋，最后不受控制地落到了体育馆的地板上。打排球——给他传的球，维佳从来没有，从来没有，从来没有打中过。维佳变成了被嘲笑和欺凌的目标。

他成了那个被排挤的人。到了十一岁，与他一起被世界孤立的还有一帮忠实的朋友：艾凡赫、鲁滨孙·克鲁索、格列佛、达达尼昂和钦盖古克。放学后，维佳躺在床上哭了起来，他一次又一次地经受着同班同学的欺负。朋友们围在床边安慰维佳，每个人都有自己的方式。达达尼昂用拳头敲打床头板，建议他用剑刺杀欺负他的人；鲁滨孙建议维佳放弃学业，离开家，做一个木筏，沿着亚乌扎河顺流而下；沉默的钦盖古克点了点缀满羽毛的头，在场的人都感受到一阵风；格列佛的大眼睛在窗子上同情地眨着。

维佳闭上眼睛，做好了度过这一生的思想准备。他不觉得前路都是不好的事儿，他很早就明白了，命运指引愿者，拉扯不甘者。

但他喜欢的不仅仅是阅读，维佳·帕谢奇尼克还喜欢乘坐电气火车。一年中有几次，全班同学会聚在一起出城去野餐或去某个庄园游览。火车上，维佳怯懦地背向火车行驶方向坐着，窗外闪过一些小风景——铁路上的小车站、灌木丛、看守亭、湖泊和小山丘上的墓地——所有这一切他都喜欢从后面看，而不是从前面看，他眼前的景色就像过时了的消息，维佳是最后一个知道的人。他喜欢观察，他认为，对于有生命的物体，唯一值得的消遣就是眼观六路，在这方面他已小有成就。

不能完全说，维佳是孤独的。在学校里他还是有一个朋友，叫罗曼，只是他们的友情建立得相当奇怪。小学的时候，他们对彼此的态度没什么特别的，但等他们长大一些，却被一种比共同爱好更强烈的东西凝聚在了一起，那就是欺凌。他们在学校受到欺负的原因不同，维佳是因为他的过度孤僻，罗曼是因为他的肥胖——同学们称他为“大饼罗曼”。维佳和罗曼放学后经常在学区里溜达，挥舞着书包，喝着酸奶，向亚乌扎河里扔石头。按照他们之间约定的风格，这两个朋友都不好好穿夹克，而是套了一个兜帽在头上。他们谈了很多。罗曼的父亲开了一家轮胎店，罗曼自己也对汽车感兴趣，他会跟维佳讲很久的汽车，讲奥迪相比于宝马或雪铁龙相比于标致的优势。维佳一边听他讲，一边猜测在哪里应该适时地插一声“嗯嗯”“嗯哼”或“哇哦”。等罗曼说完，朋友俩又安静了一会儿，用鞋子踢树叶玩。然后维佳开始说了，他与罗曼分享库恩编纂的古希腊神话情节，有时候解释大仲马的火枪手的名字从何而来，并回忆了哥伦布在登陆圣萨尔瓦多岛时所乘坐的帆船的名字。听完这些故事后，维佳和罗曼就各自回家了。

他们相当频繁地找对方玩，维佳帮罗曼做功课，罗曼教维佳玩FIFA[1]。但是在学校里，如果罗曼看到了他的朋友，他会表现得非常冷淡。维佳想，这只是由于在学校里应该专心于学习，而功课对罗曼来说很难掌握，所以他需要付出两倍以上的努力，这就解释了为什么比起维佳他更注重课程。但同样的剧情在课间休息时又重演了。罗曼在逃避他，和他说

1　美国艺电公司（EA）出品的足球系列游戏，2023年起更名为*EA Sports FC*。——编者注

话时不知怎的懒洋洋的，好像一直在寻找一个能快速离开的理由。总的来说，维佳终于找到了勇气承认——罗曼不再需要他了。从那以后，维佳就不再和他以前的同志聊天了，他们的友谊开始迅速融化，就像春日阳光下被遗忘的雪人。

时光流逝着，维佳进入了让人操心的青春期。课间他站在角落，研究那两个灰色的半球形的上课铃，两个半球上各有一个金属的凸起，是突出来的螺丝帽，这激发了他的想象力。他对上课铃生出一种神秘而虔敬的感情，一种教徒供养祭祀品的感情。他在笔记本上用铅笔勾勒出上课铃的形状，细腻的线条加深了金属的力量感，努力地画出螺丝帽的棱边。他在指头上蘸了一点儿唾沫，修了修左边球面上不怎么明显的凹痕。维佳的身体在变化，梦开始变得沉重而黏稠。有时维佳好像能听到自己的身体拔个儿、撑宽的沙沙声，甚至嘎吱声。

长大的不只是维佳，一同长大的还有他的同班男同学们，和同班女同学们，尤利娅·诺维科娃也长大了。尤利娅·诺维科娃就是那个坐在他后排、用一只耳机听着复古迷幻舞曲的女生。她每个月换一次头发的颜色；与朋友组建了“嚓嚓”二重唱，每个周日都在YouTube上开在线音乐会；有一次，她脖子上裹着一层玻璃纸出现在教室里，当她把玻璃纸取下来时，每个人都看到了一个令人印象深刻的海豚形状的彩色文身；休息时她会躲在角落里读爱伦·坡和卡夫卡。最重要的是，那个尤利娅·诺维科娃，永远，永远，永远保持沉默，保持着傲慢的冷漠，与此同时，班里的其他人在嘲笑维佳，拿他逗乐。

格列佛不再出现在维佳的窗外，钦盖古克的羽毛不再在他的房间扇起风来，达达尼昂也不再用拳头捶床。尤利娅慢慢地将维佳所有过去的兴趣从他脑中挤出。对尤利娅的爱慕给了他信心，对她的向往给了他力量，这让他相信，至少在短时间内，他有能力做任何事情。那段时间里，维佳什么都不怕。

他在社交网络上开设了主页——只是为了追随尤利娅的另一种生活。他开始听她最喜欢的音乐，看她最喜欢的电影。但他越是努力深入了解她、与她亲近，甚至变成她，反而离她越来越远。他像学习一门新的语言一样学习她，但是每一个要学的关于她的单词，突然就变成了十个难以理解的单词，通往她的每一条需要除草的小径，都变成了二十倍长。就连他以为自己完全了解的她的脸，也突然出现了他之前没有注意到的细节，而这彻底摧毁了维佳对她的已有认识。

在维佳的脑海中同时存在着一大群尤利娅，她们有不同的品格、优点和性格，她们都是完美的，都是难以捉摸的。她们每个人对维佳来说都是珍贵的，只是他无法对其中任何一位表明心意。

如果，爱意味着想要触摸，那就是了，维佳恋爱了。触摸是他唯一想做的事。他用眼神与思想触摸尤利娅；他比任何人都先到教室，触摸尤利娅空空的椅子；他触摸尤利娅的书包，那个书包总是一根背带比另一根长；他触摸了几万个像素，那些像素在屏幕上组成她的照片，组成她发送的状态中的单词，那些像素是单独的，一下子又组成了一切；他触摸她的名字，触摸名字中的每个字母，甚至不放过字母中间空空的圆圈。与她有关的一切，哪怕只有那么一丁点儿关系，能沾到一点儿边，都被他视为神物，都有背后的含义，就像那幅“第三只眼”的图。她的衣服、她的随身物品、她的发型、她的文身，还有那一成不变的“5牌”口香糖，散发着令人陶醉的薄荷味。她半神的爸爸妈妈，从未参加过家长会，也从未在学校或其他地方现身，没有人见过他们，所以很难相信，她和其他所有人一样是被生出来的。这无数的特征化成了一个公式，维佳烂熟于心，只是他完全、绝对不可能理解其中的含义。

这种感觉就好像被一根绳子拉扯。绳子拴着维佳，让他动弹不得，他在找一个出口。这股力量已经成熟，但维佳还不知道怎么处理这力量。他给尤利娅买了大举进攻乐队[1]的音乐会门票，但他还是没敢送出去。他买了花，却怕她不喜

1 英国乐队 Massive Attack，Trip-Hop（迷幻舞曲）界三巨头之一，主要活跃于 20 世纪 90 年代，音乐风格细腻而梦幻。——编者注

欢，就扔在了家里。他利用她的生日——唯一的借口，送了她一本电子书。她道了谢，但去学校的时候还是带着那几本她自己的书。任何一个来自她的不经意的注意，都像重重地撞了一下锣，把他震得发晕——在食堂请他帮忙排队，或是衣帽间里她的夹克就挂在他的衣服旁边，又或是在社交媒体上意外地给他点了赞。

过了一段时间，维佳的感觉没有减弱，但是有了变化。他花了一月时间都没有看清自己，于是维佳准备放学后学习历史。他读了很多书，在某本书里，他读到，每天清晨，当成吉思汗走出昏暗的蒙古包，他的面前会站着两列排好队的奴隶，他们拉着不同颜色的丝巾挡在统治者的眼前，从最深的颜色到最明亮的颜色，组成了彩虹的光谱。这样成吉思汗的眼睛就能渐渐适应太阳耀眼的光芒。于是，维佳也这样适应了自己的感觉。

一天深夜，他再也受不了了。他在电脑前坐下，吐了口气，眼睛一直盯着键盘，匆匆地写了一封邮件，没检查，就发送了。这封邮件的内容是这样的：

Ljhjufz^ >kz! Vjz ;bpym ,tp nt,z yt bvttn cvsckf!

Z nt,z jxtym cbkmyj k.,k.& Z ghjie nt,z cnfnm vjtq&.[1]

---

1 亲爱的尤利娅！没有你，我的生活将毫无意义！我非常热烈地爱你，我请求你成为我的女朋友。

然后他坐在窗边，把手肘搁在窗台上，等待回复。妇产医院的圆形窗户里，乌鸦们在轻声交谈。没头的萨蒂尔累了，虽然不乐意，但还是追逐着昏昏欲睡的女神。维佳看着天空，月亮每晚都会升起，早晨会消失，不过，它会想尽一切办法，晚上一定会重新出现在天空，就像坎特维尔城堡的烛光。维佳看不到星星，但他知道，它们一定在屋顶后面的某个地方，没有激情与欲望地闪耀自我。就像一部演不完的连续剧中的演员，他厌倦了名利和金钱，但他不得不完成自己的工作，履行合同中的义务。四周很安静，维佳都能听到楼上邻居手机收到信息的振动声。维佳暗自决定，如果树枝的影子碰到桌子，那尤利娅就会和他在一起。和他在一起，这意味着——和他在一起？她会突然无缘无故地在他身上发现一些以前没注意到的优点？为什么呢？她要重新评估……新信息的提示声响起。

维佳回到电脑前，读道："维佳，对不起，我和你之间不会有任何浪漫的故事发生，我和你交流起来都很困难。"

维佳望着桌子：树枝的影子，一会儿爬到他身上，向着四面八方爬去，一会儿又向后退缩。现在怎么办呢？该如何重新找回自己？某种沉重而黑暗的物质从深处升起；有些不好的东西正在成长，跳动着，从下方渐渐逼近，就像一部摇摇晃晃的旧电梯，在没涂油的电缆上嘎吱作响，不时在横梁上敲得叮叮当当。那会是什么？是预感，预感到即将到来的伤痛、可见的失败和无条件的认输就是他的命运。要不发射一颗信号弹，召唤自己剩余的信任的伙伴？没用的，什么伙伴，他就从来没有过任何伙伴。他在盘算什么，又在期待什么？虚假的希望，愚蠢的自信。他怎么会同意走这条路呢？明明对这条路上的每一块石头、每一个弯角、每一个坑洼和凸起都清清楚楚。他可以预见到，也预感到了走这条路的悲伤结局。你看，他老旧的破车，扑哧扑哧地向外吐着黑色尾气，绝望地鸣着笛，无可救药地驶入了泥沼地。青蛙唱着挽歌，鹬在进行最后的临别赠言，破车就这样隆重地沉入泥塘，永永远远。

最后一次铃声就要响起了，接着就是高考，然后他们将不再见面，这周剩下的时间要想个办法度过。他们会被不同的大学录取，或者他最好能入伍，这样他们的道路永远不会相交。但愿时间能再快些，再快些。但是，也许很多很多年后，他发现这爱情就像一块扔进水里的石头，激起的波纹会传遍他的一生。

应该为自己的忧伤找一个出口。维佳找到了，我就是那个出口。

维佳的柜子分了很多格，其中一个搁板上，我看到了一张照片。那是在谢拉普廷斯基，下雪天，莫洛佐夫的豪宅里，几乎所有丘比特的胳膊和腿都完好无损，女神的头和肩膀也还在。我的出生地“扎波罗热人”小汽车还没有盖上篷布，五脏俱全，轮子也充好了气。白嘴鸦从栅栏里探出头来——嗷嗷待哺。谢廖沙的兄弟鲍利亚手里交叉拿着两个高脚杯，就像拿着沙槌，指挥着拍照的大家伙。妈妈列娜小心翼翼地抱着刚出生的维佳，站在一起的外婆赖萨尴尬地试图把香烟藏起来。还有活着的外公阿尔乔姆也在照片上，他看着镜头外的某个地方，仿佛预感到了自己即将逝世。列娜的两个女性朋友穿着一模一样的灰色外套，戴着一模一样的马海毛帽子，不知为什么手牵着手。照片的一角被深红色的东西遮住了，那是摄影师碰到镜头的手指。再往下，烙上的数字表示拍摄日期：11 月 15 日，14:38。不过站在镜头后面的人是谁，已经没人记得起了。

维佳首先带我去了浴室，浴室门上贴了层仿木纹的贴纸，中间挂了一个小标牌，上面画了一头洗澡的小象。旁边卫生间的门上也是同一头小象，它正侧着身子往马桶里小便。在一个两平方米的房间里满满当当地挤着浴缸、洗衣机、水槽和脏衣篓。这个家除了浴室、卫生间、走廊，还有剩下的三个卧室，满眼凋敝，它们在无声地要求修理。

维佳用橡皮塞塞住水槽，打开水龙头。我感觉到有什么不对劲，但没到合适的时候我尽量不动声色。维佳一边尴尬地抓住我的后颈，一边胡说八道着，什么“冷静点”“勇敢的男孩”。如果我是他，我会在不说废话的情况下，高水准地完成工作，那些多余的话只会让我烦躁。总的来说，在我的庇护人身上，令人惊讶地结合了极度谨慎、高注意力和笨拙的实践行为。而现在他毫不客气地把我扔进水槽里，我沉到了水槽底，喝了不少水。我还没来得及施展我的尖牙利爪，维佳就用一种刷子用力地给我梳毛，用刺鼻的洗发水在我的皮肤上打起泡沫，那洗发水的瓶子上画了一匹马。他把我搓来搓去，用各种方式折磨我。当然，说句公道话，必须要承认，我确实是各种昆虫和其他小型动物的托儿所。“马力”牌洗发水的业务能力很强：我身上的住户匆匆逃开，四处乱窜，谁成功逃出来，我就当场吃了谁，其余的都被赶向水底，在那里结束了自己可怜的一生。

水真是极坏的，它卑鄙又令人讨厌。我想从水中逃开，对我来说，我身上的污垢是和我的习惯、特征、个性、相貌分不开的。我甚至觉得我的脸都被洗模糊了，终于，我从水槽里被拎出来了，被仔仔细细地擦干、吹干，然后被带回了房间。但我的磨难还没有结束。维佳把我放在他大腿上，他手上的小剪刀闪闪发光，他开始用一种相当笨拙的、蹩脚的，坦率地说，非常平庸的方式剪我的指甲。自然，由于不熟悉修指甲的流程，我向侵略者发出了力所能及的抵抗，白费功夫，这反而激发了维佳竞技般的愤怒和勇气。有几次他用力过猛，剪到了毛细血管的末端，我疼得尖叫起来。奇怪的是，痛苦是剧烈的，委屈是无法忍受的，但我却不得不承认，我正在探索一个新大陆。毕竟，这是我人生中的第一次痛苦，也是第一次受屈辱。这么说吧，如果你换个角度看，“马力”牌洗发水那侮辱性的洗澡，难道不是一次隆重的接待、一个必然的仪式吗？Sine qua non[1]，不是吗？但我为什么要经受这一遭？谁能告诉我？就是说，我被用来熄灭维佳残留情绪的小火苗了？那是我欠他的吗？我可从没想过要温暖谁冰冷的心。真是够了，这是哪儿来的习惯？这个蠢到家的传统从哪儿来的？用猫来填补精神的缺口，是从苏美尔人还是别的什么美索不达米亚人[2]那里学来的吗？

我在篮子里睡到了晚上，被一阵尖叫声吵醒。维佳的妈妈回来了，维佳就向她介绍了家里的新房客，这个消息可不怎么合妈妈的心意。不能这么说，是她没有对儿子的主意做出正确的评价。也不能这么说，在短暂的平静后，一场真正的风暴爆发了，咒骂和威吓开始了。外婆当时在自己的房间看电视剧，她把电视里的声音调大了些，现在好了，俄罗斯的咒骂声加上了拉丁美洲的咒骂声。吵得最凶的时候还听到了什么摔碎的声音——是妈妈最喜欢的杯子，这杯子已经用了很久了。

---

1 一个不可或缺的条件（拉丁语）。

2 有研究认为，两河流域的人最早驯养了猫。美索不达米亚是古希腊对两河流域的称谓。——编者注我闭上了眼睛，准备好被引渡到老家的院子里了。

但我没有回到院子里。不，我也没看到画着金吉达香蕉的纸箱，一个我的亲人都没看见。我想了半天，为什么女主人还是同意把我留在公寓里了？但我的脑中空空，想不出什么来。妈妈列娜自怜到了极点，可以这么说，破碎的杯子满溢着她的无法忍受。她决定再一次妥协，一切都将完全按照她不想要的方式进行。或许她太习惯了，习惯生活中的一切都不如她所愿，甚至学会了从中找些乐子。也许对她来说，真正的胜利是一场全面的、饱经痛苦的失败，或许也不是。横竖反正，我开始在帕谢奇尼科夫家生活了。

我与妈妈列娜，在我定居后的刚刚第五天就第一次面对面碰上了。我，能把自己藏哪儿去？我天性胆小，所以尽量避免出现在她视线范围内。但总归免不了相识，事情发生在妈妈列娜下班回来的时候，我正从维佳的房间出去散个晚步。我们站在走廊的两头，就像电影《狂野西部》中的决斗者一样。妈妈列娜看起来像个上了年纪的孩子。还不准确……更像被遗忘在公园里的洋娃娃，对，像留在秋千上的洋娃娃，她就那样张开双臂在雨雪中坐了很久很久。维佳的母亲有一双黑色的大眼睛，和她儿子一样，头发也是黑色的，已经长出了白发，不知为什么她也没染染头发。她的小嘴唇微微噘起，皮肤苍白，脸上总是带着紧张，好像她在努力记住什么或是在解决一个复杂的算术问题。我不知道我们会这样站多久，但挂钟的机械装置吱呀响起，一只睡眼惺忪的布谷鸟从门里跳了出来，宣布已经晚上十点了。我坐在后腿上，用最有礼貌的、最文雅的风度自我介绍，妈妈列娜什么也没有回应我。她把外套挂在钩子上，提着包去了厨房。然后她折了回来，在我面前坐下，脸上带着一种沉重的表情，小心翼翼地抚摸我，给我挠痒。我仰面躺着，把肚子露给她，以示我没想到她会来这一手，她的脸上甚至出现了近似笑容的表情[1]。

剪了指甲后，我的爪子绵软无力，所以暂时忘记了去破坏墙纸或人类的衣服，不过作为补偿，我在外婆的房间里玩花。在她房间的窗台上，有一整个温室。天竺葵一团团地旋转舞动，水塔花把刺儿都竖起来了，翡翠珠……不，翡翠珠只是生长着，无声无息，不显眼。但我最喜欢的是 *Aloe arborescens*[2]，外婆就是用它的汁液为全家人治了伤风。芦荟坚硬的叶子不情愿屈服于我的虎牙，当我终于咯吱一声咬破它们时，苦涩而愉悦的果汁在我的身体里蔓延开来，使我精神焕发，让我陶醉。外婆当然注意到了茎叶上有几排牙印，但她对我的顽皮非常宽容和有耐心。从某种意义上说，她把

1 偶尔，当周围没有人时，当妈妈列娜有兴致时，就会重复这样的情景。但她从不会在她儿子或母亲面前流露出她对我的温柔。更多时候，她对我的态度，处于一种轻蔑和残酷之间的平衡。

2 木立芦荟。——译者注

我当成了一种花的亲戚。这么说吧，她没有权力干涉原始自然的生活，也没有权力调节原始自然的规律，她对这一切都抱有极大的尊重，因为这一切对她来说是完全陌生的。

很长一段时间我都不明白我应该做什么，但很快我就意识到绝对不应该做哪些事情。首先是关于撒尿和排便的禁令，当然，我通常在专门为此设计的盆里解决大小便。但有一天，我还是没忍住碰了碰运气，在妈妈列娜的一只靴子里留下了一些猫猫产物，我很快就被另一只同样的靴子打了一通。

还有，我被严格禁止在人类餐桌上吃东西。我其实也不是多想上餐桌，只是以前在院子里的家人公社中生活，一切都是不拘小节的，所有东西都是共用的，就习惯成自然了。一个剧烈的动作把我从桌子上轰走（顺便说一句，我就是在这种情况下发现自己有一个幸运的能力，我总能爪子先着地）。我要补充一点，如果餐桌上有脂肪含量百分之三的萨武什卡牌奶渣，那么任何告诫和威吓都不会奏效。

再次，我可以在任何地方睡觉，除了人类的床。怎么说我都不能接受这一点，我温暖又毛茸茸，如果需要，我还可以温柔，但他们对这件事有自己的看法。正如你猜到的，在这个问题上，尤其是妈妈列娜，几乎是零容忍。一旦我睡在毯子上或是我最爱的被子做成的洞里，她会立即踢开我并把我扔到一边去。但我对她并没有仇恨，而是同情，也可以说是怜悯。何况，我觉得我在心理预防、缓和情绪方面很有用。我作为一只猫，还可以是一只替罪羊，一只毫无怨言的小动物，她可以通过我卸下怒气与愤恨。如果可以把她深深的不幸看作一个支点，那我就是那个杠杆。

感谢这些禁令，让我对自己又有了新发现。我不是爱记仇的猫，报复心也不强。在任何情况下，即使是对我来说最危险的情况，我都会竭尽全力站在敌人的立场上，为他辩解，探寻真相，查明那些促使他带给我不幸 / 痛苦 / 煎熬的动机。[1]

我很快也明白了他们对我的指望：软化帕谢奇尼科夫一家的脾气。说真的，如果不考虑妈妈列娜，家里的气氛要温柔得多。所以，我的责任就是吹散帕谢奇尼科夫家上空的阴云，缓和家里暴风雨般的气氛。我就打打呼噜，撒撒娇，完成几个笨拙的跳跃（这一招很容易让这一家老小融化），经常仰面躺着，张开爪子。我对我的任务很满意。

过了一周。那句话怎么说，自然之力不可阻挡，我的指甲很快又长出来了。维佳还是没学会怎么剪指甲，而在亚麻毡上磨爪子却是一项无望的消遣。那些消遣的事儿其实也不

---

1 但老实说，在这方面我几乎没成功过。我从未抵达真相，也没有找到动机。不过我相信，一次尝试就已经值得称赞了，不是吗？

那么重要，老天爷，我已经烦死了在走廊里追着同一只拖鞋跑了，这只拖鞋还是外公阿尔乔姆留下来的。这个家里的拖鞋都受到了极大的尊重，你有可能会找到某个表外曾外祖母或外祖父的异父异母的姐姐的拖鞋。家庭相册里从没见过小舅的第二任妻子的照片，但衣柜里总能找到她的拖鞋，这双拖鞋怎么会出现，为什么恰好被放在这里，谁也说不好。

本来有个专门的柜子放拖鞋，被外公阿尔乔姆的父亲（顺便说一句，他也叫阿尔乔姆）撞坏了。一打开柜门，一阵刺鼻的鞋油味从里面散出来，对维佳来说，这就是过去的味道。正是鞋油味启发了维佳，让他将生活与历史联系起来。如果说到最后要把拖鞋扔进垃圾桶，那么帕谢奇尼科夫家的人在灵魂深处就会浮现出所谓的道德准则，而这些准则规定应将拖鞋留在原处。

一双双拖鞋都被弄散了，有的缺左脚，有的缺右边一只。外甥女的右拖鞋与某个阿姨的右拖鞋安放在一起。许多亲人生前从未见过面，没想到在死后，用如此古怪的方式，可以说是以幽灵的方式互相结识。柜子里要放不下全部拖鞋了，有些拖鞋想办法从柜子里出来了，然后在公寓里漂泊了很长时间。

看吧，我的玩具很少，我需要新的训练器材。维佳终于自己想通了，有一天他买了些东西回家。现在，我拥有了养猫领域的各种最新成果：

激光老鼠	1 个
遥控机械老鼠	1 个
宜家生产的毛绒老鼠（灰色和棕色）	2 个
草坪块（草状花纹）	2 个
猫抓板（圆柱）	1 个
猫抓板（扁平）	1 个
猫薄荷橡皮球	4 个

不得不说，这些让我找到了事情可做。不过，在现有的所有玩具中，我只能和宜家的灰色老鼠真正地交朋友，我给他取名为斯蒂拉维尼亚，这名字是为了向妈妈列娜最喜欢的歌曲致敬。哎呀，要是她能知道这事儿就好了，我敢肯定，她为爱我而保留的那块心，会立即软下来。是的，我得说，斯蒂拉维尼亚有一些东西让我欣赏，他总是默默等待，毫无恶意，信赖他人。一个又聋又哑的毛绒动物，沉默地存下我的倾诉。

当然，此前我从未到过人类住所，大多数装置我都是有生以来第一次见到，所以我没法立即理解它们的作用和使用方式。但是一个巧妙的装置让我产生了强烈的兴趣，那是一个马桶，它迷住了我。从上面看，马桶看起来……嗯。马桶长什么样子？让我们这样说吧：它看起来像三个叠摞的“O”，越往下越小。陶瓷和形状的设计赋予了它令人难以置信的声学特点，我爬到马桶圈上，大声地、拉得很长地喵喵叫，回声就会在整个马桶中回荡。水箱里神秘的水流、马桶里小溪潺潺的水声，让我想起了玛德琳姨妈的家——瑟罗米亚特尼奇水闸区。妈妈列娜注意到了在这个位置冥想的我，她对这点不喜欢。她砰地关上马桶盖，“可别把猫淹死了”，她是这么说的。但我可知道，驱使她这么做的并不是对我的关心，她只是希望能限制我的玩耍范围。

有一天，我在看电视，电视上正在播一个关于动物的节目，主持人讲述了本州岛上红脸猴的生活。冬天，下着雪，猴子们钻进热腾腾的温泉，在那里度过了一整天。这可真是妙不可言，温泉上方冒着热气，和四周的雪混在一起，猴子们眯着眼睛，在想着自己的什么事情。他们就是猴子，脸上又带着高贵、平和的表情，有的猴子在和旁边的小声说话，有的猴子头枕着亲戚或朋友的肩膀睡觉。我想给自己想一个类似的消遣事儿，我想到了。

每到周日，一家人都会聚在一起吃早餐。外婆会煎上鸡蛋，泡好茶，切好三明治，把纪念牌饼干装在小碟里。所有人在餐桌旁坐好，一齐看向上方挂电视的房间一角，电视上在播放一个叫《趁所有人都在家》的节目。喝完茶，吃完三明治，主持人也向观众告别，约定下个周日见，大家就各自回了房间。就在这时，我跳上餐桌，走到茶壶边，小心翼翼地掀开盖子，一头钻进陶瓷茶壶里。我屁股冲着暖烘烘的壶底，爪子搭在壶里凸起的地方，肚子正对着“出口”，那是一个壶嘴。头露在壶外面，我就这样睡着了。我会在水壶刚好完全凉下来的时候醒来，茶壶仪式就落下了帷幕。

诚然，我不会争辩，这个习惯很奇怪。如果一开始我是被片面的叛逆精神和少年的执拗所驱使，那之后我是真的爱上了这个感觉，久而久之就离不开茶壶仪式了。我每个周日都会这么干，直到我长大到那茶壶装不下了。不过，我这个爱好，一次也没被发现过，是的，从来没有任何人看到我是怎么在家庭早餐后消遣的。这件事到现在都是我的秘密，每个生物都需要秘密，每个生物都有一颗很多很多年前藏起来的坚果，不论何时、不论对什么人，都不会说出去。

不消多说，我的大部分时间都是在梦中度过的。我就在椅子扶手上躺下，思考着柜子下面有些什么，或者纯粹是玩累了，困意就会在我脑中开出一簇珊瑚。当然了，我最常梦到的就是妈咪和妹妹们，梦到纸箱和“扎波罗热人”小汽车，梦到玛德琳姨妈和阿里斯顿洗衣机。一天我甚至梦到了萨瓦·莫洛佐夫，他坐在一张铺着绿绒布的大桌子旁，在昏暗的灯光下，正在本子上写着什么。然后他拿下夹鼻眼镜，专注地盯着我，大拇指来回地抚弄着交叉握住的双手。我俩约好了要见面，他拿出一只锁链怀表，把鼓鼓的脸颊里的空气都呼了出来，摊开双手说：“你怎么回事，亲爱的，迟到了，嗯？超过时间了！”然后我被一股强大的气流冲出了房间，在一片漆黑中飞着、旋转着，不知天在哪里，不知地在哪里。我飞啊飞，我的尾巴碰到了额头，胡子触到了后腿，我不知道它要把我吹到哪儿，也不知道为何被吹走。我害怕永远不会停下来，我会永远这样旋转，直到海枯石烂，直到黑暗本身消失不见，直到一个甚至还未诞生的物体出现在我的位置上取而代之。

有时我会梦到亚乌扎河，但河流是那么宽广，几乎就要看不到对岸了。我下到水边，那里本该有一座桥，但我看到的只有些木桩子，长长地、歪歪扭扭地排成一行延伸向远方，远到眼睛看不见。不知从哪来的一只小猫，在对岸看着我，我知道那是我的兄弟，我想对着他喊些什么，但做不到，因为我不知道他的名字。总是梦到这里我就醒了。

维佳去上学的时候，妈妈列娜去上班了，外婆赖萨一个人待在家里，她会看电视、睡觉或是在厨房抽烟。她有一个小怪癖：每个月都会从柜子里拿出以前的中学作业本，再重新检查一遍。年复一年，从未停止，作业本的纸发黄了，红色的批改痕迹褪色了。她的学生们，有的很早就有孩子了，甚至都有孙辈了，有的已经不在世了，而外婆还是一如既往地在他们的作业中找出以前没有发现的错误。

我最喜欢在她的房间里消磨时间，在这里的时光总是平静安逸。外婆的记忆越来越像一块中学黑板，黑板上，透过今天的课堂板书，隐约能看到昨天的课堂笔记，还能看到前天的、大前天的。架子上，靠着花瓶立着一个圆形的相框，里面是外公阿尔乔姆的照片，花瓶里插着一束假花，叶子上有甘油滴做的露珠。我把头靠在地板革的隆起处，睡着了，有时我的耳边会飞来一些英语句子——这是外婆在对照片中已故的丈夫说话，“Don't look at me that way, darling.[1]”，或是“It's only 12 o'clock, my dear. I know you're hungry but it's not lunchtime yet.[2]”，接着她说“August, come with me.[3]”——就趿拉着走向了厨房。除了我，没人知道她只对外公阿尔乔姆和我说英语。

在厨房，她飞快地拿起煮好果汁的锅，给自己倒了一杯，放在窗台上等它凉一凉。我跳到窗子前，观察着杯子里干果的红褐色外壳，顺便留心院子里的动静。我听到了熟悉的声音，透过树叶我能看到妹妹们或妈咪，有时能看到她们在一起。难以忍受的忧伤包围了我，这忧伤无处宣泄，也无法消除。我用后腿站起来，用前爪敲打着玻璃，对她们大喊着、呼唤着，我真想去找她们，我用尽全力想让她们知道我在这里，我一切都好，我很想她们；想让她们知道我还是那个萨瓦——她们的萨瓦，才不是什么八月，我什么都不需

1　别这样看着我，亲爱的。

2　现在才 12 点，亲爱的。我知道你饿了，但还没到午餐时间。

3　八月，跟我来。

要，这里的什么都不需要；想让她们知道我十分强烈地想回家，想回到纸箱去。当然，她们没有听到我的声音，不仅没听到，也没看到我。然后我以为我在做梦，是啊，这就像一场噩梦。我好像梦见自己是一个隐身的、无形的灵魂，在亲人的上空飘荡，触摸着她们，但她们却感受不到我的触摸，我对着她们的耳朵低声说话，但她们却听不见我的耳语。我作为一个幽灵存在于她们之间，我还活着，却已经死了。

“The sun is going down, August. It’s always going down, my boy.[1]”。外婆赖萨一边说着，一边喝着果汁，细细看着窗外莫斯科天寒地冻的样子，“Kompot is done.[2]”。

自然，我不是这栋楼里唯一的猫。在公寓里侦察的时候，我很快就在某个不远的地方闻到了同类的味道。气味的中心在妈妈的房间里，从书架旁边的角落，飘出一股酸酸的、定期更新的猫费洛蒙气味。猫就住在楼上，给角落做了标记。这气味能告诉我什么？老猫，大概十六岁的样子；懒猫，拖延症患者，有肾病、慢性结膜炎、便秘，胰腺炎早期，糖尿病晚期，但他是一只充满活力、热爱生活的猫。有时他的声音会通过暖气片传来，极其蛮横和威严。我想他也察觉了我的存在，但我们从未打过照面。几个月后，我越来

1 太阳就要下山了，八月。它总是会落下的，我的孩子。
2 果汁熬好了。

越少地听到他的声音，之后他就彻底沉默了。然后，柜子下角落里的气味消失了，再也没闻到过，这就是我如何发现，原来我的邻居死了。

与此同时，草木凋零，整座城市处于冷锋控制之下。维佳把我抱在怀里，带我到窗边。我问他，叶子都去哪儿了。他便详细地给我讲解。我盯了一棵大白杨好几个小时，数了数树上还没掉的叶子，最后的叶子颤抖得那么绝望，拼命挣扎，但还是被风刮掉了，它被带去了莫洛佐夫救济院，带到了亚乌扎河。然后一切安静下来，仿佛有人关掉了声音，甚至连汽车的声响都听不到了，接着，从上空落下一些白色的、蓬松的东西。我就是这样迎来了自己的初雪，世界都变得模糊，消失不见，雪是那样神秘而壮观，太美了。我感觉，所有的家人随着年轮的转动都在以一种方式改变。不知道是什么方式，但是总在变，却没有人注意到。大家只是从阁楼把冬天的大衣、夹克、帽子拿出来，其余的都保持原样。厨房里的手撕日历正急剧消瘦，憔悴极了。

没多久，新年到了。大家挪开了大房间的桌子，做了一个舰队那么多的菜，装满了所有能用上的沙拉碗、盘子、锅和小碟。他们互相赠送了床品套装和手机壳，我得到了一根尾端带羽毛的棍儿（顺便说一句，这是一件实用的好东西）。从食物的数量来看，我以为会有一整个侦察小队的人要聚在帕谢奇尼科夫家里，结果就来了两个列娜的朋友。她俩穿着同样的酒红色外套和棕色毛衣，一个人把我抱在腿上，用手指磨蹭我的鼻子，另一个人不知出于什么原因为我画了十字祝福。然后来了一个男人，我费了好大劲才认出他是那个拿着垃圾桶的邻居，我来帕谢奇尼科夫家的第一天就在楼道遇到了他。快十点的时候鲍利亚来了，他已经是个头发灰白的胖子了，他和司机绕了大半个城来迟了。他若无其事地说起，谢廖沙最近在皮亚特尼茨卡娅买了一套公寓，再婚了。他说得那么轻松，仿佛列娜早就知道谢廖沙没有去什么休斯敦，甚至都没打算离开。仿佛列娜和鲍利亚，就她和谢廖沙的问题，还有谢廖沙未来生活的种种变故，已经谈论过一百遍了。然而，这些年来，他们从来没有在这个话题上提过一句。所以列娜甚至想问："这些年我都在和鲍利亚聊些什么？我们能聊些什么？"突然，周围安静得可怕，让人想用手捂住自己的脸颊，她自己回答了自己："什么都没聊。"

有人打开了电视，所有频道都在播音乐会和表演秀。都是同一群奇怪的人，他们穿得闪闪发光、五颜六色，厚着脸皮从一个节目到另一个节目，从一个演播室到另一个演播室表演。他们用尽全力假装他们玩得很开心，但他们越是努力，就越容易发现，其实他们很忧伤，也相当累。他们抛起五彩纸屑和金银丝条，重复愚蠢的笑话；他们假装擦去笑出的泪花；他们穿戴上可笑的服饰，粘上胡须，戴上超大的鼻子和耳朵，好像在说："你们这些人对我们的了解完全是另一回事，我们在这里，可以说，有点不正常，但今后继续喜爱我们吧！”然而，事情似乎就是这样，总的来看，他们确实被喜爱。外婆、妈妈和客人们讨论他们私生活的事儿时，他们是那么了解，以至于让人以为所有这些奇怪的人都是他们最亲密的朋友，他们只是由于误会，不能来谢拉普廷斯基参加今天的庆祝活动。我甚至被自己的想法吓到：他们会不会手拉手，从屏幕冲进房间欢快的人群中！

临近午夜，电视上出现了一条松树小巷，庄严的铜号声吹响。一个严肃的、穿着黑色衣服的秃顶男人，占据了镜头。他面带赞许和理解地看着我们，简要列出了即将过去的一年有哪些值得肯定的地方，并热情地展望了新的一年。他知道我们过得不轻松，并亲自承诺明年的日子会更舒服。然后红塔上的钟敲响了，我们的布谷鸟嘶哑地给钟声和上了第二声部。鲍利亚、邻居迪马、身着酒红色和棕色的女性朋友们，还有帕谢奇尼科夫一家，用不同的声音喊：“乌拉！”他们急忙将自己的愿望写在纸片上，烧掉，然后扔进香槟里，接着碰杯并拥抱。我把斯蒂拉维尼亚拉到身边抱着，在他的耳边也轻轻说了声“乌拉”。

日子变成了周，周又凑成了月。起初的公寓，就像维佳玩的策略类电脑游戏的新手阶段，一切笼罩在一片不知名的黑色迷雾中，要让黑暗哪怕散去一点儿，都要将敢死队派向四方探路。我的四周很危险，心里忐忑不安。现在好了，我已经探索和研究了每个角落、隔间、水槽和壁龛，没有任何一块搁板逃得过我的鼻子，没有任何一个支架没被我跳上去。但——奇怪的是——这些已经不能满足我了。我不知道，这情况怎么能解释清楚，一种陌生的力量在我身体里觉醒……那是一种想要占有的激情。我能掌握的东西很少，现在我必须要把自己生活的那几平方米据为己有。

这种激情一天比一天强烈，积蓄着力量，让我完全臣服于天性。我感觉自己被一只看不见的手指引着，从一个角落蹿到另一个角落，从一个架子跳到另一个架子，反复嗅着早被我嗅了个遍的一切，抓挠着早被我抓花的一切，寻找着自己也不知道名字的什么东西。二月底，当水瓶座的水流干，它便把水罐扛在肩上回家了，回到自己的黄道仙宫。这时，我的沮丧到达了顶峰。

我不知道一切是怎么发生的，我小跑到维佳房间的柜子前，选中了柜子右下角的门，背对着它，对它进行了充沛的浇灌。我被自己的所作所为吓坏了，于是跑去同斯蒂拉维尼亚商量：该如何继续生活，现在该相信什么？斯蒂拉维尼亚沉默了许久，想了想，张了张嘴，却重新陷入了沉思。最后，他建议我继续像以前一样生活，相信我一直相信的东西。我对这神谕表示感谢，然后去了厨房吃点东西补充体力，也许这是最后一次在这房子的四面墙壁中间待着了。

维佳从学校回来，就会急忙出发去上一位知名历史教授瓦西里·阿连申科的附加课，很晚才回家，回家就睡着。就这样过了好几天，没人发现有什么异常。我放下心来。

但过了几天，我在正午时分醒来，体内有什么东西让我痒得难受，我睡不着了。就像画魔怔了的画家，半夜惊坐起，哐啷撞在家具上，走到画布前，给树林的叶子补上几笔，画完女士的鼻子或是葡萄上的反光。我透过窗户的缝隙呼吸着春天的气息，突然浑身充满一种没来由的愉悦；一股火热的电流从我的血管中流过；我的后腿中间有什么东西在发痒，需要立即采取行动，有一种强烈、高调、橙色的东西在我的身体里隐隐作痛。我在院子里看到了妹妹们，我承认，关于她们，我有些非常不好的想法在脑中酝酿，我坦白吧，我甚至对我的妈咪也出现了同样的坏想法。这很可怕，我转过身去，生怕有人能读懂我的想法。确实有人读懂了，是斯蒂拉维尼亚。我跳到地上，用尽全力给了他一拳，他被打飞到了走廊上。

我需要再来一次。我走进妈妈列娜的房间，跳上床，在枕头上留下了我名字的首字母。我立刻感觉好多了，平静了下来。

一周时间，我在整个公寓里都做了同样的事情：在厨房里，在浴室里，在走廊里，在所有的三个卧室里。我不太明白我为什么要这样做，在我身体里，对房间现有的几何形状有某种无意识的反抗，有对秩序的新主张，即在帕谢奇尼科夫人类帝国中成立一个独立的猫属飞地。

考虑到标志的设计，我给自己画了下面那个草图。可以将这幅画看作向不同方向发散的矢量：

够清楚明了，对吧？我猜我的新习惯很难取悦维佳、外婆，尤其是妈妈列娜。但他们忍受了一切，一周、两周、三周、一个月，最后他们还是忍不住了。

日历上看，那是四月初，但一点儿春天要来的迹象都没有。太阳高挂，明亮地照耀着，但光线很冷，一点儿也不暖和。深夜，一场暴风雪意外地袭击了这座城市，把它重新染成白色，又在凌晨猛然消停下来。已经归位的皮草和大衣也从柜子和阁楼里解脱出来了，谢拉普廷斯基人忧伤地在街上步履艰难地走着，不是开玩笑，他们已经开始怀疑今年的温暖到不了莫斯科了。

该来的还是来了，那一天，他们好几个小时没给我东西吃，饥饿让我精疲力竭，口渴令我倍受折磨：他们把碗藏起来了。然后我被强行塞进猫包里，和维佳一起进行了我的第一次环城旅行。

这个被横轴和纵轴划成格子的世界，神秘又迷人，入春后，数千种被我遗忘的气味扑面而来。这就像人们回到离开已久的房子里，擦去家具上的灰尘，抚摸着旧钢琴的琴键。我对气味的记忆就是这样复苏的，它们朝气蓬勃，闪耀着光芒，还转起圈来。我感到头晕目眩。

维佳沿着街道走了一会儿，他一只手提着猫包，另一只手抓着提前数过的坐地铁用的零钱。我们降到了地下，那里都是金属屑、醉汉和汗水的味道。车厢的轰鸣声、隧道里的火花、地铁站的陈设让我又害怕又兴奋。有些站台，比较简单的站台，看起来就像是把帕谢奇尼科夫家里的浴室放大了一百倍，有些车站则相反，就像用巨大的牛肉块拼成的，墙壁、拱门和柱子似乎都在流血。

我们从地铁站升到了地面，坐了几站公共汽车，最后来到了一家兽医诊所。诊所门口停着一辆巨大的黑色轿车，我看到旁边有个大胡子男人，他坐在毯子上，用手做着什么动作，好像在洗脸。我们进了大厅，屏幕上闪着病患的名字，左边一列是等待的队伍，右边的可以去诊室了。

1 猫 雾儿	1 狗 拉姆赞
2 狗 罗杰	2 狗 科尔施
3 雪貂 梨子	3 猫 托夏
4 猫 男爵	4 猫 斯捷潘
5 猫 八月	

我们坐在长凳上，等着我的名字出现在右边一列。看着拉布拉多颤抖的尾巴，看着雪貂圆滚滚的眼睛，听到对面暹罗胖子的骂声，我有些不安。问题是，我非常健康，我不明白带我来这里干什么。

一只斗牛犬被带出诊室，不久以前遇到的大胡子男人跑到医生跟前。

"还要再等等。"医生说。

"真主最伟大，医生！真主最伟大！"

"真主，也许是最伟大的，只是，穆萨·扎罗维奇，您还得看着点儿您的宠物遛弯时吃了什么东西，对吧？"

"对，医生，对！因沙安拉[1]，伊戈尔·瓦伦蒂诺维奇！"

从诊室里不时走出一个女孩，叫下一个接诊病患的名字，那只动物就会被带进诊室，大家都有些紧张。当女孩喊到暹罗的名字——男爵时，那一刻他完全丧失了自控力，

1 阿拉伯语音译，意为一切托靠于真主。——编者注

开始用粗野的话可怕地咒骂，然后突然陷入沉默，变得神志不清。

后面的事情我记得的不多。我记得我清楚地看到一个男人，戴了一副带弧形链子的眼镜，他就是医生伊戈尔·瓦伦蒂诺维奇。他揉了揉我的两侧和腹部，周围充满着一种神圣的、超凡脱俗的气味，闻起来如此幸福，是安宁与满足的味道。医生用敬语对我说："八月·巴特克维奇先生，来，现在转个身，对，就这样。"然后伊戈尔·瓦伦蒂诺维奇数落维佳没给我接种疫苗，并说了句"总的来说，是时候了"。我刚问自己"什么事情是时候了?"，最后一个词就开始慢慢模糊变形，变成"时侯"，再变成"十侯"，"十后"……然后我就睡着了。

回到了谢拉普廷斯基的家里，我才醒过来，我戴着一个很奇怪的圈领，睾丸疼得很厉害。我在半昏迷状态下过了两天，第三天，我可以在没有帮扶的情况下在公寓里走动，第五天，他们把那愚蠢的硬高领从我身上取了下来，这时我才意识到发生了什么。我觉得我应该是瘦了五公斤，虽然我上次称体重是三点四公斤，我现在的感觉就像是甩掉了一个沉重的负担，甩掉了生铁一般重的球。随后，惊慌代替了轻快的感觉，这是怎么回事？就这么结束了？再也没有机会了？不会和哪只猫有故事了？不会有那些没用的坏猫崽儿了？我，真的，从未怀疑过自己做父亲的本能。末了，只能长叹一声喵。天啊，我的睾丸！我的绒毛保险箱！我的毛纺圣礼匣！我无人提取的积蓄，如今下落不明。

我要百倍地报复维佳吗？不，我不想。我幻想过用现金还清欠他的债吗？绝对没幻想过。的确，我再也不能在这间好客的房子的墙上浇上波浪纹，那又怎么样呢？有一天，维佳在和瓦西里·阿连申科教授打电话时，引用了某位德国哲学家的话，我非常喜欢，“一切存在即合理”。如果是这样，如果德国人是对的，那么这些话完全适用于我。所以我将举起骄傲的理性旗帜，昂首向天，高高地翘起我的腿和尾巴。

我的日子就这样一天天过着。每天我能听到从丹尼斯·阿列克谢耶维奇的阳台上传来我最爱的曲子 *L'amoroso*，每天我都能在院子里看到我的亲人们。每天她们都安然无恙，像以前一样，收银员季娜、如上帝般慈悲的张贴工人米迪亚·普拉斯金和看门人阿卜杜洛，会给她们带东西吃。一切都像以前一样，每个周日她们会散步去玛德琳姨妈家，只是没有我，没有我。

日子过得越来越快，我成年了，泡澡茶壶早就装不下我了。妈妈列娜对我越来越好，现在都允许我躺在她腿上了，我还可以在她周围长时间地迈着宽阔的踩奶步走来走去。她现在是罗里奇协会的成员，随身带着自己的旧保温杯和面包片，在博物馆中心办公室值夜班，最近政府很想把那间办公室收回去。外婆赖萨一个人待在公寓里，依旧用英语对着我和她死去的丈夫说话，依旧仔细检查她学生的作业本。维佳更深入地沉醉于历史，对他来说，过去人们的思想、动机和行为，开始比发生在现代人身上的事情更具有现实意义。现代政治生活中的任何事件都让人从中窥到历史的痕迹，世界上发生的每一件事都能在过去的几个世纪中找到与之韵脚相同的事儿。

又过了一年，九月来了。太阳从狮子座离开，没有多余的口舌之争，就来到了处女座。窗框后温度计上的红线在慢慢地降低，天空仿佛都振奋了起来，变得晴朗，街上孩子们的呼唤声、生了锈的秋千的吱呀声、汽车的鸣笛声怎么听起来都特别鲜活，令人神清气爽。我和斯蒂拉维尼亚依偎在半开的窗户旁，坐在外婆的植物林中，嗅着街上的空气。这空气能告诉我什么？它告诉我新学期要开始了，很快就会下雨，树木正在为冬天储存接下来难以获得的热量，并准备开始摆脱叶子。八月留下的痕迹已经消失殆尽，除了我现在的名字。我的第三个夏天就这样把权杖交给了第三个秋天。

很快就到今年接种疫苗的时间了，我在等待。我已经决定了，除了斯蒂拉维尼亚，我跟谁也没说。是时候了，我绕着房间跑了一圈，咬掉了风信子的最后一朵花，轻轻蹭了

蹭斯蒂拉维尼亚与他告别，在维佳的房间里轮流睡遍了柜子的三个架子，去了趟厕所并尽力将一切做到最好，在外婆的腿上躺了会儿，舔了舔妈妈列娜的脸，她并没有因此生我的气。我看着这一切，心沉了下去，嘴里有种又苦又甜说不上的味道。我知道我必须走，要走得更远。我已经做出了决定，没有回头路了。

“小八月，现在我们要去伊戈尔·瓦伦蒂诺维奇那里，去打疫苗啦！快进来！”维佳对我说。

我深深地吸了一口气，直到它装满我的肺，这是我来到的第一个人类家的陈年的气味，然后自己钻进了狭窄、紧凑的猫包。为最坏的情况做好准备，为最好的情况敞开心扉。门在我们身后关上了，我看了看门上的软包，被钓鱼线捆成了无数个鼓起的菱形块，又看了看电表箱里圈是怎么转的，我不停地自言自语：“再见了，再见了，再见了，再见了。”我们沿着阶梯下楼，我回想起那个遥远的八月天，维佳把我抱了进来，又一次沉浸在自己的恐惧和希望中。在两层楼中间的平台上，一个认识的邻居透过印度橡胶树看着我们，他又点燃了一支香烟，问道：“这猫喜欢你吗？维佳。”

“可以这么说吧，迪马叔叔。”

我们出了单元门，我把爪子收在身子下面，就这样透过通风窗看着前方。我们穿过了游乐场到了尼古拉亚姆斯卡亚区，不能再拖延了。我用爪子从下面钩住拉链头，开始小心翼翼地沿着猫包的弧度拉它。我已经做好了准备，但我并没有跳出来，而是突然毫无预兆地大声尖叫起来。我叫得越来越大声，声音拖得越来越长，没有停下来的意思，直到维佳终于决定安抚我。我趁机扑向柏油马路，我奔跑着，向前啊向前，没有转身，也没有放慢我的速度；我奔跑着，穿过院子、死胡同和小巷，经过学校、咖啡店和邮局，无视狗叫声和汽车鸣笛声。再跑远些，再远些，继续向前，用自己最快

的速度奔跑，以至于我的后腿都超过了前爪。出于恐惧、兴奋、遗憾和无限的喜悦，我哭了。

好吧，继续前进，我的故事。在鹅卵石上栽跟头，从沟渠、凹谷上跳过，在山坡上飞过。爬上冷杉顶端，测一测风向，然后跳向低处，飞起来了，飞起来了。

三　后来发生的事

生活在继续，我有很多自由支配的时间，它们用力拽着我往前走。现在，我从未有过的青春期转瞬已逝，我收获了一个没用的包袱，一个幽灵般的帮手，但实际上它的用处还比不上一个中学生的旧领带。我说的是经验，它们总是很值钱，并且在社会交换中的价值永远呈上升趋势。是啊，经验能抚平欲望的尖角，拉低希望放飞的高度，同时经验也让人心安；经验能为我解忧，它让我将生活中的爆发转换成一摊淡黄褐色的椭圆形液体。

我开始更多地思考那些被我浪费的时间，我推导出一个公式，根据这个公式得出，过去（x）面积增加多少，未来（y）的面积就减少多少。我对这一发现相当自豪，我确信，在我想象中的杰出先锋猫长廊中，在那代表着荣耀的长廊中，我的半身像会占有一席之地。

是的，时间的实体无法确定，也不能……我想不出来了，就让时间成为不可知的事物，对，时间不可知。这见解是老调重弹，但并不能否认它的真实性。

我的猫生充满了一定数量的事件和回忆。我回顾过去，发现身后已经建起了一座小城。有时我会搞不清楚，哪件事排在哪件事后面。我们透过破碎的望远镜筒看向过去：那些不久前发生的，看起来很远，而那些视线之外完全看不到的，反而从近处跳了出来。有些事我记得，有些事我忘记了，就像行李传送带上的东西，从我旁边经过，一些人开始在我脑中徐徐掠过。我被一个人抓住了，又很快从一个人那里逃跑了，他们的样貌和身材被模糊的技术处理过，他们的衣着、习惯，还有最重要的声音被油彩画了下来，生动而巧妙，而脸和头发只用铅笔勾了几笔。我不记得他们了，但我记得一点，而且这辈子都不会忘，那就是他们的手。

是的，我记得每个人的手，左手、右手都记得。我的记忆中从指尖到胳膊肘弯都有，其他的我就记不清了。那些手，散发着不幸的气味。老妇温暖的手，拒绝与死亡带来的孤独和解；孩子的手，对经验和时间一无所知，对我特别粗鲁。对于他们来说，我是情感的附属品，他们看到我就会产生近乎痴迷的温柔与甜蜜的关怀。相比之下，强壮健康的男人的手实际上对我更有礼貌，因为我有他们失去的东西。这些工人、保安、警察、乞丐和流浪汉像喂猪一样喂我，他们在我身上看到了自己，那是他们留在内心深处的“自己”，但不知怎么，那些“自己”被严格禁止留在成年生活中。这些男人大发脾气，他们无法承受因背负某人的命运而更加沉重的责任和义务，但他们必须依照规则行事，必须尽职尽责。他们身后拖着一架有五层楼房那么大的钢琴，钢琴被失败、所剩无几的精力、怨恨和愤怒装得满满当当。所以他们对我很好。

命运，如果能这么表达——它垂青于我。我用“垂青”这个词是因为我把命运拟人化了。许多其他猫的生活比我差远了，接种疫苗并被阉割后，我几乎没有感染致命病毒的风险。欲望，曾经昼夜不停地折磨着我，像压缩到极限的弹簧一样折磨着我，现在没有给我带来任何麻烦。至于女性，我看她们就像一位美学家看待精湛的写生画一样：带着好奇与关注，但没有任何吃掉这幅画的欲望。

我的一些朋友离开了，关于这个还是该讲一讲。我曾有一个同志，哈利，我们在一个春天相遇，约好一起打猎。哈利像一只猫该有的样子，跳起来抓了只鸽子，我惊呆了，然后就拔起了鸽子的羽毛。不知道有什么高兴事，哈利总是微笑着，他还会好笑地斜起眼睛。不久他染上了什么传染病，整个鼻子都蹭出血了，眼睛开始溃烂，耳朵好像就要掉下来了。总之，哈利看起来不太好，但他继续微笑着。他都要完蛋了，却还在微笑，牙齿都不剩几颗了，但他还是微笑着。

一天清晨，我顺便去地下室看了看他——哈利住在“第二次呼吸”小酒馆的地下，你们应该知道这家店在哪儿。他卧在那里，喘气有嘶哑声，然后起身说：“萨瓦，我今天，也许就待在家里了。你也别再来找我了，别来了。”他说完，自顾自地笑了。

“老兄，你……得去看医生。”

“我不需要医生，你也别来找我。”

“我打了疫苗。”

“那你来看我做什么？快走吧。”

我走了，不过三天后我带了只鸽子翅膀又去了一趟，我想探望探望他，给他带点吃的。但到底也不该去，哈利没了。我的鼻子很敏感地闻出了他已经逝世，这让我感到可怕，但我还是把那只翅膀留给了他。我不知道这样做有什么意义，也许他在那个世界，某个地方，能用得上。但后来我想，不管他在哪里，他用一个翅膀真真什么都做不了，于是我又抓了一只鸽子，带着第二只翅膀去了地下室。可哈利已经不在那儿了，虽然气味还在。应该是楼上“第二次呼吸”酒吧的客人开始用鼻子大声吸气，还发了脾气，于是酒馆主人收拾了我朋友的尸体。就这样，哈利已经离开很久了，而我会经常想起他。我能想象，他两侧背着鸽子翅膀，向新朋友们微笑的样子。虽说未必，但他也许也会想起我吧。

不知道怎么回事，我就到了大波利扬卡。那是十二月，下着雪，新凯撒利亚格里戈里钟楼的钟声响彻街巷。雪越下越大，很快就发展成了暴风雪。天空阴沉沉的，十米之外什么也看不见。我被雪埋住了，没有力气了，我做好了最坏的打算。我太冷了，一点儿都动不了，我看起来像一个陶瓷雕像。然后有人把我抱了起来。

我的新主人给我灌了流食，把我救了回来，还把我养得肥肥胖胖，给我起名小卡。她名叫加丽娅，在大波利扬卡的一幢大型高层公寓楼里租了一间住的地方。她的青春已经在窗外伴着离别的火花燃烧殆尽，但对于超重的恐惧一直紧随着她（我补充一下，用恐惧这个词，是有根据的）。她喜欢瑜伽、健康饮食和单板滑雪。公寓里已经有了一位原住民——鹦鹉伊基，他接纳了我。我直说吧，他接不接纳我无所谓，伊基住在笼子里，像个疯子一样从早到晚转个不停，他站在一根细木棒上，斜着一只眼睛轻蔑地看着我，没完没了地重复说我是个傻瓜。不过他对主人，甚至对自己都称呼傻瓜。我试图与他交谈，至少建立一些联系，但都以失败告终。伊基是个不中用的交谈者。这房子里笼罩着有害的、压抑的气氛。

于是，我被带到了兽医诊所打了新的疫苗。我的老朋友伊戈尔·瓦伦蒂诺维奇把眼镜压到鼻尖，抿起下唇说：“嗯，我想我以前在什么地方见过这只猫。”是的，我已经接种了疫苗，除此之外，女主人给我买了一个胸背带，开始带我出去散步。我没有生气，因为这比待在家里强多了。不久后，她开始带我去上班。

我们会去坐地铁，车厢里很挤。昏昏欲睡的人把平板电脑放在隔壁乘客的背上和肩上，看起了电视剧。我的女主人把瓶底稀疏的矿物质沉淀物摇匀后，一口气喝了下去，这是她在做清晨排毒。角落的老妇人对着一个用圣像衣饰装饰的iPad轻声读赞美诗，眼睛中的反光让她的脸看起来不像本地人，而像拜占庭人。我们下了车，加丽娅抱着我从人群中挤过，终于上了自动扶梯，环视着身后黑漆漆的人群，我们也是其中的一员。我盯着一个接一个的天花板灯，看它们一个个亮起来又走远。那部扶梯正在停机维修，拱门下的看守员压低嗓音说道：“别挡在左边，走走走。”——特别强调了动词。扶梯的机械装置里摩擦轮慢慢地转动，台阶翻滚时轧轧作响，齿轮也发出呻吟声，从脚下传来不和谐的捶打声、摩擦的哀怨声、锁链的咔嗒声和咒骂声。人们的眼神互相摩擦而过，他们怨恨一切事物的发展，他们的脑中装满了撕裂的乌云、希望的碎片、母亲的命令，以及从电视、互联网和电脑游戏中吸收的所有垃圾，这一切偷换了他们的记忆，鼓励他们与自己斗争。他们唯一的精神食粮和力量是恐惧，他们每个人都感到害怕，害怕做自己，害怕自己不符合强加的人设，害怕孤独。每个人的喉咙里正爆发着无声的呐喊。

我的女主人在屠夫街上的美容沙龙上班，他们给了我一个靠窗的位子。女技师们给指甲打磨抛光并涂上指甲油，给脚上做了某种嗞嗞作响的灼烧术，这让整个沙龙蔓延开一股燎过的皮肤的味道。顾客都是样貌各异的老姑娘，她们的脸上有很强的按照主的旨意涂抹修改过的痕迹，要判断她们的年龄非常难——大概在二十岁到五十岁之间吧。她们冷酷傲慢，嘴唇不成比例地肿胀着，就像被黄蜂蜇过，过于窄的鼻子高高地翘起，邪恶的眼睛要被拉到太阳穴上去了。就好像，她们的脸是被系在后脑勺上，如果不小心碰到那个隐藏的卡子，面具就会脱落，如一只气球，随着漏气的声音在沙龙里打转。

我喜欢在那里度过的时光。玫瑰花瓣漂浮在盆中，镜子和器具的眩光在墙上跳跃，当然，这让我费了好一番功夫去抓。顾客痛苦的哭声和不时的哼哼抚过我的耳朵：轻微的、无害的施虐让我平静。但其中一位重要顾客对猫过敏，她的鼻翼厌恶地扬起，嘴角恶毒地勾起，眼睛轻蔑地眯起。总之，我很快就被驱逐出了沙龙。

我回到了大波利扬卡，勉为其难地与伊基一起度过了一整天。这真是难以忍受，那鹦鹉完全疯了，从早到晚在小镜子里欣赏自己，也只有在这样的自恋时刻他才能保持安静，其余时间伊基会七嘴八舌地将整个世界骂作傻瓜。但这还算不了什么，女主人为了让我们在她回来前好过一点儿，想出一个办法，打开了俄耳甫斯广播频道。天，我发誓，这是一个错误。确实，我喜欢古典乐，但伊基……他以为自己是位歌手。一个人不为天赋所累本不是坏事，但当这个人对此不能自知，那情况就要糟糕百倍了。当广播中肖邦或舒曼的曲子如毛毛雨般响起，那鹦鹉还不怎么吵闹，但只要听到咏叹调第一小节响起，他就开始声嘶力竭地号叫。他坚定地要成为一名歌手，这决心坚不可摧，只有短暂的新闻让他停了一会儿，但他随后又以三倍的努力继续他的练习。啊！平庸与勤奋总是结伴而行！

拯救一切的人终于来了，说来奇怪，这个人是楼上的邻居，一位可爱的老妇人，四十多年来一直在哀悼丈夫的英年早逝。用“来了”这个词不怎么恰当，是这样的，悲伤把她锁在了床上，她几乎无法移动，唯一让她感到安慰的是窗外城市的景观和马塞尔·普鲁斯特的长篇小说《追忆似水年华》。照顾这位老妇人的是俄罗斯戏剧艺术学院的某个女大学生，这位大学生每天课间都来看她，在公寓里帮忙做些家务，给她大声朗读小说。大学生可以吃免费的午餐，每个月能收到几次礼物，那是老妇人年轻时戴的首饰，有琥珀耳环、镶绿松石的手镯，还有用帕列赫技法[1]画的胸针。大学生拉上厚重的紫色窗帘，加大房间角落里人造壁炉的火力，坐在扶手椅上，开始用低沉感性的女低音朗读。壁炉里热气腾腾，橙色的纸片模仿着火焰摇摆，大学生缠在手指上的一缕卷发，也和着火焰快乐地发出轻轻的噼啪声，努力地理解这长篇小说的戏剧性波折。

读书声懒洋洋地流淌着，刚读过几个少有的转折，节奏轻微有变化，马上要读到一半了。这时，楼下伊基的号叫越来越清晰地传来，一开始，这叫声在某种程度上，给公寓增加了一种忧郁的、文艺的舒适感。但随后，学生开始越来越频繁地走神，皱起眉头，紧张得把胸前挂着的宝石坠子都攥湿了。最后，她实在受不了了，砰的一声合上书，对所有人说（尽管没人在听）："这太不专业了。"

"Ma chère[2]，尽量别走神。"老妇人回应道，呆滞的眼神望向天花板。毕竟，注意力堪称任何一个艺术家宝库中的翡翠。

大学生集中精神，继续读了起来，只是鹦鹉也继续号叫了起来，句子碎成单词，单词碎成了字母，飘荡在半明半暗的房间里，就像汤里用面粉做的字母。要找回遗失的时光是

1　俄罗斯小镇帕列赫作为风格独特的圣像画中心而闻名于世，当地的绘画特色在于极其精巧的细节描绘。——编者注

2　法语，亲爱的。——译者注

行不通了。

晚上，我们的女主人被叫去谈话了。除了老妇人，邻近三间公寓的居民，分别是左边、右边和楼下的，都要求她管好鹦鹉。女主人开始用抹布盖住笼子，但伊基将其视为下一个级别的声乐训练，他称之为“夜间舞台”。

最后我没能控制得住自己。一天，收音机里正在播放*L'amoroso*协奏曲。为了更好地感知我心爱的快板乐曲的每一个音符，我仰面躺下，集中注意地听着。伊基仿佛猜到了，这首快板对我来说是多么珍贵，他喊叫起来。这让我十分烦躁，我跳上桌子，扯下笼子的布，强硬地说：“够了。”鹦鹉屈着腿，愤怒地瞪着我，当伊基用尽全力尖叫“傻瓜，傻瓜，傻瓜”时，我已经转过了身。然后我把笼子掀倒在地上，打开门，一下子掐死了这只笨鸟。看着五颜六色的羽毛在房间里飞舞，我发誓，我的心里没有半点愧意。

这个房子我是不能继续待下去了。晚上，女主人下班回家，打开大门，她习惯性地移了一下身子，挡住我逃跑的路。但我跳过她的腿，冲下了楼梯。加丽娅没能追上我。

我见惯了死亡，池塘里冻死的鸭子、中毒的老鼠、高空失控坠落在马路上的鸽子（我会立刻加工好这些鸽子并吃掉它们），每次看到这些我都会想起谢拉普廷斯基的鼹鼠丧葬队。我甚至见过一次死人，那是一个在博洛特纳亚广场上的小公园里睡着的乞丐。不知为何，在那个寒冷的冬天，这个广场特别受莫斯科人的喜欢。人们像宽阔又湍急的河流拥入广场，大衣的翻领上别着白丝带，冻僵了的手里拿着横幅、海报、装着热茶的保温杯，还有装了白兰地的酒壶。喧闹的人群挤满了广场，正对着人群的是搭好的演讲台。一些人依次上台，无视严寒，不戴帽子，心甘情愿地说了很多，他们的脸被自己冻青了的嘴唇呼出的白汽笼罩。抗议者们通过拍手掌让自己暖和一些，因此掌声一分钟都没停过，不管演讲者说了什么，人群中掌声一波接着一波。与此同时，在小公园的出口，在围栏和警戒线以外，和广场的一切无关，两名警察试图唤醒坐在长凳上的乞丐。乞丐的头上套着一个袋子——他应该是想在夜里给脑袋保暖。他脚上穿着毛皮镶边的靴子，靴子很时髦，显然不便宜，我敢肯定，这是教堂在分发教民捐的救助物资时，他成功抢到的。他一只手蜷着，仿佛要抓住什么东西，另一只手插在大衣的衣襟里，大拇指朝外，把衣襟整理成独裁者样式，他没有回应警察懒散的推搡。那些还在远处的人意识到这一切都是徒劳的。乞丐冻僵的脚边放着一个盖了薄薄一层雪的瓶子和几个天知道装了什么的口袋，其实，这些东西就是他在这个世界的所有遗物了。

演说家的话回荡在小公园上空，一个怪怪的飞行器在空中嗡嗡地响，寒冷的风吹得一串锁叮当作响，声音透露着不祥。那些卢日科夫桥上的大锁小锁是相爱的莫斯科人挂上去的，以作为他们情感坚定的象征。雪地上，上千双脚随着嘎吱声左右脚换着着地。乞丐差点儿就抬不上担架了，他的身体无法舒展，还是坐着的姿势，最终警察还是花力气把他抬了上去。没人注意到这个被冻僵的人，如果不把远处奇怪的青铜雕像群考虑在内，那儿有一头穿燕尾服的驴子，一个骑着红酒桶的胖神仙，一个殷勤地向路人递上注射器的瘦子仆人，一个衣着袒胸露背、长着蟾蜍头的淫荡妇女，一个极其残忍的犀牛人。其他的……我不知道这些雕像是什么意思，有点邪恶、可怕，又那么引人入胜。我还想过，那乞丐是不是半夜看到这些怪物，惊恐地睡着了。想象一下，夜晚看到牛角、有力的

臂膀、刑具、奇怪的服饰、下垂的肌肉和肚子，是多么可怕。雕像周围的铁链围栏、台阶，都被淡紫色的雪盖住了，看不到星星，也看不到月亮，乞丐不能逃跑，也不能避开这些怪物，就这么被冻僵了。现在谁能说清楚，这一切到底是怎么发生的？

而我还年轻，还很健康。我享受无所事事的快乐，我会花上一整天就观察人和街道。我在城市里晃悠，从巴斯曼大街到大波利扬卡，再折回去。我研究了每个院墙门洞、每个拱门和小巷，我在一些地方做了标记，给自己占个位置，以防冬天太冷太饿。

我学习了用以标记领地的复杂的几何图画。气味可以清楚地告诉我这一带的猫有多凶残，还有他们的习性、年龄、派头，费洛蒙甚至可以警告我，如果我越过界线，我将会承受什么样的殴打。这些区域，我都绕着走。

有时的我很残忍。有人把我带回家，但我逃跑了，是的，又逃跑了，因为我很无聊。我知道，有人爱我，有人需要我，但我不怎么看重这个优势。一旦知道有人在某个地方等你，日子就轻松多了，也更自由。一天，我遇到了大波利扬卡的女主人，她拿着一大沓寻找我的启事，正在贴，泪水顺着她的脸颊流下，香烟夹在她的嘴唇上不得劲地向上翘，她笨拙得把胶棒折断了，变成了碎块。我走过去就坐在她旁边，悲伤让人失明，她没有发现我，就去了下一个柱子贴寻猫启事。而那启事只挂了几分钟，风轻轻一吹，就飞走了。这一刻我不禁想起了我的老朋友，当然是那位天生的广告张贴工，米迪亚。在这项工作上，没有人比他做得更好。

你问我想家吗？还记得妈咪、妹妹们和出生的纸箱吗？每天，每天都想。你问我想回去吗？不，还没到回去的时候。我，如果一定要说，还没有实现我存在的野心，还没有感到寂寞。我希望，我回到谢拉普廷斯基的时候，就像满载黄金、香料和奴隶的西班牙大帆船返回故乡的港口。人去参军，猫则去城市闯荡，事情就是这样，我在等待。

我不会挨饿，我会打猎，但我更喜欢让食物自己送到我的嘴边。很快我就学会怎样得到自己想要的，想做到这一点很简单：坐在一个餐厅的门口，或是酒吧、小酒馆，睁大双眼，然后小声地嘤嘤叫，小声到自己几乎都听不到。这一招屡试不爽。人类身上有一个惊人的属性，这我在其他生物身上可没见过，人类永远准备好了把最后一块面包头给受苦的猫咪，却能无所顾虑地用棒球棍击打没有给他们让路的司机。

人类为了与自己和解，想出了很多手段。比如娱乐，晚上我在马拉谢伊卡街上遛着弯，观察着这些城里人，男人和女人心神不宁地摇晃着，成群结队地、漫无目的地游荡，他们向自己证明，自己的生活过得非常开心。他们在马拉谢伊卡街上，从一家酒吧出来，再进另一家酒吧，直到短暂的精神愉悦压倒自身的空虚，一天的恐惧消退了，可怕的消息也没了紧张感。人类在手机的照片中确认了自己的一举一动，并立即将其发布在互联网上，来收集对自己的那点微薄的关注，并至少在一段时间内掩盖自己可怕的、赤裸的内心。他们顺着街道拼命地跑，一路上撞到了一些朝着相反方向跑的醉汉，这些醉汉是要赶着在十一点前买到酒。他们使出浑身解数抓紧时间，向自己证明他们处于生活的震中，他们更好、更年轻、更强大，他们对这生命完全了解，他们比其他人更适合活着。没错，从本质上讲，人类在互相比拼谁的黏性更好，他们就是靠这黏性粘在这世上。他们所承受的不可估量，他们的痛苦如同薄冰下水量充沛的河流，像中毒的有机体，每周至少有一次，要从自己身上喷薄出所有积累的腌臜：坏消息、屈辱、失败和恐惧（恐惧是最多的）。而城市会帮助他们，人类不品尝味道，潦草地吞入成分和配料，五谷不分，四体不勤，人类不加选择地接受、吮吸、轻嗅和吸入所提供给他们的一切。有人满足于在角落里打架：用拳头以神圣的节奏打在敌人的脸上，让人生账簿上的借方与贷方平衡些。其他人在 Imagine 咖啡馆大声唱着歌，打扫卫生，透过低矮的窗户，我经常看到一群人在这个热闹的小店里疯狂起来。呵，如果安东尼奥·维瓦尔第听到 Imagine 咖啡馆里轰鸣乐曲的几个小节，他会惊恐地用自己那假发的卷儿堵住耳朵。但这间咖啡馆有点东西，是有点东西的。这些人见不得安静，就巧妙地处理了它。是的，他们知道如何消除沉默。我特别喜欢一个高个子的中年黑发男子，他蓄着大胡子，穿着皮夹克，拿着一把棕色吉他，他似乎是这里的头头。一个红头发的人经常和他一起唱歌，还有一个秃顶的小个子，拉着低音提琴。有几次，当音乐家们演唱特别劲爆的歌曲时，我甚至遗憾自己不是一个人类，不能就这样轻易走进咖啡馆，和其他人一起在舞台上蹦来蹦去。

一到晚上，人类就看起来很奇怪。男孩喝酒是为了长大，成年男人喝酒则相反，喝得酩酊大醉，就为了年轻那么十来岁，不过这些对他们都不重要。至于女人，就没什么好说的了，她们的行为由某个神秘的替身操纵，在酒精作用下，替身将船长从驾驶室推出来，把自己锁在里面，拧下方向盘，听天由命，直到船撞上岩石，分崩离析。总之，人类在时间的感知方面完全不一致。

有一天，我在波克罗夫斯基大道起点的长椅上休息，不远处，一对情侣正在吵架。男人低沉地用粗野的骂娘话骂人，回应他的是女性刺耳的尖叫。然后，男人撞了一下这位与他对话的女性，迅速走开了。女孩则朝相反的方向走去，她大声哭泣，从双手捧着的咖啡杯里啜了一口。看到我，她停了下来，环顾四周，咬着嘴唇，接着，把所有的咖啡都倒在了我身上。

他们说，人类喝咖啡是为了打起精神。我发誓，没有什么比这来自肯尼亚背阴坡的优质浓咖啡，更能让我精力充沛了。这种香味跟了我整整三个星期，我腾空两米，在周围飞跑起来。我跑遍了霍赫洛夫卡、索良卡、三圣徒街，最后在一片安静潮湿的低地里平静了下来，就在传说中作曲家斯克里亚宾[1]出生的房子附近。万幸，那时天气凉爽，热咖啡没来得及烫伤我的皮肤，此外，在那之前不久，我过了换毛期，新长出的绒毛起到了额外的保护作用。

是啊，发生了很多事，有饥饿和严寒，有适度的暴力和无限的厚待。总的来说，运气站在我这边。尽管要做的事情很多，但我还是给自己留出了时间思考，你得承认，在我如此原始的生活条件下，这已是一种极大的奢侈。梳理跳蚤时，我在思考；顺时针逆时针地来回甩着尾巴时，我在思考；在汽车挡泥板下面的轮胎上取暖时，我在思考；当陌生人露出对我关注的信号时，我在思考；从一群疯狗那里逃跑时，我在思考；吃饭时，睡觉时，甚至解手时，我都在思考。思考像烦人的乞丐，令我苦恼，而且在我给思考打赏几块铜币之前，思考不会停止。但我的思想从未形成清楚的形态，所以它不能作为纪念品随身携带、在闲暇时拿出来欣

1 指亚历山大·尼古拉耶维奇·斯克里亚宾（1872—1915），俄罗斯作曲家、钢琴家，他的作品旋律宽广，情感激昂，充满尖锐的戏剧性和英雄气概。——编者注

赏，也不能在纪念日送给不那么亲近的朋友。

有一次我在奥尔登卡街上闲逛，我在吃鱼的布奥森餐厅认识一个服务员，有时他会请我吃鲤鱼的鱼鳍或者鱼头。我在巨大的玻璃窗前停下来站定，等等看他这次会不会给我带点什么好吃的。透过玻璃，我能看到餐厅的大厅，白色大理石、镶金边的红色天鹅绒窗帘、角落里的橡皮树、天花板下的水晶吊灯。入口处是一位体面的女士，手持竖琴。大厅中间开出了一个喷泉，赤黄色的鲤鱼挤在里面，耐心地等着一个干瘦的高个服务员卓拉（对，就是我熟人），把他们一个个捞出来。他一脸嫌弃地把捞鱼网浸入喷泉，那捞鱼网跟他本人惊人地相似，他的头发梳成了顺滑发亮的分头，鼻子下面留着滑稽可笑的胡须，像小白酒瓶那样。卓拉漫不经心地用捞鱼网划拉着，把选择的权利交给鲤鱼们，让他们自行决定谁去厨房。鲤鱼们表现出的平静令人吃惊，他们没有央求多给一分钟的宽限期，曾经历过一次便彻底认清了自己的命运，他们不再珍惜生命中多出来的时光，非常心甘情愿地钻进了网中。这些鲤鱼祖上是日本来的，所以他们的行为带有些武士的意思，是那种骨子里古老的、民族的东西。

我就这么站着，看他们繁忙地工作，站到周围的灯光暗了下来，白天替代了黑夜。我被装进了一个黑色包里，有人要带我去什么地方，无视我的意愿，绑架了我。也许，我要与生活别离了，我很遗憾我生来就不是一条会勇敢迎接死亡的日本鲤鱼。

那些抓我的人，说话不多，一路上就谈谈足球和政治。他们表现得很日常、很习惯，他们抓我的原因绝对不是我想听到的。一切都证明他们在处理猫这方面很有经验，我多半是死路一条了。我成了“道路清理”计划的对象，这意味着我会被所谓的人道安乐死。

但命运另有安排。走了一小段路后，我被带到一幢房子里，沿着楼梯一会儿上一会儿下，花了很长时间。最后，我被人从包里倒了出来。

那是一个不大的房间，墙上挂满了华丽的照片复制品，地上摆满了白色雕塑，都是著名的艺术家和赞助人的半身塑像。顺便说一句，在一张照片中，我认出了与我同名的商人莫洛佐夫。我面前站着一位女士，她把头发向后梳成一个发髻，戴着大框墨镜，穿了一条及地格子长裙和一件深绿色的高领毛衣。女人戴上医院用的手套，在脸上系上纱布口罩，然后她仔仔细细地检查了我全身，测试了我的条件反射，她把光打进我的耳朵和嘴巴里看，查验了腹股沟部位。她对带我来的两个人赞许地点了点头，随后给我消了毒，并进行了精细的清洗。就这样，在没有初步协商和试用期的情况下，我成了国立特列季亚科夫画廊的雇员。

是这么个情况：特列季亚科夫画廊里闹起了老鼠，一开始他们想用手边的工具对付老鼠，比如拖把、捕鼠器和毒饵，结果是白费功夫。于是，他们从卫生防疫站找来了一队人，这些人穿着发光的制服，走得磕磕撞撞，在戴着的玻璃头盔里喘着粗气，用有毒的喷雾对博物馆里的每一平方厘米进行了处理。老鼠是不见了，但和老鼠一起不见的，还有几幅画上的云朵、树木、水果、勋章，有的画上一整队骠骑兵都不见了。这些写生画的碎片就这么永远不见了，结果这群老鼠转头又回来了，真是身经百战、训练有素又邪恶的老鼠。于是，博物馆决定采取一种久经考验的古老办法，也就是求助于猫，他们要组建一个突击队来对付那帮啮齿动物。事情就是这样，他们已经招募了两只猫，这岗位还有三个空缺。

我开始住在门房里的沙发上，值班守卫员谢尔盖成了我的新恩人。

“好的，进去吧。”谢尔盖喜欢重复这句话，他还在蓝色搪瓷平底锅里搅拌着煮沸的面条，就知道自己该说什么了，因为在过去五年里，监督进入博物馆的人是他主要的工作，也是唯一的工作。谢尔盖用手掌托着脸颊，一只眼睛狡黠地眯着，参观者和画廊工作人员每天都由他迎来，再送别。

谢尔盖的样子极为普通：他年纪不轻的头上戴着一顶椭圆形的帽子，就像巴尔干半岛的独裁者戴的那种，他穿了一条褪色的蓝色系带运动裤，不想也知道，脚上套着一双“再见青春”靴。他个性乖僻，不合群，所以没讨到老婆，也没有朋友。按照规定，谢尔盖该有个搭档，但这么多年在工作中他都是 solo 过来的。有的人被谢尔盖故作傲慢的沉默激怒了，有的人极其厌恶他单调又响亮的口哨声，还有的人受不了守卫员走哪儿都带着的那股呛鼻的汗味，而且这汗味在与某种廉价难闻的香水味争高下，而后者，不得不说，彻底输掉了这场斗争。

每当他们同事间发生公开冲突时，谢尔盖会说“我们在心理上，无法互相靠近”，这确实找不到理由告到领导那儿去。谢尔盖甩了甩报纸，礼貌地透过眼镜看了看对手，没头没脑地说了句：“怎么着，亲爱的，你不是要操我大爷吗？”尽管谢尔盖被冠上了阴郁的厌世者之名，但他还是相当有声望，以致每次冲突，领导的决定都对他有利。

在外人看来，谢尔盖的生活只是一年又一年乏味又没什么起色的日子，好像也确实是，因为他的生活就这样了。在交朋友这方面的伤感，让他白天抽 L&M 牌香烟，晚上把多食乐牌牛肉味方便面和温热的伏特加放进锅里一起煮。

几年过去了，有天我出现在了门房门口。要怎么解释我们之间出现的信任呢？没法解释。要怎么证明一只青年猫与一个老年守卫员精神相投呢？没法证明。只能对这一切表示惊讶，要搞清楚一切发生的原因已经不可能了，确实也没这个必要。不管怎样，谢尔盖有了一个朋友。而我们，正是他们说的，形影不离，一起吃午饭，一起做数独题，一起给特列季亚科夫画廊的人分发各个房间的钥匙，并告诉他们应该在哪里签字。我们的大部分时间都在沉默中度过：毕竟，我们分辨真朋友的方式，是看一个人是否善于对一些吸引自己的事保持沉默。谢尔盖没有过分为难自己的想象力，就给我选了一个名字，他在脑海中出现了第一个选项时就停了下来，就叫我谢尔盖。以自己为荣，简单又有品味。

我只在晚上见到过突击队的其他成员，当值以外的空余时间他们在哪里，我只能靠猜。晚上十一点左右，我们被召集在半地下层的辅助用房里集合，没有给我们任何解释和计划，任务已经很明确了。在这之前我从没见过其他猫，好吧，除了我以外，其他的都是本地猫，都带着明显的莫斯科郊区口音。

在短暂的临别寒暄后，还是那个穿着格子裙、戴眼镜的女人打开了门，我们就出发去博物馆漫无边际的展品储藏室，开始狩猎。我负责东侧区域，那里，在黑暗深处，吹来一阵穿堂风，潮湿而紧绷，电线滋滋作响。我贴近水泥地，慢慢地往前挪动。在我看来，这里有些看不见的缠绕交错的树根，这些树在楼上开出了集观察、想象、渴望于一体的花朵，有肖像画、风景画和静物画。想到这些画是在稀泥、严寒和找不到路的污秽中画完的，就觉得很奇怪。燃尽的篝火，暖和的干草垛；长着黄眉毛的老农，拿着深红色蔷薇的妇人，乞讨的孩子，黑色的小木屋，光秃秃的树林，冰冷的池塘；还有金色的城市，花岗岩外墙，宽阔的河流结了冰；漂亮的寡妇，眼中尽是黄昏，考究的银行家，胡须分两半梳，可疑的学生拿着自己卷的纸烟，神父举着沉甸甸的十字架。这些艺术家，是多么幸福的人，尽管他们遭遇贫困、疾病、痛苦和绝望，他们依旧是那么热爱生活！他们是那么幸福，自己却不知道，他们的生命中充满了多少喜悦，如今被他们忘掉的精神遗存就放在楼上，而我在这里，在阴暗的污水沟里，为它们的安全操心。意识到交代给我的责任后，任务对我来说更容易了。来吧——啊哒！——我甚至充满了一种类似身为国民的情感，或者，容我这么说，那是爱国主义。我可是在国家机关单位工作，我拯救了文化遗产，让它们免遭破坏。

走廊如同没有尽头的黑色迷宫，向前延伸。有时我会遇到其他猫，如果没什么有趣的事情要交流，我们会安静地伸展一下身体，如果有什么事要说，那我们老远就开始用尾巴给对方打信号。尾巴的动作就是我们的电码，比如，冲着我走过来的猫听到哪里有吱吱声，他盘算了一下力量对比，知道自己一只猫是应付不来的，这时他就要找援军。他用尾巴尖儿快速地从右向左弯曲，这意味着：附近有敌人集结，我们要进行猛攻。我加入了，并跟着他走，果然，我们很快就看到了一队老鼠军团。这些老鼠非常之阴险狡猾，从战斗中取胜的唯一办法就是采取突然而猛烈的攻击，最好是从两面或多面包抄，同时要有猫守住出口，还要有猫防备空袭，要知道老鼠几乎可以垂直起跳一米高。

几周后，我们中的一只猫，在独自一猫与三只老鼠战斗后，失去了一条腿。于是，复员后，他被送去了“荣军院”。所以说，虽然我们有身体条件的优势，但必须时刻小心防备。

我们这个团队很友爱，工作后我们会聚在角落里。今晚我们杀了两三只老鼠，吃饭的时候回忆了狩猎过程，互相分享了心得，不过我们的谈话，从来不涉及那些色情或粗野的笑话，这也许是因为我们都被阉割了。我们互相述说着，服役结束后打算去干些什么、做什么工作，我们回忆起自己的亲人、地下室、纸箱、私藏的秘密洞穴。不知道为什么，大家都觉得，这项工作会在某个时候结束，没有猫对此提出疑问，我们这信心是从来哪儿来的？这该死的战争。

凌晨，我们分道扬镳，其他猫去哪儿了，我不知道。可以推测一下，在画廊的其他区域有各自的彼得罗维奇、米哈雷奇和伊万尼奇，他们同样坐在门房里，也有一只像我一样的猫猎手。这真是完美的理论。

我被禁止进入展览厅，这并不奇怪。不过，我还是找到了偷偷溜进去而不被发现的方法。这感觉类似那种，一个消防英雄要去参观他很久以前救过火的妇产医院。

黎明时分，我在画廊里溜了一圈。这时，博物馆还在沉睡，但画作已经被清晨第一缕阳光照亮。这些面孔、束腰长袍、鲸骨裙、繁复的装饰，这些怪模怪样的假发。我看到一张被揉皱的纸，不再平整，白色的平静表面被摧毁，正面和背面都难以分清。人类钟爱的恶习与激情、习气与消遣，这些都被紧紧织入一根根纤维中。没有一级又一级的阶梯，巨大的楼梯也会瞬间坍塌。

太阳缓缓升起，一道道黄色的光带穿透窗帘，映照出模特的眼睛、手腕，或折扇，或船，或石窟，或丘比特的翅膀。我一个厅一个厅地游览，我在思考，似乎每个过去的时代都有其安宁与秩序，不论过去是由什么构成的，都被放入了正确的结构中，一块石头紧贴着另一块，就好像它们是在同一个作坊里凿成并烧制的。但我知道，不是这样。未来的事情我一无所知，过去就像一个漏水的袋子，在路上丢了一半的美好。

在圣彼得堡，一个艺术博物馆叫冬宫[1]，这个词太合适了！没有什么地方能如此孤独，就像一群早已故去之人中的隐士，那些人虽然死了，却比你活得久。直到在特列季亚

1　冬宫，隐士的居所，孤独的角落（来自法语）。——译者注

科夫画廊的大厅中，我突然明白一件事，也许人类的生活并不比我们轻松多少，而且往往更劳苦。是啊，每个年龄段的人类，都有整整一个衣柜，里面塞满了不同的衣服，用于程式化的工作、社会上的荒唐事和千方百计的消遣。选吧，你想要哪件。但这些厚重的衣服，总也不是按照尺寸缝制的，这让他们很不幸。人类一辈子给自己穿着这些过于宽大的皮衣，有的一只袖子拖在地上，另一只差点遮不住手肘；有的女人头上竖着一个用头发缠住的玻璃鱼缸；有的把裤子穿在胳膊上，而腿是光着的。就像做噩梦一样，一开始，人会感到恐惧，接着，环顾四周，渐渐对荒谬的行为习以为常，他想:“可能，就应该是这样吧。这就对了！我怎么一下没想明白呢!”

一天早上，我遛弯时注意到连廊深处有一只猫，据我判断，这只猫不是我们突击队的，我以前也从没见过他。我抬起尾巴表示欢迎，朝他走了过去，陌生来客对我狡黠一笑，当我走过大厅，他在原地没动，我已经离他很近了，他眼睛依然盯着我，突然他抬起尾巴在我旁边的墙上做了标记，然后就逃掉了。我飞跑去追他，他钻进了消防栓的洞里，消防箱的门在他身后砰的一声关上了，我没有继续追他。真是只奇怪的猫，为什么我以前在这儿都没见过他呢？突然我看到对面有两名守卫员，装备了扫帚和拖把，用自己可颂面包一样的腿，踉踉跄跄地向着我来了。其中一个凶恶地喊道：

“好你个乱尿鬼！”我瞥了一眼面前的画，就顺着墙上的洞钻了进去。这是一条狭长的通道，刚才遇到的那只猫不见了踪影。

这是怎么回事？显然，陌生来客陷害了我。为了什么？不清楚。他想让我的公职打水漂？也许是为了代替我的位置？可能吧，这一切真奇怪。他的表情里有一种邪恶和嘲弄，他身上带了些不好的东西，恶毒且残忍。

最后一刻我瞥到的画作，是弗拉基米尔·卢基奇·博罗维科夫斯基的《玛丽亚·洛普希娜肖像画》[1]。我听说过关于这幅画的一个故事。

几年前，一群奇怪的男人开始常来特列季亚科夫画廊。他们每个人都穿黑色的长大衣，戴西部牛仔样式的黑色帽子，还有手套、鞋子、围巾和裤子，不难猜，这些衣饰也都是黑色的。他们大概有七个人，有老有少，从非常青春的少年到暮年老人，老人也是他们中唯一蓄着白胡子的人。他们没去衣帽间存衣服，而是目的明确地穿过大厅，最后在守卫员眼前闪了一下“特列季亚科夫画廊之友”的证件。他们没有在罗柯托夫和列维茨基的画前停留，也没给基普伦斯基或

1　弗拉基米尔·卢基奇·博罗维科夫斯基（1757—1825）是俄罗斯优秀的肖像画家，他笔下的主角常置身于自然风景，画作带有古典主义特有的严谨风格。《玛丽亚·洛普希娜肖像画》是他最成熟的抒情作品之一，创作于 1797 年，画中的年轻女子形象朴素，却透露出典雅气质。——编者注

布留洛夫的画赏脸，对弗鲁贝尔或谢罗夫的画没有丝毫兴趣，一丁点儿都没有。然而，他们驻足在玛丽亚·伊万诺夫娜·洛普希娜的肖像画前，就哪儿都不急着去了。

从他们在特列季亚科夫画廊出现的频率（每月至少三次）以及洛普希娜肖像画是他们来访的明确目标这一事实来看，可以假设这些男人形成了类似洛普希娜仰慕者俱乐部的组织。他们在玛丽亚·洛普希娜面前围成一个半圆，花三十分钟静静地看着她。他们既没有给中学参观团，也没有给中国旅行团让出位置，他们不让任何人挡在他们和画像之间，也不理会守卫员和警卫的要求。这个神秘组织的成员们在想什么？他们一定是在脑中回顾了玛丽亚·洛普希娜一生中不多的几个里程碑。他们想象着，她与狩猎官洛布西内那短暂而不幸的婚姻背后的日常生活，深入理解她怪异、傲慢、天真和半孩子气的神情，他们思考起了自己的人生。他们的人生，没有闪光点与火花，过于沉重密集，甚至看不到划过的流星。这就是为什么他们选择了十八岁的玛丽亚·洛普希娜，他们将她视为自己失败爱情的象征？他们看着她衣领的领口，想到了自己没有的柔情；他们观察着她身后的麦穗和身旁的花朵，一挥手，自己变成了麦穗和花朵；他们预见到她不久会得肺炎，他们完全沉浸在画像的美丽中。神秘组织的大师用两根手指向其他人传递了信号，然后他们一声不响，转身离去。

从画廊出来，他们去了安德罗尼科夫修道院、米哈伊尔主教教堂，还有洛普希家族的墓地。从特列季亚科夫画廊到安德罗尼科夫修道院的路程花了一个多小时，他们从拉夫鲁辛斯基街转到托尔马切夫斯基街，经过克里门特街，然后穿过萨多夫尼切斯基巷，来到乌斯琴斯基桥。他们沿着桥安静地走，其中两个人提着的篮子里装了鲜花和水果。受到一种隐隐约约的神秘感觉的指引，他们蹙眉向远方凝视，大衣的衣襟随沿桥挂上的节日旗帜摆动着。

细细的粉雪在他们的帽檐、肩膀和篮子的盖布上积了起来。而他们还在继续走，顺着亚乌扎河，走过外国文学图书馆，沿着尼古拉亚姆斯卡亚街继续走。他们的样子让路人惊奇，他们一路上收集了汽车的鸣笛声、钟楼的钟声。他们走过 ABK 超市、瞭望塔、流浪汉救助点，最后来到了修道院的门口。他们脱下帽子，光着头走到米哈伊尔主教教堂。在教堂里，他们走下狭窄陡峭的楼梯，进入地下室。那是个昏暗的拱形房间，他们把篮子放在神圣的墓石台上，彼此手牵着手，闭上眼睛，静静地唱起雅科夫·波隆斯基[1]的诗："她早已逝去，那双眼睛已不再……"他们在进行某种仪式吗？他们在祭祀以外的自由时间是做什么工作的？为什么他们如此迷恋博罗维科夫斯基的作品？没有人知道。

1　俄罗斯 19 世纪著名诗人。这首诗唱的便是画中的洛普希娜。——编者注

那两个守卫员，扫帚和拖把还没从手里放下，就去女主人那里，把早上发生的所有细节都告诉了她，附带描述了我的长相，并邀请女主人过去闻一闻我在墙上干的好事。女主人礼貌地拒绝了，把谢尔盖叫了过去。我被解雇了。

我怎么做，才能证明我的睾丸很久前就没有这个功能了？怎么做能让我的雇主看看摄像头的视频记录，相信我是无辜的？他们的神智聋了，心肠又硬又冷。唉，能怎么办呢……

那只这样捉弄我的猫，给他们的惊喜可不止这一次。等下次，我就已经远走高飞了，听不到他们悔恨的声音了。随他们吧。

他们不给我和同事道别的机会，不让我在大厅留下最后的脚印，就把我赶出去了。但也没完全赶出去，谢尔盖把开水倒进面条里，当面条慢慢膨胀并吸收了香料和调味料时，他看向了我。

“你真是个笨蛋，谢尔盖。你本来什么都有了：房子、食物、最喜欢的工作、时间弹性。现在呢？唉。”我的恩人叹了口气，搅拌着锅里的面条，“没事，现在跟我走吧，和我一起到库兹明基住吧。”谢尔盖舔了舔勺子说。

不管他说的库兹明基在哪儿，我不想去库兹明基住。我不想，我更不想要施舍、妥协和让步。我从守卫员的桌子上跳下去，从打开的门冲到街上去了。

我不得不修复一些熟人关系，我需要找到过夜的地方和每天能吃到饭的地方。正值三月，双鱼座晃着冻僵的尾巴，游走了，好给白羊座腾位子。我从水坑里喝了口解冻的水，环顾四周，发现在我入公职的几个月里，世界并没有变得更糟，反而更有生机与色彩了，我对此很满意。世界复苏了，更新了自己，并准备用新的力量让自己再大一圈。世界充满了美好的、盲目的冲劲。

四　这……

这件事发生在四月，准确来说，是四月的最后几天。首都公园的低矮栅栏上已经刷了新的黑色油漆，而市政府要给长凳涂的漆还没到。工人们正在安装夏季凉台，到处都是一股新鲜的刨削木头的味儿。铺路机正在换沥青。“您的爆米花仆人”售货亭的售卖员煮上了玉米。长长的冬眠后，自行车响亮地通了通自己的铃铛。

公园的小路上出现了一位穿着深色西装的老先生，头上戴着一顶没什么特色的帽子。他在公园的长椅前停下，可以说“淌”在了上面，然后愉快地松了口气。座位对他干瘦的屁股很合适，长椅圆形的椅背友好地托住了他脖子弯曲的部分。这还不够，老先生从口袋里掏出一个皱巴巴的麂皮袋，举到嘴边，不一会儿，袋子开始膨胀、变大，很快就变成一个有弹性的枕头。它年迈的主人把它放在脖子下，彻底放松了。

他把帽子推到后脑勺上，用手杖在沙砾地上画起了看不懂的符号。画完一个奇怪的图案，他就马上抹去，再重新开始画。过了一会儿，他从口袋里拿出一本书，读了起来。没多久他将视线从书本上移开，望着天空，大声地用很重的鼻音说道："这些日子过得，就像没有尽头的车厢，装载了不同尺寸的同一种原料。是时候了，我的朋友，是时候了！"说话的声音很大，树枝上的麻雀们拍拍翅膀飞走了。起身前，老先生将书装在兜里，向后一晃，双腿抬起，又向前一晃，站起身来……突然，他僵在了路中央，双手合拢，放在手杖上。

是这么回事，当时我正好在公园里安静地散步，就像往常一样，找点儿什么填饱肚子。我在陌生人面前停下，礼貌地给他打了个招呼，我以为我以前在哪儿见过他。老先生用食指挑起眉毛，激动地轻声说道："然后，走近他，羊羔咩咩叫了起来！"他说出最后几个字的时候，不知何故过于意味深长，我不喜欢。首先，我根本没向他"走近"，他只是站在我要走的路上；其次，我不是羊羔，显而易见；再次，就算老先生的视力不好（很可能是他鼻子上的眼镜造成的），那他的听力应该没什么问题吧，命运很少会对一个人又关门又关窗，简单说就是他听到了我在喵喵叫，而不是咩咩叫。

我向他告辞，准备绕开这个陌生人，但他动作迅猛地用手杖挡住了我的路。与此同时，他手里多了一包希宝鸭肉湿粮。“既然如此，”我暗自想，“美德总是严厉又不近人情的。”老先生用牙咬住包装袋，摇了摇头，希宝的包装袋就打开了，两滴饱满的肉汁落在他脚边。他把从包装袋上咬下的碎片吐了出来，把手杖夹在腋下，腿没有一点儿弯曲，将上半身压得很低很低，我心想：“这是芭蕾的动作，苏联中学真是伟大。”老人把撕开的希宝放在我面前。“以后我要去圣彼得堡，在瓦冈诺娃[1]的墓前献上鲜花。”我一边狼吞虎咽地吃着软嫩肉冻里的鸭肉块，一边心想。

突然……我不明白怎么回事……他拿着手杖用尽全力击打我的背部，我尖叫了起来，他接着打我的腿，我一瘸一拐地向前冲。身上的绒毛都在泥地里滚脏了，但我顾不上这些，我注意到他的嘴角在抽搐，还有那些胡须，丑陋得如同刷子般的胡须，就像一些三十年代的好莱坞演员蓄的样式，这对我来说可不是什么好兆头。老天就像成心和我作对似的，周围一个人也没有。就算有其他人呢？好吧，他们可能以为这是主人在抓自己的猫。老天啊，我该怎么办？他想干什么？为什么要这么做？老头在我后面慢慢走着，拄

1 俄罗斯传奇芭蕾舞女演员、教师、编舞，被称为俄罗斯芭蕾舞之母。——译者注

着手杖，瘸着腿，肩膀也有点儿歪。他还在后面，都没发现自己忘记取下脖子上的充气枕头，他的鞋子和手杖在滚烫的沙砾地上留下深深的冒着烟的凹痕。他伸出空着的那只手，做了一个小心的动作，好像在招呼我。我小跑着走了，他加大了步伐，我跳进了灌木林，他察觉了我的动机，拐个弯向着我来了，我溜到一棵树后面，躲进了公共厕所里。他跟丢了我，便从公园走了。

厕所不久前翻修过，入口处建起了希腊伊奥尼亚式柱子，里面，不出所料，又湿又冷。一个个小隔间沿着半圆形的墙壁修建，就像是十九世纪步兵的战斗方阵。大理石地面被铺成了黑白格子，有些地方被水淹没着——这么快就漏水了。我想，这真是奇怪又不合时宜的奢华。但至少这里有水，我能喘口气，把自己整顿好，我在洗手池下面的小水坑里喝了口水，前腿很痛，我小心翼翼地靠着暖气躺下，很快就打起盹来。我感觉自己都看到了美好梦境的引言，突然我听到一阵摇晃不稳的脚步声，我希望那只是个普通的上厕所的人。但又是他，我睁开眼：老头站在门口，从左向右快速挥动着手杖，不让我逃到外面去。我向后退了一步，这时才发现，要找到我不用费多大劲——我身后拖着一条血迹。我怎么会把希望寄托于某种神秘的玄妙法则，觉得不幸的预感会保护我免受不幸的伤害？我真是大错特错了！

“我企图逃跑。”老头冷漠而平静地说。

“对，逃跑。但这是我该说的才对啊。”我喃喃自语，“你要是我，你也会想逃跑，难道不是吗？不管是谁，都会逃跑。你告诉我，你为什么要这样做？”

从高处某个地方的扬声器里，传来乐曲《自由探戈》[1]的声音。在昏暗阴冷的厕所里，老头向我靠近，小便池的光滑表面映出了他的逼近，小便池里每隔一点儿时间就放出一些没用的水流。

“听着，这里到处都有摄像头！你要成互联网的中心人物了。你为什么要这么做?!”

我又想：也许，他就是想成为网上的中心人物呢？如果一个白痴为了他自以为伟大的、永世的荣誉，烧毁了一间寺庙，（并最终达到了自己的目的！）难道其他那些有各种目的的人，会放弃杀害无主小猫的行为吗？

千不该万不该，求你了！不要!!!

如果这之前，我只知道说些胡话，那现在好了，老头把那些胡话连带什么别的东西，都从我身上踢了出去。就像你从沙发缝里掏出一支旧铅笔，上面布满了灰尘、毛发和各种脏东西。灵魂也是如此，灵魂走的时候可不是裸着的，而是

1　阿根廷作曲家、“探戈之父”阿斯托尔·潘塔莱昂·皮亚佐拉（1921—1992）的《自由探戈》，乐曲兼有爵士音乐的个性和古典音乐的优美，被认为是探戈音乐的巅峰之作。——编者注

穿着多年积攒的、喜欢的、有标志性的衣服。这样到了要喊名字通过关卡的时候，入口处挤满了腿和爪子，好在灵魂们各有各的特点，就不会搞混了。

老头用靴子猛踢我的肚子，就踢这个动作来说，不会让我很疼，但受到撞击后我飞了起来，被暖气片撞伤了头，口中流出了鲜血。然后他用尽全力把我摔在一个橡胶旋钮上，我的脸撞在了上面，牙齿撞飞了。不知道怎么就闻到一股香蕉腐烂的味道，我真的希望自己失去意识，但还没有，怎么还没有？接着他又打了我一次，但我已经反应不过来他用什么打了我、是怎么打我的、打了哪里。

有什么东西裂开了。然后他扔掉了手杖，从侧兜里掏出一把锤子，我吓傻了。我只知道，马上了，就现在，我的生命会像一团乱蓬蓬的旧绒毛球，从我身上离开。我已经无法发出声音了，只能张开嘴——这也许是在努力从大气中吸入更多的空气，也许是临死前的生理反应。我已经没有思考的力气了，老头像上次那样，将他的身体俯伏在我身上。我再也不想什么给瓦冈诺娃的鲜花了，现在，一切都结束了。但那把我一生的故事倒着放的影片，并没有在我眼前闪过，在某个地方，在我意识的边缘，在那张书写了我生命的枯木桌子上，在那张桌布的一角，一个念头闪过："也许，还没有结束？是吗？"我用爪子和尖牙抓住了这张虚幻的桌布，挂在上面，即使知道桌布不是真的存在。我挂在上面，等着花瓶慢慢滑到桌沿，掉下来，砸碎它自己的和我的生命。我用后腿堵上耳朵，用前爪捂住脸，然后紧紧地闭上了眼睛……

什么都没有发生，或是已经发生了。我的一只眼睛睁不开，另一只眼睛上蒙着马林果酱般的雾气。不过我意识到，他改变了主意，不知是什么原因让他改变了主意。他把小锤子换成起钉钳，就用手柄打了一次我的脑袋。

怎么回事？他，一个老谋深算的杀手，不再享受施虐的乐趣了吗？他不满足于现在的折磨吗？算了吧，他想要更多，想要自由？只有一种可能，他想要掌握命运，成为命运的指挥者与创造者。他要抛弃所有不可控的选项，只有这样，他才能成为自己受害者的主宰者。

而他，痛风的关节要撑不住了，他从瓷砖上捡起手杖，拖着沉重的步伐向外走。“还是要有和平和自由。”他煞有介事地喃喃自语，在说到“自由”这个词时，他像中学老师一样举起食指，提高了声音。

毫无疑问，在这个仪式之后，我变得更轻盈、更洁净了。我走了，我失去了一切。在几个白色的日子里，白色的、安静的日子里，我忘记了一切，一切。

看来，我们的故事要讲不下去了。但我们不能丢下这个故事。在这种情况下，主角这条线断了，那让我们再转回到克拉拉·泽特金妇产医院。沿着中间的楼梯上楼，对，就是这儿，右转，经过丘比特花盆，（小心，有蜘蛛网！）直走，右转，再右转，打开门，抬起角落里那只大箱子的盖子，没上锁。对，里面有艺术家贝拉昆的笔记，这些笔记还从来没有被找到过，从来没有。让我们吹掉上面的灰尘，（祝您健康！[1]）打开笔记本，借着打火机的光，读一读这位下落不明的艺术家写的乱糟糟的、毫无逻辑的、散乱的笔记。

1 俄罗斯人遇到有人打喷嚏时，会对他说："祝您健康！"——译者注

五　贝拉昆的笔记

他们说，这几天窗外一直在下雨，我什么都不知道，因为窗户紧紧关着，街上的什么声音我都听不到。我想和我的回忆，还有想象力，独处一会儿。我请他们在唱片机放上童话故事，小时候，我和哥哥很喜欢听童话故事。他们找来一个留声机，我写了一个童话故事单，我不记得那些童话的确切的名字了，不过现在要找一个东西不难，输入一个关键词——很快就推送给你很多很多链接……他们在一些网站上找到了所有童话故事的唱片，所有的。他们和所有者见了面，买了回来。我连续听了好几天，过去了这么多年，多少年了，我的上帝，我听得出每个词、每个语调、每个声音，就像是河水重新流淌过了干涸的老河道。Vega-117 留声机，《黑母鸡》《阿拉丁神灯》，一面播完后，唱针就跳到了盒子上，很像雨滴落下的声音。就这样，我也遇到了他们口中说的雨，是啊，这是真正的雨，货真价实，是我这一生中最好的雨。我不再对任何事情感到遗憾，有什么好遗憾的呢？一切都正像我想的那样发生了，甚至比我想的更好。他们的生活很精彩，当然，他们还不明白这一点，就像我当时也不明白这一点。不过，晚一些，他们会明白一切，希望他们也不要有遗憾。人们常常不喜欢去理解新事物，那会让他们感到不舒服，就好像你得马上对你最喜欢的公寓进行一场大修，而你既没钱，也不想修。但这与我没什么关系，他们是努力创建事业的人，什么都能适应，什么都来得及做。现在一切都那么快，他们都会成功的，会创造新的纪录。想想看，还有什么地方需要新纪录？运动员要跳得更高、跑得更快、投得更远。

这些是相册。我妈妈还在世时，她会给我和哥哥讲相册上的每一个人，娜嘉阿姨、伊戈尔叔叔、彼得·伊万诺维奇、伊莱阿姨。我总是搞混这些名字，每次我都努力记住谁是谁的什么亲戚，但每次又都忘个干净。这些面孔是那么亲切和善，也许是当我打开相册时，他们才和善起来的？或者在相册合上的黑暗中，他们脸上的表情是完全不同的？很快我也会加入他们，我会知道所有的事儿，对于那些记不住我和他们关系的孙儿、侄儿，以及所有的小辈，我会是一个神秘的阿姨。再过一百五十年，也许我的照片会像珍品一样，被高价买走。例如，在阿根廷，我的某个不认识的子孙后代去了那里，要知道，那个时候已经不存在相片了，现在一切都已经在空气中了，在云上，在半空中，能触摸到的东西越来越少，就连现金都越来越少见了。很多东西就在某个半空处，处于失重状态，从一个所有者跑到另一个所有者那里。而我坚守自己的位置，坚守自己的特点，或许更现实一些。我还记得，中学的课堂上，老师讲某种生活在数亿年前的三叶虫，这让我很吃惊。三叶虫很朴素，却有自己的传记，它旅行、吃饭、用自己的方式与女友相爱，穿越几个纪元，经历了世界毁灭、日出与日落，在中学黑板上找到了自己破碎的背壳，就在某个数字 2 的弯曲处，在老师用粉笔写的短语里。我以后也会这样，就这样，这很好，一切都很好。

年轻的时候，就像坐着电梯一样，飞快地向上走，越来越高，越来越快。上了年纪，突然开始回想这些经过的楼层，有些似乎不是自己的，是多余的。接着突然反应过来，原来那些地方曾发生了一些事。

美丽的东西不少，有很多。在地理学办公室，按照柜子的尺寸放满了贝壳，它们敞开着展现自己令人惊奇的粉色世界。还有窗台下沿上干掉的一滴滴油漆。为什么我会想起这个？我很多年都没想起这些了，奶奶的 Climat 香水[1]装在一

1　兰蔻的一款经典女士香水，多译为“幻境”。——编者注

个蓝色的盒子里。让人吃惊的是，我们家第一次被偷，小偷没有拿走皮尔卡丹，没有拿走香奈儿，却拿走了Climat香水。小偷是喜欢吗？或是他们想拿香水送自己的奶奶？

娇贵的中国灯笼，它们在那儿放了很多年了，轻轻碰一下都令人害怕，生怕它们碎了，最多也就能吹一吹灯笼上的每朵花，我就是这么做的。花瓶上的壁灯，被涂成了青铜色，如果在抹布难擦到的拐弯和圆圈中还有灰尘，妈妈会发脾气。三脚架上的巨大电视，第六频道的预言，我记得很清楚，电视上放着山羊的微型木偶，被小双柄锯子锯成了一半，上面用精致的斜体字写着“喝酒，但要有度”。一卷《儿童百科全书》和一部奥热果夫的《俄语词典》，在我小时候练习钢琴时，它们就被放在凳子上。那是一台老钢琴，琴键已经泛黄，还有几个哑键，没一会儿灰尘又落在了琴上，所以琴音总是不准。椅子的扶手，被猫抓得破破烂烂，害羞地盖着绣花毛巾。这些毛巾是哪儿来的？来自1981年的伊格纳利纳，还是1988年的利沃夫？看这面墙，堪称一座小城，有一群劳动的人，有小酒馆、博物馆、街道、历史中心。玻璃后面摆着威尼斯面具、日历、褪色的海报。别人送的礼物、有纪念意义的小玩具、琥珀石、小雕像、烛台、很久前快燃尽的蜡烛、几块肥皂、淡紫色的绸缎包边组成了一个小天地。然后是书、书，一堆书，还是书。这些东西放了很多年，也没人抬抬手把它们收进箱子里，但愿可别因为什么迷信的可怕的东西，把它们扔进垃圾桶里。你看，要是从架子上随便拿走一样东西，比如拿走瓦尔代钟，那复杂而微妙的气场就会被打乱，什么东西会受到破坏，总感觉哪里不对。就是要一切各就各位，缺陷都会变成优势：比如地板革上凸起的部分为哥哥的玩具大战创造了天然景观，走廊里人字形地板上翘起的板材成了哥特大教堂里的墓碑。

现在我正在思考，试图理解那些发生在外部世界的事件：利斯特耶夫遇害案[1]、1993年十月事件[2]、布琼诺夫斯克人质事件[3]，或是1998年债务违约——这些对我们的意义不大，不如把那个日本骨俑移到更高的架子上。宇宙就是这样。

家里来客人了。大人们在厨房里唱歌，孩子们用钉子把床单挂在墙上，打开投影仪，坐在地板上看投影片。投出的图像上有床单的波纹，一部分还被投到了另一面墙上，所以那些小刺猬和拇指姑娘看起来就好像在两个维度里。下面的字幕被斜着向上抽走了，我们还没来得及读完字幕，因为控制投影仪的总是比我们大两岁的斯维塔，她故意很快地换掉

1　1995年，俄罗斯知名主播利斯特耶夫刚任职俄罗斯公共电视台总监，便遭枪杀身亡。——编者注

2　又称“炮打白宫”事件，这场流血冲突造成142人死亡，744人受伤。——编者注

3　1995年发生在俄罗斯的一次恐怖袭击。——编者注

投影片，来显示自己读得很快。我很喜欢投影片（但更喜欢唱片一些），当我看着这些奇怪的人或野兽，跟随着他们的故事，我感觉自己的生活也紧张起来了。有人打开了窗子，穿堂风吹过床单，风带起一阵波纹，画面动了起来。我坐在土耳其风格的地板上，猫的眼睛在黑暗中发光。电视上的动画片是给所有人看的，而投影片是只给你一个人看的。投影片没有鲜艳的色彩，暗淡而柔和，但正是这一特点突出了我个人的存在，将我与其他事物、其他生命区分开来。每个人都该有一个自己藏宝藏的洞穴，哪怕只有一颗宝石，这个地方，外部光线照不进来，你也不会经常去看，但要永远记得这个洞穴，千万不要忘了去那儿的路。我现在非常清楚地理解这一点。

年复一年，客人还是那帮妈妈的朋友，他们从不讨论那些严肃的事情，只是一起回忆、大笑、哭泣，讨论自己在中学取得的成绩和不争气的孩子，分享夏天翻修的计划，或是准备去阿纳帕度假，不涉及严肃的话题。他们比实际年龄看起来更老，自上次见面后，他们对自己失去的东西只字不提，他们用内在的眼光审视自己所经历的，这些经历的东西只增不减。终于，他们承认了自己的不幸，他们把过去的门用门闩插上，挂上一个又一个锁，为了可靠起见，给狗拴上了细链子，突然他们在教堂找到了慰藉，就像二十年前在电视剧和银行的鸡尾酒会上找到的慰藉一样。只是这还是太迟了，那时窗外寒风呼啸，大雪盖住了阡陌小巷，外面漆黑一片，让人惶惶不安。这样的聚会让大家互相取暖，让大家感受到秩序感，就算是变化无常，也是有规矩的。当旧世界只剩下破烂的、布满裂缝的桩子，他们无私地互相关怀。

这一切就像是，你要把一座山那么多的东西装进行李箱里——而且你清楚，东西非常多，行李箱不大，但你却没有其他行李箱了。你还要把最后一双袜子塞进去，压紧两侧，最终拉链还是拉上了。把行李箱立起来，装得鼓鼓囊囊，沉甸甸的。等你到了酒店，打开它，你都没想明白，这么多东西是怎么装进去的。你拿出牛仔裤、运动鞋和毛巾，就这些了。生活也是一样，难道这已经是十年前的事了吗？科利亚已经死了二十七年了？这辆现代车已经买了二十五年了？我已经中学毕业四十八年了？是的，没毛病，所有事情就这么钻进这个小小的、有弹性的生活中，一切都有自己的位置，为它预备好的位置。

我的生活，像是在望远镜里调焦距，等着，快了快了，一切变得清晰明了。但一切从一开始就清晰明了，爸爸三十七岁时去世，我的年纪都是他的两倍大了，他安息了吗？上帝有没有给他那份伟大的礼物——安宁与无畏？我确定他是一个坚强的人，轻松又坚强的人，人们喜欢这样的人。妈妈说，在他生病的日子里，他只在死前的几个月里，对她漫不经心地说过一次：“可能，我快死了。”

起初一切都是缓慢的、从容的，这样是为了有时间去感受、理解、看到一切。而当你开始看清一切，看得更远时，岁月变得匆忙，就像孩子的笔迹：写到最后一页，要把该写的都写上，于是字越来越小，越写越乱，只要把所有东西都写上就好。

决不，决不，决不，决不，就算是这个可怕而黑暗的词，也是以安静、友好、和谐结尾。也许就没有什么决不？低声的发问，不需要回答，因为这问题自有答案。这温暖的沉默，寂静中的答案，真理就在那里，答案就在那里，不需要去寻找。

夜晚，夜晚就像妈妈的裙子一样簌簌作响，从像缎子一样光滑的折痕中溢出光彩，墙纸上的花朵印花，一排书安静地休息着，裂开的圆顶小屋，书上奶奶的黑头发，我从斜对面看过去，都是花白的。一天很快，一辈子也很快。街上孩子们在闹，白色的房子，沾了黑煤油的晨报，莫斯科国立大学的音乐会海报，鹳，永不停歇地飞翔的鹳，红色的 B 路公交车，永远比另一个方向的车先到。一切多美好，充满温情。匣子里的奖章，板子和绳子。直到这时，直到今天，我才理解了一切存在的意义，直到刚才我才认出那个名字。黑色的温情夜晚，公园里那位艺术家。决不忘记和平，决不放弃和平，永远像连指松紧手套一样在一起。这一天就是最好的一天，最爱的一天，学校墙上的网球印，这些都组成了最爱的最中意的，最喜欢的雪帽。墓碑上，到了乌杰索娃姐姐向右转，穿过六排，到列斯尼科夫后面，再右转，就在那儿没错。黑色琴键上颤动的小指，窗帘在风中飘扬，而现在……[1]

* * *

我有六件派克大衣，尽管如此，每当早上天气这么差劲时，我总想干两件事：刮胡子、给自己买件新派克大衣。今天早上更糟糕些，因为昨天晚上我已经刮过胡子了，前天妈妈送了我一件新派克大衣作生日礼物。但我没有就此消沉，我在光滑的脸颊上打了泡沫，用剃须刀又刮了一遍。我从不宿醉，一口喝干了苦苦的茶。我的程序走完了，在皮肤上擦了些妮维雅，就出发去商场买新的派克大衣。不过我要讲一讲为什么。

这不是件简单的派克大衣，我在前老板身上看到过。我在售后修理店工作，我甚至还没来得及给 Galaxy S8 装上屏幕，就被解雇了。埃尔奇（老板）就走过来对我说："兄弟，和你个人无关，但遇上经济危机、制裁阴谋，总之，没钱雇三个师傅了。而你是其中最年轻的——不得不解雇你了。"其他人就坐在自己的位子上看了我一眼，又开始修手机，就

1 这一段原文基本没有断句，应是凌乱的笔记。——译者注

是说，他们都没事。好吧，这个埃尔奇，他是个还算正常的家伙，他有一件很棒的派克大衣，他清楚这一点，也从没脱下过那件大衣，所以我连大衣的品牌都没看到过（当我问他时，他只是一笑置之）。总的来说，埃尔奇是个没什么毛病的家伙，但他是个混蛋。因为他看衰火车头（也就是火车头足球队，有人没理解我说的），他就那样坐着，在办公室修手机，派克大衣也不脱下，防风帽就在脑后，真是个疯子，他把防风帽拿来存储头皮屑和那些见不得人的坏点子，有人说这样很潮。不过我还是发现了大衣的牌子，我不知怎么就把取暖器的二档转成了五档，埃尔奇坐着坐着，开始觉得热，他把大衣挂在挂钩上，去了趟厕所——我飞快地搞清楚了大衣的牌子，是 ASOS North。在猎人商行就有卖，售价要十二张一千卢布的钞票，但那件大衣值这个价，你看十一月了，严寒已经来了。但我只挣了三张一千卢布，没得选，没银子。一句话，没钱，但请您坚持住了。[1] 该死的派克大衣，我真想要。

我从妈妈那里借了六张，自己凑了六张，去了商场。我亲爱的派克大衣，就挂在最显眼的位置，只剩一件了，正好是我的尺码。我买了它，把小票收好放进里兜儿，老天保佑可别丢了。然后我去了在莫斯科最爱的公园散步，这真是棒

---

1 2016 年，时任俄罗斯总理的梅德韦杰夫在一次实地视察时，说了一句：“没钱，但请您坚持住了。”意外走红网络，成了网络流行语。——译者注

极了，爽！我和达莎、科里亚，还有另一个科里亚见了面，大家都夸赞了我的新衣服，妈妈也祝贺我买到了想要的衣服。简而言之，我在任何地方都不会脱下它，甚至在家里也穿着，玩 FIFA 也穿着，我完全理解了埃尔奇。

十一天过去了，现在，我要去把自己最爱的派克大衣退掉了。好吧，我需要那些钱，且保证能拿回那些钱的有效期为两周。我进入地下通道，穿过它就到猎人商行了，然后……他妈的……俄罗斯足球超级联赛第十八轮……火车头队的球迷，不少于二十五个人，他们站着、笑着，不时搓一搓手腕。所有听话守法的市民都惊慌逃窜，没有警察，没有保安……只有两个吓傻眼的女售货员在抽烟，还有穿着崭新的派克大衣的我。我正要转身跑，说出来都没人信，我滑倒了。火车头的球迷不慌不忙地走到我旁边，一个大红嘴唇弯下腰问："笨蛋，你支持哪个队？"我尽可能礼貌地回答道："我对足球不感兴趣，兄弟。""没用，白费劲。"于是他们把我扶起来，扒下我那件 ASOS North，在我心口打了一拳，于是我又倒在了地板上。好痛，喘不过气来。而那两个冷酷无情的女人……一只手拿着烟，另一只手夹在手肘下面。我想："你们家里也有像我这般大的儿子，你们怎么回事，混蛋，就不来帮忙吗，嗯？至少冲他们大声叫嚷，像女人一样尖叫。你们不是应该有某种母性、本能？狗娘养的，哪怕是利用任何你们天生就有的东西。"她们充满敌意地看着我，就像在自言自语地回答我：“混蛋，关我们什么事，我们的母性和本能，狗娘养的，在你身上也是浪费。”

就是这样，但三个月后，我还是又买了一件那个派克大衣。在网上买的，便宜四个一千卢布。现在我要告诉你整个故事。

* * *

完事之后，我们都转过脸去，盯着自己的手机。她说：“亲爱的，我和你做了这么久，我都没来得及解锁手机。”我望着夜晚的窗户，灯光在深色玻璃中出现了重影。我起身去了浴室，放了水。我看着镜子里的自己，我不认为这些年来我有太大的变化。不过，我那标志性的天使般的绯红色脸颊，让女人们如此爱我的脸颊，不知去哪儿了，额头上也出现了短横纹，它们看起来就像我的猎人爷爷杀死一些大型动物后，在枪托上留下的凹痕。我去了大房间，在沙发上坐下，将剩下的白兰地一饮而尽，然后打开了电视。新闻，又是新闻，某种充气床的广告，老电影，又是新闻：当官的被逮捕了，在走廊被押着走，此刻他们是多么可悲，用纸张遮住了脸。

没遮住的有什么？只有一个渣滓，别的没有了。千疮百孔的云朵，我哪里做错了？哪一步走错了？好吧，放弃一切，像以前一样，放下一切。这样的生活，我要多久重复一次？一个月一次，一周一次，一天一次？这种怯懦从何而来？现在站起来，挺胸抬头，用全力握紧拳头，把手指包在拳头里。用所有的力量，向一个你不相信，但你有所期待的神发誓。屏幕上，一群鬼知道哪来的盛装打扮的白痴，拼命地表演欢乐，他们一定是在重复那些新年“火花”，字幕在屏幕底部滚动，字母被红色填满后就消失了。

我在伊兹迈洛沃的公寓卖了九百万卢布，其中四百万分开存在四个银行里。那阵这事儿办得很快，中介打保票说，伊兹迈洛沃的公寓行情非常糟糕，到新年都没什么可指望的。第一个买家隔天就打来电话，一周后他们付了定金，一个月后，我已经在银行办手续了。房地产经纪人斯维特兰娜就站在我身边，我仍然无法习惯地称呼她，要么称呼她“斯维特兰娜·德米特里耶夫娜，您……”，或是“斯维塔，你”，最后我找到一个折中的称呼——“斯维塔，您……”。防弹玻璃另一边的点钞机清点纸钞发出沙沙声，柜员冷漠地用手指把钱扎成一捆一捆。我从柜员那儿收回眼神，看向买家，她站在旁边，和我一样疲惫，我们在会议室花了一个半小时阅读、检查和签署文件。我看着这些钱，心想：这些年，它们在这里，被整理好，叠在一起，变成了普通的长方形纸摞，“这些年”不属于我，属于别人，我占有并卖掉了别人的时间，时间里有家庭聚会、出生、葬礼、节日和多年的平静。这漫长的生命变成了几块长方形的东西，用橡皮筋捆着，整齐地装在一个袋子里，袋子里的空气被一个特殊机器排空。现在它就在我面前——被透明塑胶袋紧紧裹着，真空，等价于五个十年。我还有五套房子，我会卖给奥列格两套，卖多少呢？每套不能少于三万美元，要不就两套五万美元。周末，在高尔基公园，从码头到售货亭的队伍排起了长队，现在售货亭的菜单里有汉堡了。我该用这些钱做些什么呢？不吸毒，不喝酒，还能做些什么？去上高等导演班，搬去南美洲住？做些什么好呢？

这些日子，就这些日子，像沙丘，你千辛万苦地翻过沙丘，却发现自己在另一个沙丘脚下，你感到崩溃、疲惫，何必呢？但在我二十一岁的时候就发现一切不是那么回事，我十五岁时就觉得人生似乎到头了。是什么让我一直恐惧？我总是害怕，我这一生，就像在玩电脑游戏，刚跳过一道砖墙，立刻就掉进了深渊；我这一生，都活在别人的眼光中，不敢用自己的眼睛看这个世界；我这一生，都在寻找别人的女人，却从没为自己找过。我在这里——穿着别人的衣服，脑中塞满了别人的想法，装的尽是些没用的东西，把自己榨干再吸收这些东西。我一次都没有去过奶奶的坟墓，二十年来一次都没去过，他妈的一次都没有！如果我这辈子做过的所有承诺现在都涌入房间，那我就被挤得动弹不得，我会喘不过气，我会窒息的。时钟现在是三点四十四分，很快天就亮起来了。欧洲冠军联赛明天开始，我们会以某种方式活下去，我们会想办法，让我们盘算一下。

* * *

我路过儿童游乐区，坐在秋千上。我把头靠在锈迹斑斑的铁杆上，摇晃着，听着在寒冷的四月天里感冒的秋千的咳嗽声，当我向前荡起时它大声地咳嗽，然后在我回来时又高声吹起刺耳的口哨。我的脚踩在冰冷的水坑里，用靴子互相轻轻敲了敲，鞋底碰到滑溜溜的水底，把融化的水搅出泡泡。不远处，一个快融化的、黑黢黢的小雪堆里，卡着一个儿童玩具。经过漫长的冬天，它的五官看不清了，让人看不透它生前扮演了什么角色：要么是小丑，要么是鳄鱼。

衬衫上的污渍快干了。我摘下工作牌，把它放在我的围裙口袋里。我仔仔细细地洗了把脸，但仍然感觉脸上有股咖啡味。我小心地攥在拳头里的香烟，还是歪了，第二次点上烟的时候，秋千横梁上掉下一滴水正好打在了烟头中间。我知道，怨恨只会愈加繁盛，现在它要追上我了，就像小时候撞到膝盖时的那种疼痛，你数三个数，一，二，三——于是疼痛吞没了你。而现在我已经开始来来回回、循环往复、或慢或快、从上到下、从下到上在自我排解的阶梯上跑着，有时会跳过几个台阶或停在一个台阶上很长时间。我像往常一样，开始斟酌、替换文字，收集那些最佳短语，这些短语在最需要时总是想不起，之后又像迟到的客人一样来敲门。记住他那双红色的眼睛，那双恶劣的、没有光彩的、呆板无神的眼睛，它们不会看东西，只会像收银机一样读取你的价值，它们对待所有人都如此。你值多少钱？你的售价是多少？我就是给他倒一杯不加糖的咖啡，我只是听错了，我又不是只有他一个客人，他不是我唯一的客人，我只是刚被烫到手了。电话响了，是萨沙，要是他在我身边就好了，但他又能做什么？

我需要整理一下思绪，但这是毫无价值的担忧。没什么用。有这么一天，晚上萨沙会来，他为你的生活埋下的那一点点温柔早已用尽，而你还在为未来的日子寻找辩白的理由。然后你记起你有手掌，你记起为什么需要手掌，你知道它们为何如此温暖、柔软，是为了保护你的头，为了在你与非你之间建立一堵薄薄的墙，封住你和他们之间的鸿沟。你把手掌牢牢地压在耳朵上，闭上眼睛，将头尽可能低地垂在胸前。你倒在地上，将膝盖蜷缩起来挨着头。你叠着腿，就这么坐了几十年，像一张皱巴巴的纸。你坐了很久，听着水槽里的隆隆声，美妙的、闷闷的轰隆声，照片一角的那朵云，原来只是摄影师的手指挡到了镜头。你把磁带翻了面，听着地下丝绒乐队[1]安静的歌。希望成真的那些期望，从未表达过，从未说出口，从未发出声音。松软的灰色云彩在天空中涌动，微风吹拂着后脑勺的头发。你在外套口袋里抓出一串生锈的钥匙，摩挲着每一个齿纹，用手指的触摸来唤醒门和锁的记忆，想起这串钥匙曾打开过哪扇门，或是怎么也没打开哪扇门。

我会辞掉这份工作，找份新差事。我会开自己的咖啡馆，只有玻璃做的人才能来喝咖啡。对了，我要将咖啡馆起名为“玻璃人”。该回去了，经理在打电话了。

* * *

然后，当我想起那些日子。那些快乐的日子总是相似的，也因此更加快乐。大家围成圆圈，加快节奏跳舞，或者更甚，把左轮手枪的圆形转轮转起来（我在谁那儿见过？）。一张染了蓝色墨水的纸，整个都变蓝了，有的地方颜色深一点儿，有的地方淡一点儿，有墨水洇过的痕迹。那些快乐的时光对他们来说还不够，于是他们向明天借了些时间，很快他们便精疲力竭，说话嘟嘟囔囔，就像扔进水里的烟头。他

---

1 The Velvet Underground，1965 年成立的美国摇滚乐队。——编者注

们就这么生活着，一直都这么过着日子。也有顶好的事情，我记在了日记里，我写得很凌乱，想到什么写什么。所以四月四号的事儿有可能写在一月二十四号，或者反着来。字迹绝对都是一样的，只是我用不同方式写的：有的用印刷体，有的全大写，有的从后往前写，但都是俄语，有的是我发明出的象形文字。就这样，每天写些话上去："那里，上面，透过水流我能听到鸟儿的叫声。"然后突然……事情总是会突然发生……当我们看到自己，意味着一切结束了。我们看着自己，发现自己变得像……就那种，一周前用来庆祝节日的气球，扁了一半，皱巴巴的，但仍然有节日气氛的残余，像老年女性的乳房。我们意识到需要开始新的生活，重新认识彼此。我们的有些东西永远消失了，但我们还没有好好认识彼此，因为恐惧。

这是多么甜蜜，这是多么温柔，记住这一切需要花很大功夫。但是……是的，当然，我们的外部梦想只实现了一半，就像尚未从石头中获得自由的浮雕中的人物。但是……但是……我们和这些有什么关系？

六　杰尼索夫斯基巷，24号

过了两千万年，我睁开眼睛，我看见一些戴着高高的金色王冠的人，可能是国王，他们俯身在我周围，正悄悄地谈论着什么。他们的语言我听不懂，而后我的眼前重新恢复了黑暗。

再次醒来，我看到了耀眼的白色阳光在跳圆圈舞，我还看到闪着光的银色物体。有人在，但不是国王了，到底是谁，我不知道，因为太亮了，世界都陷入一片白色，闪闪发亮。我听到短促的电流声，不断重复。我还记得有一种奇怪的、令人惊奇的气味，我在哪儿都没闻到过，不对，我好像闻到过一次这气味，就是那天，我的睾丸被割掉的那天，那气味强烈而温柔，是仁慈的气味。闻着这个气味，我回到了童年，甚至更早，回到有云母壁的妈妈的宫殿中。我蜷缩成一团，在宫殿里缓缓旋转。高亢的电流声越来越快，我再次陷入昏迷。

不知道过了多久，我又恢复了意识，我能隐约看清窗户的轮廓，又是听不懂的语言在谈话。我喝了很久的水，睡了，起来又喝了水。我记得，感觉到有人在抚摸我，然后又什么都不记得了。

时代又变了，星系爆炸后就消失不见。“Ай, кёшкя ачнюлс!”[1]。有人说了一句，而我发现自己两个腮帮塞满了炖小牛肉块，吃得津津有味。我面前有两个盘子，消灭了肉块，我开始吃干粮，但嘴巴疼得我把干粮吐了回去。我转过身，床上躺着一个二十多岁的年轻人，亚洲面孔，穿着运动服，看着我。我意识到，很长一段时间以来，我一直自动化地持续做各种动作：吃饭、喝水、上厕所，而我的意识直到那一刻才被点燃，年轻人咧着嘴笑了。

“Кёшкя ачнюлс!”。他重复了一遍，并拍了拍手，“Сен, мышык, чыныгы эркексиң! Сен, мышык, жигитсиң! Сен кучтуусуң жана эрктуусуң! Сен темирден кайраттуусуң ошол учун мен сени Темиржан деп чакырам!”[2]。他用自己的语言补充道。然后用手指着我，又说了一遍：“铁米尔让！”

---

1 此处应是作者有意按吉尔吉斯人的发音拼写单词，将元音腭化了，对应的俄语句子为“Ай, кошка очнулся!”，意思是“啊，猫儿醒了！”。——编者注

2 你，猫，是真男人！是猫中男子汉！你有健壮的身体，不屈不挠的意志！你比铁还硬，我就叫你铁米尔让！（吉尔吉斯语）

我搞不清状况，只大概明白了铁米尔让似乎是我，我没有争论，但我想搞明白为什么我的脸这么疼。我看到桌子上有口银色的平底锅，我试图去那口锅那儿，从反射中照照自己，但我发现，我全身酸痛难忍，骨头也疼，肌肉呻吟着不听使唤。那家伙好像读懂了我的心思，他把我抱上了桌，腾空时，我完成了对内伤程度的评估，断了几根肋骨，同时，我感到右前腿一阵剧痛，尾巴有点偏。到了桌子上，我试图用尾巴卷起我的爪子，这时才发现，我的尾巴只剩下短短一截。我大叫起来，就是说，我感觉疼的地方，其实已经不见了。我没有陷入恐慌……不，我已经惊慌失措了，只是因为我很难做出额外的动作，所以恐慌仅在内部起作用，它燃烧了起来。尽管如此，我还是振作起来，勇敢地继续研究自己。更糟的还在后面，我看着锅，发现一个美丽的深紫色的洞取代了我的一只眼睛，我这才意识到，我只看见了半个世界。我张大嘴尖叫，锅面中的我还少了几颗牙。我张着嘴站了很久，动弹不得。

我慢慢想起发生了什么事，再不济，记忆也开始恢复工作了。那一连串伤心事儿的最后一件浮现在我的意识中，吱吱作响的台阶和地板，门口挤了很多人，吵吵嚷嚷，人们互相踩着脚，喧闹地涌入人群，这让我绝望。我记得公园里树枝的影子、自行车的喇叭、大理石般光滑的马桶、阿格里皮娜·瓦冈诺娃、《自由探戈》奇怪的旋律、令人作呕的老头，还有血腥味。我想起来了，可怜自己还没有死。

新朋友的脸在我旁边凸起的平底锅上变大了，他在反射的影子中说起了话，用自己的语言向我解释发生了什么。

“Менин атым Аскар. Мындан ары сен биз менен жашаисың. Сен, мышык Темиржан, аз жерден калдын, Аллахтын кучу менен аман калдын. Биз сени канжалап жаткан жериңен парктан таптык. Бир жума эсине келе албай жаттын, анан мен айлыгымды алып, Жоомарт да айлыгын алып, Ырыскелди телефонун сатып, Талгатка да айлыгы тийип, акча чогултуп сени жаныбарлар догдуруна алып барганга. Башында догдур жинденип, сени дароо алып келбегенибиз үчүн. Анан догдур айтат, сен ага тааныш көрүнүп атасын деп. Догдур аябай жакшы киши жана оз ишинин чебери. Сени тиги дуийнөдөн куийругундан тартып чыкты. Сен, мышык Темиржан, аябай жарадар болупсун, катуу сабап кетишиптир, эми азыр эч нерседен камсанаба. Кабыргаларын калыбына келет. Көзүндү жоготтун, бирок бирө менен андан артык көрөсун. А куйругуң анча деле кереги жок болчу. Азыр менин жердеш — досторум келишет. Алар абдан кубанычта болушат, сенин өзүңө келип, тируү калганыңа эч нерсе болбогондой.”[1]。

说着，他从锅里的倒影看向我，在我耳后挠了挠。

我处在一个我没见过的房子里，在一楼的一个大房间里。房间里堆满了铸铁保险箱、废弃的复印机、旧显示器和数不清的文件夹。挨着墙放了几张床，地上铺了褪色的地毯，被白色颜料涂满的窗户旁，立着一张大桌子，上面堆满了餐具。天花板上悬着扁平的吊灯，开灯时会发出悦耳的叮当声。门边是洗手池。墙上挂了一个日历，绿色的背景上是一轮金色的新月，对面挂着一个足球运动员的海报，他把手指放在嘴唇上，好像在说："嘘！"两张床之间有一个床头柜，阿斯卡尔在上面为我安排了一张沙发——一条折叠的毯子，床头柜下放着装水和食物的碗，地上还放着一个微波

1　我叫阿斯卡尔。从现在起，你会和我们住在一起。你这只猫，铁米尔让，差点儿就死了，但真主愿意为你延长生命。我们在公园里发现了流血的你，你在我们这儿昏迷了整整一个星期，还好接着我发了工资，乔玛特也发了工资，伊瑞斯凯尔迪卖了自己的手机，塔尔加特也领到了薪水，我们凑钱带你去了宠物医院。一开始，医生很生气，因为我们没有早点儿带你去医院。接着医生说，你的脸他认识，那医生人很好，专业很强，他拽着你的尾巴把你从另一个世界拽回来了，当然，这少不了真主的帮助。如果你不是一只猫，你就应该做礼拜，不过这不可能，就由我代替你做吧。现在你就好好休息，恢复体力。你这只猫，铁米尔让，受了太多伤，被打得很惨，但现在没什么能威胁你了。肋骨会长好的，眼睛肯定是回不来了，现在你要像用两只眼睛一样，用一只眼睛看东西，充分利用那只眼睛。至于尾巴，你本来就不怎么用得上。我的老乡朋友们快回来了，他们会很高兴看到你恢复了意识并会继续生活，就像什么都没发生过一样。（吉尔吉斯语）

吉尔吉斯语原文中没有"当然，这少不了真主的帮助……就由我代替你做吧。"一段，这段话仅出现在了注释里。——编者注

炉，猫砂盆放在门旁边的角落里。还有一个衣柜，带了一面熏黑的、脏兮兮的镜子。这个房间就是这样，能闻到羊肉、除臭剂、脏衣服和烟草的味道。别的猫还从没来过这儿。

当门开了，阿斯卡尔的朋友一个接一个走进来时，我正在房间里四处嗅探。他们一共四个人，都穿着运动衫和牛仔裤，这让他们惊人地相似，按照我的理解，他们应该是十分喜欢这样做。只有一个个子最矮的人，戴了一个奇怪的头饰：一顶黑白相间的圆顶帽，上面绘了图案，顶上坠着流苏，有了这个高圆帽，似乎弥补了他身高的不足。

他们看到我，与阿斯卡尔一模一样，咧开嘴笑了起来，并拍着手掌。他们谈了很久，关于我，关于阿斯卡尔。然后其中一个年轻些的就出门了，很快带了两瓶伏特加回来。过了几个小时，他又跑出门买伏特加，又跑出门买伏特加，所有人都醉倒了，早上五点才上床睡觉。

而我开始分析我的处境。接下来的生命在我来看是模糊而无意义的，我就像一个电影放映结束时熟睡的人，没有人叫醒我，把我送往出口。这怎么回事？难道是因为在妈妈子宫里那会儿，我有预见未来的能力，因此这是我应得的报应吗？账单来了？是我的账单？做了什么的账单？随机的？蓄意的捉弄？失控的计划？胡言乱语，荒唐至极。我被剥夺了生殖功能，现在变成了半盲，我失去了粉碎食物的工具，丢掉了保持平衡的仪器。我在自己灾难性的审美方面保持沉默：我的样子应该很讨人厌。但我还在继续生活，我没有死，我逐渐确信，死亡暂时不会威胁到我。尽管，依照最简单的猫猫算法，每只猫很不幸只有九条命，我用掉的命已经比九条命多了。如果是这样，那就没什么可惜的了，我必须习惯。

他们带我去看了几次医生，就去我的老熟人伊戈尔·瓦伦蒂诺维奇那儿。伊戈尔·瓦伦蒂诺维奇说："嗯，我想我在哪儿见过这只猫，也可能是记错了。"他给我打了针，打完的那块皮肤很痒，我很想挠。他卑鄙地从我身后插入了一根温度计，清洗了我的伤口，把一些药片放进我嘴里，在尾巴的断面涂了些什么。有一次，他们给我注射了某种药物，我就睡着了，当我醒来时，我躺在一张光滑如镜的桌子上，我看到自己脸上的那一团深紫色现在不见了。他们给我缝合了曾经是一只眼睛的地方，现在那里变成了平滑的灰色表面，就像从毛绒枕头上扯下了一个纽扣。

两周后，我已经可以侧着卧倒了——肋骨痊愈了，尾巴的伤口长好了。要让我说，现在的我甚至有那么几分优雅了。从远处看，可能会把我误认成短尾猫。

我的新主人并不担心我去哪儿了。窗子没有锁，我轻轻松松就钻出栅栏，到外面去了。很快我就可以无痛地用前腿着地，有一天，我从窗户跳出来，在这幢房子里跑了一圈，发现我在杰尼索夫斯基巷的24号房子里。这是一栋老旧的两层楼房，它的颜色很难确定：介于绿色、灰色和棕色之间。二楼有一个小阳台，被破旧的保龄球柱栏杆围着。窗户用雕刻的框架装饰，油漆严重剥落，成块地挂在墙上。房子的入口处有一个牌子——“莫斯科中央行政区联邦移民局巴斯曼分部”。

在杰尼索夫斯基巷的24号房子里，工作如火如荼地进行着。申请人的脑袋凑在小窗口，穿制服的男人有节奏地盖着章，在键盘上敲出小夜曲，热水器在沸腾，打印机在打印。“我的新朋友们安置得不错。”我想。也就是说他们设法在移民局大楼租了一个房间，这有什么，莫泊桑讨厌埃菲尔铁塔，但他经常爬上去在上面用餐，并为自己辩解称只有在塔内他才无法注意到它。不同的人在这里来来往往，他们都与我的室友们极为相似。一天，在形形色色的人群中，我甚至认出了我的老朋友阿卜杜洛——谢拉普廷斯基的看门人。他在门口抽烟，手腕上挂着一个小型收音机。我把前爪搭在他腿上，向他抛出一个疑问句：“还活着呢，烟鬼？”他点了点头，显然，他同意他还活着。他没认出我，说实在的，现在谁会认出我来？

我的恩人有五个：鲁斯兰、乔玛特、伊瑞斯凯尔迪、塔尔加特，当然还有阿斯卡尔。他比其他人对我的帮助都多，多亏他救了我。

阿斯卡尔从杰迪奥古兹地区的吉赤扎尔格恰克村来到莫斯科，这个村子像一幅风景画，房屋散落在伊塞克湖岸边，伊塞克湖是吉尔吉斯斯坦的明珠和骄傲。这个村子，更准确地说是草原上失落的一个村落，与其他千千万万的村子并无二致。阿斯卡尔上完中学，就在一个可容八百吨蔬菜的仓库当看守员。但是仓库里没有存储蔬菜，所以也没有愿意来的偷窃者。阿斯卡尔日日夜夜围着仓库漫无目的地游荡，在手机上玩贪吃蛇，或者用棍子把活蛇压在脚下。尽管如此，他还是在两年内设法攒够了所需的资金，并决定出发去莫斯科寻找他的幸福。村民们，尤其是老人，悲痛地看着年轻人离开了他们的祖国，无论是对年轻人、对他们自己、对吉尔吉斯斯坦，还是对俄罗斯本身，他们都没有看到任何好的未来。但与此同时，他们和阿斯卡尔都非常清楚，在家乡，年轻人绝对找不到什么可做的。此外，表兄鲁斯兰也在莫斯科等阿斯卡尔，在鲁斯兰通过同班生网站发给他兄弟的信中，鲁斯兰说他设法交到了真正的朋友，他已经安顿好了，甚至找到了一份体面的工作，他邀请他的兄弟和他一起住。阿斯卡尔就离开了。

在火车上，阿斯卡尔遇到了比什凯克人乔玛特。"Шаардык нерсе!"[1]。阿斯卡尔对乔玛特说。听清楚他的口音后，乔玛特回答说："Жети-өгүздүн кушу!"[2]。于是到莫斯科的

1 首都来的滑头!（吉尔吉斯语）
2 杰迪奥古兹来的土包子!（吉尔吉斯语）

一路上，这对朋友唱着歌，就着瓜子喝着啤酒，说些胡话。三天后，火车驶入俄罗斯首都。朋友们看着窗外，笑了，他们很兴奋。有数千扇窗户的新建筑，巨大的彩色立方体超市，这些甚至在比什凯克都没有。纠结的立交桥和高架天桥，就像蛇缠在一起打的结。各种工厂的上方腾起大量的烟雾，这看起来雄伟又激昂。他们想熟悉所有的这一切，去贴近一个陌生的大都市，并把它了解透彻。就在马上到站时，朋友们换上了喜庆的红色T恤，中间有一个黄色的、雄伟的太阳。踏上站台，环顾四周，左看看右看看，放眼望去，每节车厢前都站着两三个和他们一样的年轻人，穿着同样的红色T恤，戴着高高的白帽子。乔玛特打算去找市郊的熟人，在那儿的宿舍住一晚，但阿斯卡尔说服他一起去住他表兄的公寓。乔玛特同意了，就这样，两个朋友最终住在了杰尼索夫斯基巷24号。

表兄鲁斯兰开始和塔尔加特、伊瑞斯凯尔迪同住一个房间。事情就这么发生了，一天晚上朋友们喝醉了，被带到了巴斯曼分局，外籍工人们面临巨额罚款和驱逐出境的威胁。但幸运的是，联邦移民局的上校切尔诺顿·L. P. 因一些私事来了分局。在过去的一个月里，上校一直沉浸在悲伤和忧郁中：他没有钱了，之后，有没有钱进账也不好说。相反，那些现在还没拿到手的钱，应该会越来越少。“这不可能。”上校在办公室踱着步，惊呼道。“可就是这样！”他悲哀地自问自答，深深地叹了口气，瘫倒在黑色皮革扶手椅上。他解开领结，揉了揉鼻梁，一连喝下三小杯伏特加。他在手机上打起了麻将，试图平复自己的神经紧张，却徒劳无功。事实上，六月他唯一的女儿要结婚了；此外，上校打算在鲁扎河岸建一幢别墅；再者，由于一些部门斗争，他们整个办公室都失去了季度奖金。他必须把借来的建房资金还掉，并想法子赚些新钱。

上校想到了法子，计划简单且非法。这计划绝不能解决所有的财务问题，但上校喜欢自己的厚颜无耻和凶恶。他问了值班员，拘留室那帮人是怎么一回事，就走到隔离栅前，提出了交易。年轻人们立即被释放，他们没有被驱逐出境，他们的护照没有被没收，他们就回家睡觉了。但是从明天早上开始，他们将搬到杰尼索夫斯基巷 24 号的一个房间里，在联邦移民局大楼里，他们承诺每月支付七万卢布的住宿费。此外，交易条款还包括帮助上校在鲁扎河岸建造别墅，并在女儿的婚礼上演唱吉尔吉斯民歌。

租金太高了，就现在挣的钱来说，没哪个朋友付得起。更别说还想把老家的亲人都叫过来，在这里安家，想都不敢想了。朋友们不赞成地摇了摇头，上校把制帽推到脑后，抓着隔离栅的栏杆，慢条斯理地、有板有眼地，把每个朋友送到了他想出的绝境。他接着威胁他们，不仅要驱逐出境，还要起码监禁六个月。他们的护照数据被改写了，所以现在朋友们也无法逃回吉尔吉斯斯坦，不得不屈服于他。就上校自己而言，他承诺必要时会为朋友们提供各种支持，另外，他明天会给高尔基文化公园的熟人打电话，给来首都的朋友走个后门，给他们找份高薪工作。

第二天早上，三个朋友匆匆喝了啤酒，去公园见上校的朋友。那位朋友不怎么热情地接待了他们，他穿了一身驼色的制服，嘴里叼着一根火柴，火柴飞快地从一个嘴角移到另一个嘴角。他把脚搭在桌子上，把棒球帽拉低，遮住黑眼睛，也许，他觉得自己是某部美国电影的男主角。一上来，他吩咐大家怎么称呼他，无外乎就是那种亲爱的领导尤罗奇卡，他还用食指指挥，要求大家演示一遍。朋友们面面相觑，随着节拍点点头，齐声说“亲爱的领导尤罗奇卡”，他说“不错”，然后非常坦率地说明了这里的情况。原来，文化部为公园夏季的运营拨了一笔天文数字的款项（你们，这些高加索来的呆子，听过什么是天文学吗？），这笔钱主要用于支付员工工资。所有人，除了部门负责人外，都明白，明明本国的老年人还在垃圾堆里找活路，却把这些钱付给那些不是本国的、高加索来的呆子，不是回事儿。因此，上校的朋友推断，只付给他们预算的三分之二会更公平。朋友们没想到问亲爱的领导尤罗奇卡，打算用剩下的三分之一做什么。可能，他计划去首都的垃圾场，将剩下的钱慷慨地分发给饥饿、贫穷的养老金领取者。

当鲁斯兰、塔尔加特、伊瑞斯凯尔迪听到工资有多少时，简直不能相信自己的耳朵，每人五万，这太不可思议了。为什么上校的朋友把商业机密告诉了他们，这成了他们心中的谜。不过他们对这个都不感兴趣，只要一切是真的。上校的朋友对自己坦率同时无耻的表现非常满意，末了，亲爱的领导尤罗奇卡提议他们宰只羊，为文化部、为尤罗奇卡，也为马克西姆·高尔基欢呼。

这次他们没有宰羊，而是去了离十月地铁站最近的汉堡王喝啤酒。在那儿，他们戴上纸板做的王冠，互相请客吃长长的薯条，互相用俄语发短信，用吸管往啤酒里吹泡泡，他们很开心。三小时后，他们站在街上拥抱，鲁斯兰提了祝酒词："Достор, келгиле анттташабыз, мындан ары акчаны тең бөлүшобүз. Атайын казыналык түзүүнү сунуштайм. Ант беребиз, эч качан бири-бирибизди сатпайбыз, ар бир суроону чогу акылдашып, жумалыкта жогорку кеңеште чечебиз. Же болбосо, жөң гана Кеңеш?"。"Ант беребиз!"。[1] 塔尔加特和伊瑞斯凯尔迪回应道。

第二天，每个人领了一套驼色制服（和亲爱的领导尤罗

1 "朋友们，让我们发誓，从现在开始，我们将平分所有的钱。为此，我提议建立一个专门的账户。让我们发誓永远不会背叛对方，我们将在每周一次的最高会议上共同解决所有问题，要不就普通会议？""我们发誓！"（吉尔吉斯语）

奇卡的一模一样），配备了对讲机、背包和工具。工作很多，任务很重，活儿很杂。动手把木板、钢筋、热水器从公园一头搬到另一头，给长凳、指示牌和垃圾桶刷漆，栽种花的球茎，清洁船身上的藻类和泥浆，给树木和植物做好害虫防治措施，每天清扫小路和林荫道十次，清洗厕所里的马桶、地板和水槽。做完这些，鲁斯兰、塔尔加特、伊瑞斯凯尔迪从联邦移民局的后门回到了家，累并幸福着。

现在莫斯科的生活已经完全符合在老家时的憧憬了，那会儿，其他认识的吉尔吉斯人都为了一点儿钱，在工地当雇工，在市场上卸货或者搬装土豆的袋子，二十个人挤在一个小屋里睡觉。而朋友们能用一个月就过上巴依老爷般的生活，吃的管够，喝着奖杯牌白兰地解闷，有时也赶赶时髦：喝一种酒标上有一匹白马的威士忌，还会定期给家里寄钱。他们在联邦移民局的生活没有惊扰任何人，也没有引起怀疑，相邻的院子变干净了，街道上的垃圾也少了，租户们被误认为是新的看门人，要这么说，他们也确实是。在高尔基文化公园的主要工作结束后，朋友们愉快地拿着扫帚，开始在莫斯科巴斯曼区杰尼索夫斯基巷 24 号周围清扫整理。

这不正好，阿斯卡尔和朋友乔玛特来了。兄弟来了莫斯科，鲁斯兰很高兴，他们将一起工作、一起生活，支付租金也变得轻松多了。毕竟上校没有说一个房间能住多少人，阿斯卡尔还带了个朋友来，就更好了。

新来的两位立即去公园，看看还要不要人。很幸运，公园正好在组建另一个突击工程队，阿斯卡尔和乔玛特成功加入了。于是，他俩也穿上了驼色的制服，戴上帽子，拿起工具，就立马去大花坛那里除草了。工作算是进展得很顺利，早上十点他们完成了花坛的工作，十一点他们粉刷了野鸡场围栏，到下午两点三十分他们仔细地刨平了为查克拉咖啡馆的阳台准备的木板，顺路喂了一群鸭子。他们默默地、热情地工作，最重要的是，他们的工作质量很高。他们尽管从未做过这些工作，但通过经验就完全掌握了工作技能。遇上其他同志，阿斯卡尔和乔玛特没有为一根烟放慢脚步，而是立即投入其他工作。同事们有些尴尬，他们把两位对工作的热情误认为想讨好上级，他们怀疑这两人是不是要升职了。但是，首先，每个人都知道，勤杂工的职业阶梯只有一级，这一级没有通向任何地方，站在上面只能跳下来；其次，任何热情地从事自己所爱之事的人，都会忘记外部惯例和礼仪规范。因此，如果阿斯卡尔和乔玛特没有对迎面遇到的人说“您好”，那么他们的主要原因不是装模作样，而只是心思不在这个上面。

阿斯卡尔热爱他的工作，日常工作和立竿见影的效果给他带来了快乐。他对公园游客很感兴趣，莫斯科人很有趣，他就是喜欢所有人。他想知道每个人对生活和对他阿斯卡尔的看法，他恨不得在同班生网站上加每个人为好友，让他们去吉赤扎尔格恰克村，看看伊塞克湖，看看金吉阿拉泰山脉、可容八百吨蔬菜的基地。等他们被所见所闻充实了后，阿斯卡尔要再问一次，现在他们对他有什么看法。

他喜欢观察俄罗斯的年轻男人们，他们的时尚很奇怪，就不知道怎么回事，很显老，他们蓄着唇上的小胡子和大胡须，看起来就像画在钞票上的旧时代的英雄。女孩们穿着短裤、长衬衫，戴着太阳镜，即使下雨天也这么穿。阿斯卡尔很喜欢，因为这些让他觉得费解。这些男孩女孩聚在木头平台上（那是阿斯卡尔和乔玛特亲手锯下木板、刨平，再搭建起来的），还有一个大柱子，他们绕着柱子围成圈，快活地跳起舞来。

那是完全不同的音乐，不是他习惯听到的那种。他经常听到的就是那种，比如，汉堡王的墙上挂的宽屏电视上放的音乐。在汉堡王听到的音乐更简单，很容易理解，视频里的男主角通常会热情地说着什么，试图让别人相信，歌手和听众之间很快变得非常信任、无话不谈，在阿斯卡尔看来，他们好像已经认识很久了。歌手双手合十祈祷，做出一脸不高兴的表情，皱着眉头，就像一只饥饿的流浪狗，胸前还戴着一条闪亮的粗链子，更像了。歌手向观众指着钟表，显然是在暗示他的时间很值钱，就白白浪费在某个女朋友身上了。然后他觉得很热，突然间脱掉衣服，跳进了泳池。而他的朋友们已经在泳池里等他了，朋友们也戴着链子、耳环和戒指，眉毛皱成了八字，总之，每一个表情都在表现，他们有多理解自己的朋友。四肢在水下被光照得变形了，就像发育不良似的，然后歌手从游泳池腾起，在他肌肉发达的身体上能看出一个手绘的文身，考虑到整体基调，这个文身也是这段悲伤故事的象征。歌手在泳池整理好思绪，继续他的故事，他解释、祈祷、告诫，期盼上天来作证，接着突然跪下，用手做着动作，那意思是："啊，你永远都不明白！"他穿着湿漉漉的泳裤坐上摩托车，沿着一条种满棕榈树的小巷向日落驶去。

下一个片段是一个女孩的表演，她当然不知道前面的故事，但她好像是在回应那个戴链子的小伙子。她放松自在地半倚在床上，她试图在电话上拨一串号码，但长长的指甲让她没法拨号。于是她扔掉了手机，蜷缩身体，双手抱住了脑袋；手机缓缓地飞向墙壁，撞成了小碎片，碎片神奇地停在了空中。女孩从床上起来，拿了一小块碎片在手上，她看了看，原来（哦，奇迹要来了！）这块碎片上显示着她与爱人以前的温暖回忆。你看他们在埃菲尔铁塔下奔跑跳跃着，女孩手里拿着一片橙色的枫叶（虽然周围的树上几乎长满了嫩绿色的报春花），她头上戴着贝雷帽，爱人的脖子上诗意地搭着一条格子围巾，他们手牵着手转圈，相机上一会儿是她的脸，一会儿是他的。不远处，当地的艺术家把他们偷偷画了下来。这也许是个天才画家，他蓄着浓密的灰白胡须，穿着一件宽大的褶皱衬衫，调色板上的颜色还未混合，只是用一个完整的圆圈做标记。而对那两位年轻人来说，整个世界都与他们没关系了。

在另一块碎片里，女主人公看到了非洲，撒哈拉沙漠，大裂谷中的红土地。他和她开着敞篷吉普车穿过大草原，沿途快乐的贫民载歌载舞。道路颠簸而曲折，吉普车左右摇晃，她一只手扶着软木安全帽，另一只手抓着她心爱的人，他们笑啊，笑啊……但随后他注意到在一棵参天大树的树荫下，有一头带着幼崽的犀牛。他用拳头击打了几下卡宾枪，吉普车刹车了，他瞄准了野兽……但她恳求地看着他的眼睛，摇了摇头。事实上，他不习惯考虑任何人的意见，尤其是女性，他是严酷冷峻的，适度嗜血，这是自然规律，不是他发明的。他用眼神回答了她，也只有她才能融化罩在他心上的那层坚硬的冰壳，犀牛妈妈和宝宝获救了。而相爱的两人已经在瀑布的溪流下赤身戏水了，她侧身面对镜头站着，太阳的反射使你很难看到想看到的东西，他们感觉很好……不知道为什么第三个片段没有了，女孩又躺在了床上，她还是想说点什么，但突然间，她失去了语言能力，起身跳起舞来，不知道从哪里出现的女性朋友们也加入了她的舞蹈。她们脸上的表情都很悲伤，尽管如此，她们依然在跳舞……因为……因为她们是朋友。其实每个女性朋友也可以讲讲自己悲伤的故事，但很遗憾，这个片段的主角并不是她们。

公园里这帮伙计的音乐是阴郁的，这音乐什么故事都没讲，工厂的啪嗒声响个不停，配上低沉的工业轰隆声。阿斯卡尔在远处工作，但他密切观察着这帮伙计，甚至试图重复他们的一些动作。在他看来，这种舞蹈是一种创造出的语言，除了这些人自己之外，任何人都无法理解，是他们之间代替普通话语用以交流的语言，难怪他们彼此很少说话。他们的生活方式与吉赤扎尔格恰克村的男孩女孩们的完全不同，就算在比什凯克，阿斯卡尔也没见过这样的年轻人，尽管他自己就与那些伙计同岁。这里的和家乡的年轻人都有很多空闲时间，但是，如果说在吉尔吉斯斯坦，年轻人只是因为根本没有工作而无所事事，那这里有很多工作机会，但不懂为什么，年轻人逃离了那些工作。他对此也很喜欢，他们的懒惰是完全不同的，他们什么都不做，就好像已经对人生有了预先的认知，就好像有什么在远处的某个地方等着他们，而现在他们只是不想白白浪费自己的精力。他们是有信心的人。

有几次，阿斯卡尔在人群中注意到几个吉尔吉斯斯坦姑娘，她们都已经俄罗斯化了，接触到他的眼神后，立即转身离开了。当然，阿斯卡尔猜到了原因，但他还是忍不住暗自谴责她们对同胞的轻慢。为此他注意到，自己开始想要改变，他立刻明白了，为什么当年轻的吉尔吉斯人离开家去俄罗斯时，家乡的老人们那么不情愿。

一个周末，朋友们集体出动，去公园散步。茶余饭后，在自己的工作场所周围，在熟悉的工作人员中，若无其事地走一走，令人心情愉悦。同事们在远处跟他们打招呼，而朋友们的回应与往常不同，是一种更自由、更直爽的方式。第二天，他们将与同事互换角色，第一天的情景重新上演，这里头有特别的讲究和行业内的细节，只有他们可以理解。朋友们头上戴着汉堡王王冠，每人拿着一根玉米芯，在公园里散着步，看着他们用双手创作的作品：彩绘的指示牌、修剪过的灌木丛、吃得饱饱的鸭子。然后，阿斯卡尔因为内急去了公共厕所，就在那儿，在大理石拱顶下，他看到了可怕的景象。他看到我躺在暖气附近，躺在我自己的血泊中，没有生命迹象。阿斯卡尔把手贴在我体侧，感觉到我的心脏还在跳动，那一刻我的神志正在某个领域绞尽脑汁，我说不上来，在一个很远很远的地方。

然后阿斯卡尔小心翼翼地抱我在怀里，把我抱了出去。我还在流血，他把我放在人行道上，朋友们弯下腰来看我，他们为我感到难过，他们是那么希望我活下去，以至于他们的意念化成了一小股生命的力量：我虚弱地睁开一只眼睛，却又立刻失去了意识。

接下来的故事你们都知道了。他们破例紧急召开了最高会议，决定让我留在家里，并从总账户中拨出必要的金额给我看病（当然，如果涉及治疗的话：我看起来，似乎，到了晚上就差不多要离开，去找我的祖先剑齿虎了），尽管如此，我还是活了下来。几周后，伊戈尔·瓦伦蒂诺维奇将我身上外露的零件塞了回去，仔细缝合内部，把外部粘补好。富有怜悯心的他，还自己出钱将两个陶瓷移植物放入了我体内，它们寄宿了很久，最终适应了新环境。所以我几乎是全新的，想象一下，就像一个有出厂瑕疵的全新产品。

对于这些首都的客人，我似乎成了一个吉祥物。他们紧张地监测我的健康和食欲，为他们的铁米尔让购买了许多不同的维生素、药膏和滴剂，当然，这一切都是强行给我塞进去的，凭我的意志，我绝对不会吃这种苦苦的毒药，不过药物都起了作用。这些朋友，尤其是阿斯卡尔，已经准备好忽视自己的健康了，只希望铁米尔让一切正常。例如阿斯卡尔为了省钱，拒绝去找牙医治疗坏掉的牙齿，相反，他每天早晚各一次，从一个特殊的瓶子里滴下某种药物到棉签上，然后花半小时涂在疼痛的牙齿上。此外……虽然这件事该到此为止了，问题是……这是个特殊的话题，为此，请允许我选一个不同的字体，这不会花很长时间。

这完全是另一回事了，是这样的：

所属：真核生物　　目：茜草
界：植物　　　　　科：败酱
部：花卉　　　　　属：缬草
纲：双子叶植物

这是一种极不寻常的气味。我吸得越深入，就越能清楚地感觉到有人在房间里，这感觉持续的时间越长，我就越觉得那人好像有了一层物理外壳，他逐渐显现了出来。有时我的想象达到了幻觉的地步，我清楚地看到窗前有个老人，他穿着雨衣，戴着帽子，背有点驼，背着帆布背包。他看了看窗外，然后转头看我，他嘴里叼着一根马哈烟，弯下腰，用清楚的、孩子气的声音对我说："看吧，这就是将要发生的事，也就是什么都不会发生！"他蹲下身子，耸耸肩，噘起嘴，然后他放声大笑，就消失不见了。

致幻剂的源头就在窗台上，我屈服于诱惑，跳了两下就

上去了。袋子的口没有系紧，所以我解开它不是难事儿。袋子里有一个小瓶子，那气味以十倍的力量袭来，我浑身一颤，打了个趔趄，笨拙地歪向一边，瘫在一个我平常完全不会坐的位置上。但我已然停不下来了，接下来发生的一切，在我看来，就类似于孩子们为了快速拿到珍贵的礼物而狂暴地撕开包装纸。然而，气味不是单一的、整体的，仔细闻一闻，我发现除了缬草本身，这药里还有薄荷和消旋樟脑调味，后两个对我来说就无所谓了。

我仿佛置身于一场药学的假面舞会，汹涌的潮流卷起我，把我带走了。口罩，口罩……手牵着手，各种各样的化合物从我身边飞奔而过：燃烧的溴异戊酸冰片酯，吹牛大王三萜烯，闪烁的倍半萜、甘油三棕榈酸酯和缬草，一些鞣质载着一堆快乐疾驰，孩子们喜欢的糖苷，懒惰的硬脂酸，鬼知道还有谁！它们中的大多数我已经认识了，我想起在谢拉普廷斯基的旧花园里闻过一种，另一种气味是一次在药房附近散步时闻到过。但有一种气味在众多成分中脱颖而出，并无可撼动地统治着其他成分，我立刻认出了它，那还是在我阉割前夕，还有我生病的时候，在我短暂恢复意识，周围都是茫茫的白色那次。对，就是它！是荆芥内酯。

我面前放着一个小瓶子，不知道是幸运还是不幸，瓶子的盖儿是松的。我耐心地等着滴剂流到瓶子的细颈处，没等多久，有一滴越来越大，流出，蔓延成琥珀色的小水洼，后

面立马又跟上了一滴小一些的。我无法压抑全身的颤动，最后我用虚弱的前腿迈出一步，把嘴凑过去，舔掉了液体。我的舌头以画十字的方式舔了一次，又一次，画了一个像米字的东西出来。我又开始了等待，嘴里很苦，感觉不太妙，什么都没有发生，周围很安静，只有窗外某处电锯在哀号、呜咽。十分钟过去了，我犯起困，打了个哈欠，突然我用余光注意到了左边有什么东西，我转过头，看见方才遇到的那老人就在窗台上，直直地对着我，只是现在他的身高不会超过二十厘米，脸上布满了深深的皱纹，看起来就像一根烧过的、流满蜡油的蜡烛。他高兴地挥舞着帽子，还是用那清楚的孩子气的声音向我喊叫，就像他才七岁，他一边喊，一边把闲着的那只手举到嘴边，做出扩音器的样子，好像我离他很远，在河的另一边，而不是就坐在他旁边。“萨瓦，笨蛋！过桥，过桥，过来我这边！”老头喊着，我看了一眼河，根本没有桥，倒是有些桩子，两个一对，蜿蜒着延伸到远处的对岸。说着，老人忽然变得严肃起来，蹲下身子，揪着牙齿间的麦穗，用一种不自然的低音说：“谁还不是魔鬼的敌人？谁又不是奶奶的乖孙？”

这时，我的胡子上流动着五颜六色的光彩，我的五脏六腑都在剧烈地跳动，血变得滚烫，头上青筋直跳，我想跑，却没什么地方能跑，我的口舌发干，我不知道能做些什么，

让这一切快过去。这感觉如同海浪向我袭来，一浪比一浪凶猛，一浪比一浪巨大，我开始慌了，我好像看见了火山喷火口红黄色的火光。河水翻滚了起来，我仔细一看：水面上全都是猫头，有不同性别、品种和体型的猫，他们七嘴八舌地说着什么，斜着眼睛互相看。我听不清他们说了什么，我在水面上方快速飞行，只能听到零星单词、含糊不明的嘟哝和压低嗓子的声音。下面的猫咪们在窃窃私语，互相瞧瞧，小声地笑。我飞得很低，都能碰到他们的胡子，于是我被溅起的水花打湿了。对于我要飞去哪里，我不得而知——地平线上什么都没有。我想唤一声妈咪，可呼吸越来越急促。然后，波浪似乎小了下来，风浪趋于平静，火山里的能量逐渐衰减，波浪平息了，水变得清澈。随这些一同消失的，还有恐惧。有什么东西在我的腹部散开，一股芬芳而温柔的精神气息慢慢向上升腾，让我感觉温暖、舒适、轻松、平静，就像很久很久以前，待在金吉达香蕉纸箱里，待在我甜蜜的摇篮里。不知道怎么解释，我周身充满了一种神奇的、难以言状的女人味，无上幸福的愉悦感占据了我，我看到一只陌生的巨大的猫，我所有的期盼与渴望都集中在他身上（噢，我有什么期盼，自己都不知道！），我所有的大路和小径都通向他，他在沿途撒下水晶、红宝石和黄宝石，无形地引导着我，让我不要走错路。当然，空中播放着我最喜欢的 L'amoroso 协奏曲，我感受到一种难以置信的能量在涌动。能量在我的身

体里四处流动，与每根头发、每根胡须交流，仿佛要从我仅剩的那只眼睛里流出来。我行走在沙漠中，我是玻璃做的，沙砾撞向我的玻璃身体，突然，一架三角钢琴出现在沙漠中央，一个与我同名的人站在那里，萨瓦·莫洛佐夫，他手肘撑在钢琴上，穿着燕尾服，手里拿着一朵菊花，从上面撕下一片花瓣。然后侧身看着我，说:“我的小妹也不错，不错……”——我还没反应过来，他就跳到了窗口，他设法像猫一样把腿盘在脑袋前面，尾巴收在另一侧的手肘下面。

周围再次出现了安静、温暖的音符，时间停止了，接着就开始缓缓地倒流。我呆住不动，像史前的小虫子一样被凝固在一滴琥珀里。我屏住呼吸，这是我总想陷入的休眠状态，我愿意永远待在里面，但随后这感觉就结束了。我想起了窗外电锯的噪声，我这才明白，这绝对不是电锯声，和电锯完全没关系，这是昆虫振翅的声音。远处传来了嗡嗡的声音，天空中的黑点慢慢变大，直到我清楚地看到那是一只狐狸正在向我靠近。狐狸用接在肩膀上的脆弱的蜻蜓翅膀来飞行，所以重重的爪子和尾巴向下垂着。他落到了窗台上，带来一阵风，狐狸收起翅膀，他的薄膜翅膀上有紫绿色的花纹，他严肃地走到老人身边，用牙齿叼着老人的后脖领子，又飞走了。

“怎么样，我该告辞了。”老人用男童般的高音向我喊道，“我要去威斯巴登了，用我们的话说，‘Мышык, эсиңе

кел! Ач көзүңдү! Эмне болду? Эсине кел.’[1]。”——狐狸带着自己的猎物飞远了。

“Мышык, эсиңе кел! Эмне болду?”。老人的声音还飘荡在传来的回声中，“Эсине кел!”。我睁开眼睛，发现自己仰面躺在一摊水里，电水壶在我身旁打翻，比萨外卖的广告传单撒得房间里到处都是。我的脑袋隐隐作痛，爪子还抓着一小瓶药剂。阿斯卡尔明白了是什么让我变成这个样子，他和朋友们笑个不停。

阿斯卡尔是一个善良且公平的保护人。如果我表现良好，他会给我慷慨的奖励——每周给我两滴奇迹药水。我当然不会反对，尽管第二天一整天我都因为头痛而无法睁开眼睛。就这样奖励了我五六次，直到有人，好像是伊瑞斯凯尔迪，在网上看到滴牙液中的缬草成分对猫的健康有极大的危害。我自己也开始感受到药物的有害影响，除了通常的头痛之外，我食欲下降，大便恶臭，我的梦变成了黑白色，由许多颗粒组成，还像获奖电影那样总在最有趣的地方戛然而止。

是的，我已经开始习惯了滴剂的感觉。在短距离的奔跑后，我躲在树干和栅栏后面，瘾头越来越强烈，一寸一寸地

1 猫啊，醒醒吧！醒醒吧！发生什么事了？振作起来。（吉尔吉斯语）此处老人所说的吉尔吉斯语带着异地口音。——编者注

攫取我的神经系统。滴剂的快乐是无可比拟的，荆芥内酯取代了我的香蕉纸箱摇篮，取代了星期天早上在帕谢奇尼科夫家的泡澡茶壶，取代了我的宜家朋友斯蒂拉维尼亚，甚至取代了美食的快乐。难怪智者说，小剂量的毒药带来的不是死亡，而是治愈。然而，奇怪的是，在我最终停止服用荆芥内酯一个月后，我发现……没错，我有了新的欲望。这是一个被我遗忘的愿望，我从年轻时就希望猫与猫之间不仅仅是做游戏的玩伴。

一天，我在打开的窗户旁撒了泡晨尿，突然看到下面的铁栏杆后有一只年轻的猫，她看了看我，说："不幸的猫，曾经的你一定非常漂亮。"从一面看她应该是阿比西尼亚猫，从另一面看……我搞不清楚她的另一面是什么猫，而这无法定义的第二面令我向往，令我陶醉。她一身暗红色的皮毛，绿色的眼睛，她知道自己的眼睛有多大的魅力，而且她成功地利用了这一点。她的小胡子，紧跟那个夏天的时尚，微微翘起，右后爪上有一个白色的花点，这个小细节，这个不完美的记号，使她愈加迷人。

"你好，我是莱丽亚。你喜欢我吗？"

"非常。"

"你能钻出栅栏吗？"

"我现在钻出来。"

"那么，请吧。"

这位女朋友身上有板栗和椴树的气味，还有些什么味道，对，是一种更强烈的气味，关键是当我深深吸一口那个气味，我就能看到神秘的字母，仿佛是瞬间学会了一门古老的语言，准确地说，是回想起了一门古老的语言。对啊，我好像把一切都记起了，怎么记起的？真有意思，那荆芥内酯老头一准儿知道些什么。我琢磨着这一切，轻咬着莱丽亚的耳朵，在她光滑平整的身上踩奶。我脱水了，我很渴。我听到山洪巨浪从山峰上轰隆隆地冲下来，摧毁了沿途的一切，这些巨浪从何而来，又如何冲过干涸的河床。金星出现在了咆哮的狮子座，而我飞过了银河，行星正在游行，大象们喝下了整个海洋，用喷泉浇灌宇宙。我的两腿发软，没有一点儿力气，躺在了地上。

“我从没跟灰色的猫在一起过。”

虽然我的水龙头还是干的，但我全身仿佛都变轻了，紧接着我晴朗的天空被乌云遮住了。历来如此：当你听从古老声音的召唤，就会体验到无上的快乐，你的心灵却会感受到厌恶，为什么会这样？

“交配之后，所有动物都会忧伤。”亚里士多德语。我再补充一点：“话又说回来，交配之前也会忧伤。”萨韦利语。

我再也没有见过她。

但坏榜样是会传染的。不是，阿斯卡尔和乔玛特没有在牙齿滴剂中寻求慰藉（他们也买不到，这种药品是根据用量严格控制的）。朋友们尝试了其他的东西，我不知道那叫什么，但当他们回过神时，发现自己已经被解雇了、被开除了，从公园员工的名单中被画掉了。就这样，连续两个月被评为最优秀的工人，第二突击队的骄傲和荣耀就这么荒唐地从高尔基中央公园消失了，而他们培育的风信子和鸢尾花则伤心地在他们身后低下了头。事情就这么发生了。

一个晴朗的早晨，阿斯卡尔在修剪野蔷薇丛，而乔玛特在一旁浇灌草坪。乔玛特问阿斯卡尔，他想不想加强生产力，提高效率。也就是说，他想不想在五点前做完所有事情，然后出去就着爆米花喝啤酒。阿斯卡尔回答说，当然，他当然想，但不知道怎么做能提高效率。乔玛特把水管放在一边，说："有个办法。"朋友们藏在老戈罗杰茨克桥洞下，在那儿他们用什么粉末塞满了烟斗，但他们抽的东西没有加强他们的生产力，一点儿都没有，效率也没有提高。那天，他们没再回去工作，他们哪儿也没去。十五分钟后，两个朋友迈着奇怪又蹒跚的步伐从桥洞下走了出来，他们在码头推开排队的人群，坐上了一辆空着的双体船，出发向着池塘中央那个鸭子岛猛攻。但这次猛攻失败了，登陆队被人推搡，还被鸭子咬了几口，最终被拽回了岸上。于是，阿斯卡尔和乔玛特决定用无线电给他们亲爱的领导尤罗奇卡打电话，电话通了后，朋友们先用俄语，随后用吉尔吉斯语向老板诉说了他们单纯的草原灵魂中充满的一切痛苦，并勇敢地表达了他们对尤罗奇卡以及他的父亲、母亲和妹妹（说真的，他哪有妹妹）的真实想法。然后他们在路上遇到一辆电瓶车，阿斯卡尔爬进驾驶室，乔玛特跳上了后座，两人便以每小时三十公里的最高速度在公园的小路上飞驰，中间还扯下了路人的遮阳帽。竞速赛没比多久，电瓶车一个弯没转过去，栽进了排水沟，代表胜利的帽子在落地前飞起，挂在了空中的云朵上。

当天晚上，阿斯卡尔和乔玛特就丢了在高尔基文化公园的工作。

但最高会议之所以是最高会议，就是为了解决出现的困难。大家又一次聚在鲍曼地铁站地下通道里的汉堡王，朋友们纷纷入座，每个人都戴上了皇冠。皇堡都救不了他们的心情，阿斯卡尔和乔玛特十分愧疚，他们垂头看着桌子下面。鲁斯兰先发言，他用一根炸薯条敲了敲啤酒杯，大家都安静下来，鲁斯兰说："在座的都是最亲的伙伴、同志，我恰好是最年长的一个，我就说一说了。咱们家里发生了一些悲伤的事情，咱们的老话说得好，'一颗羊粪毁了一皮袋羊油'，对不对，阿斯卡尔？我想了很久，对比了好处和损失。严格说来，小弟阿斯卡尔和乔玛特，你们就应该被赶出去。你们除了麻烦，什么都不是。但我还是冷静地想了想，再给你们两个没出息的坏小子一次机会。但你们得知道，这是最后一次！"

他说着，做了一个手势，那手势好像要把一个灯泡拧开。

朋友们没有被赶出杰尼索夫斯基巷，因为他们已经受到了应有的惩罚。但他们不得不寻找新的工作，乔玛特去鲍曼地铁站附近打听哪里还招人。两个小时后，他已经在小吃店门口试穿了羊肉馅饼——揽客员套装，工资很少，衣服又重又热，但食物是免费的，而且每天的工作时间只有六个小时。

阿斯卡尔的野心更大，他决定在“叮当车”送餐公司里申请一份工作，申请岗位的人要满足三个条件:（1）亚洲人外表;（2）有骑自行车上路的技能;（3）掌握俄语。阿斯卡尔去总部面试，会议室前的门厅挤满了来自过去苏联各地的蒙古人种的代表：布里亚特人、卡尔梅克人、图瓦人、哈萨克人、雅库特人、涅涅茨人、吉尔吉斯人等。竞争者们或坐或站，或躺着填表，填完把笔传给下一个人，或在等待轮到自己的时候刷手机。他们都很年轻，关于他们生活的故事大同小异。

会议室里“叮当车”的三名员工正坐在一张大桌子旁，他们与倒映在桌面上的重影合在一起，看起来就像扑克牌里最厉害的花色。面试连十分钟都不到，阿斯卡尔就被雇用了，有人给他发了一辆三速自行车、一个巨大的保温背包和一套正经的武士盔甲：带角的头盔、一身铠甲，甚至还有一把漆黑的剑。工作任务并不难，接单后，阿斯卡尔要在半小时内从餐厅取走订单，再在半小时内将其送到订餐人的手中。这就是全部工作。

开始新工作的第一天早上，阿斯卡尔在镜子前花了很长时间穿衣服，他系好衣服上的带子，系紧鞋带，压紧了手套上的尼龙搭扣。在与他的朋友们告别并揉了揉我的耳朵后，他走出了门。但过了一分钟，盔甲当啷哐镗地，他回来了，把我抱在怀里，又出门了。

我惊讶地发现，我既没有感到恐惧，也没有感到好奇，我做好了面对一切的准备。阿斯卡尔把他的自行车从后门推出来，他把两面橙色的旗子插在竹柄上，旗子上有黑色的“叮当车”标志，插在专用的凹槽里。他让我坐进前面的车篮，自己背上背包，我们就在莫斯科的清晨开始了骑行。

从他的角度来讲，把一只没有拴着的猫放在敞开的自行车篮子里，是相当冒险和不负责任的行为。但我已经不是小男孩了——我知道如何在充满速度的公共交通中自处：千万别乱动，紧紧地贴在车篮上，别把头探出篮筐外。顺便说一句，在车上待久了，我已经非常习惯马路，甚至学会了在骑行路上睡觉。

这座城市在晨曦中熠熠生辉。一夜的大雨过后，水坑正在变干。突然间，我周围的一切似乎都那么和睦、合理、舒服、善良，一切都好极了。我认为，世界就该是这个样子，而不是其他什么样子。我立刻就爱上了在自行车上遛弯，这给我带来了极大的快乐。我们飞快地离开杰尼索夫斯基，前往戈罗霍夫斯基，经过圣徒尼基塔，沿着老巴斯曼街骑行到花园路。风吹乱了我的胎毛，吹得胡子和耳朵都飞向后脑勺，吹得眼睛眯起。阿斯卡尔背后的橙色旗帜紧迫地拍打着，钟声响了，成群的鸽子飞起。我们看起来真是很夸张：一个穿着黑色铠甲的武士骑着一辆橙色的自行车，前面的车篮里还有一只独眼猫。司机们按着喇叭，向我们致敬。

我们在一家寿司店外停了车，阿斯卡尔用手指比画着对我说："铁米尔让，好好表现！我马上就回来！"我表现得很好，他也确实很快回来了。阿斯卡尔上自行车的方法很老派：一只脚踩在脚踏板上，上下跳几下，往前走了一点儿，随后把另一条腿甩过车架。整个城市都在刺耳的声音中颤抖，那年夏天，市中心全部都在施工：新装的路缘石被凿开，铺设地下管道，瓷砖被铲掉。无轨电车的钢缆被拆除，因为许多线路被取消了。这座城市在轰鸣、呻吟，散发着热沥青和金属焊接的气味，不知为何，这让我非常饥饿。我们熟练地绕过坑洞，跳过小沟和塌陷的地方，如果遇上了堵车，那就把辐条和车胎豁出去，拐到人行台阶上前进，每到这时，我的陶瓷尖牙便一个对不上一个，开始抖起来。一次，客户没有签收订单，因为背包里的肉卷散开了，冬阴功汤漏了，鸡蛋的蛋黄也碎了。然后，武士阿斯卡尔在儿童游乐区的正中间扎营，在沙坑里插上橙色的旗子，吃了午饭。阿斯卡尔一如既往地在吃饭前咕哝了什么，手在脸上摸了摸，像是在洗脸，然后吃下了整份订单，那是三人份的。我想起很久以前，在我做绝育手术的那天，我曾在兽医诊所外看到一个长胡子的斗牛犬主人用同样的方式洗脸，但我决定不告诉阿斯卡尔这件事。当然，阿斯卡尔也用大餐招待了我，我吃了几块烧汁金枪鱼、海湾扇贝、清蒸大虾，最重磅的是三文鱼、三文鱼，还是三文鱼。这些天我吃了很多鱼，大概磷的含量都够我在黑暗中发光了。

有几条路线我们特别喜欢，比如从圣诞大道往特鲁伯广场去的下坡路。我们会在下坡前加速，然后，一头扎下去，开始兜风。阿斯卡尔会放开踏板，张开双腿。风吹得我呼吸错乱，绑在车把上的穗儿左右摆动着。我又害怕又高兴地尖叫起来，阿斯卡尔对我喊："抓紧了，铁米尔让。"我也向他喊："我抓着呢，阿斯卡尔，我抓紧了！"

有时阿斯卡尔会带着我一起去敲公寓或者办公室的门，一些客户爱上了我们，我们每周都会去看他们。但有一次，情况不一样。那次，一个年纪不轻的胖男人给我们开了门，他脸上泛着那种高血压导致的深红色，身穿黑色睡袍，戴着土耳其帽，趿拉着一双毛边拖鞋。一股芬芳的香气迎面扑来，屋子里传来西塔琴的声音，还有不堪入耳的呻吟声和德语叫喊声。他仔细检查了交付的订单，并不慌不忙地，精确如特级大师般，将面条扔在阿斯卡尔头盔的两个角上。"粉！丝！我点的是粉丝，不是荞麦面。滚！"我们面前的门砰的一声关上了，门上有个牌子，上面写着“A. A. 科斯库斯科教授，性学、认知学、格式塔心理学”。

有一天，我们沿着尼科洛亚姆斯卡娅街骑车走着，经过了花园环路，我的心脏跳得越来越快。我们经过德罗维扬斯基巷、佩斯托夫斯基巷，很快就到了我的出生地谢拉普廷斯基。我已经有几年没来过这片区了，我准备好接受这一带的变化了，但一切似乎都和以前一样。道路工程正在进行，隆隆叮当声不绝于耳，但这些噪声只会让我的注意力更集中。我在车篮里欠了欠身，眼睛盯着飘过的每一座建筑：阿列克谢耶夫音乐学校，医学院，俄罗斯工业信托银行现在变成了米什科贸易公司，门口挂着的红蓝气球也换成了黄色和白色的气球，“A-Elita”理发店变成了“面包与威士忌”男士美发馆，“阴谋”咖啡馆变成了“啤酒花·大黄蜂”精酿酒吧。我没看到任何一个我认识的生物：妈咪、妹妹们、维佳·帕谢奇尼科夫，还有鼹鼠丧葬队，谁都没看到。这些房子看起来和以前一样，只是没人住了，变得没用，就像那已经去世的女主人衣柜里的连衣裙。而我也不再是原来的我了，与那个世界的联系早已失去了它的张力，现在，在一切成为记忆之后，我收获了一种附属产物——甜蜜却无益的怀旧，不过，我并没有沉溺其中。如果说我的童年意识曾像一个完整的史前大陆，那么现在我的意识更像散落的群岛，上面住着互不相识的部落。我生命中的每一件事都被塞进瓶子里，贴上了标签。现在我是一名食品杂工，这是那些共同构成命运的基本粒子随机碰撞的结果；我现在的状态是一千种可能的结果之一，一个既不是最坏也不是最好的随机状态。我对此有什么想法？什么想法都没有，或者说，几乎没有想法。很多年前玛德琳姨妈说过："糟糕的事常有，更糟的事也不少。"玛德琳姨妈现在在哪里？

我的思绪可以用三个字来总结："向前走。"——而我向前走，是因为我没有其他能做的。这世界的历史，每个生物个体的历史也是一样，都建立在同一片石头之上，新的塔楼总在旧的废墟上建起。没有哪个矿场，可以让我们为自己的生活挖掘新材料。就这个选择远为匮乏的世界，也有自己的迷人之处，缺陷也有其魅力，匮乏使我们的欲望更加尖锐。

……过了圣亚历山大教堂，自行车向右打了个急转弯，我们骑过斯坦尼斯拉夫斯基工厂，在房子的尽头，在拐角处，挂着三个巨大的生锈的字母"СТИ"，解释一下就是"戏剧艺术学校"。这就是我们要去的地方，这是城市中一个非常美丽且不寻常的地方。剧院的右边修了一个宽敞的木头平台，不知怎么做到的，平台上长出了小白桦树，上班族会在白桦树下的长椅上度过他们的午休时间。剧院左边，我们看到了一个樱桃园，樱桃树种在一些奇怪的货箱里，货箱和"СТИ"字母一样，是不分明的铁锈色。我们的正前方就是剧院——一座俄罗斯风格的砖瓦建筑。透过又高又宽的窗户，能看到磨得锃亮的木地板，阳光在地板上照出一个斜斜的方块，没人坐的贵妃椅和沙发让白色的墙壁显得不那么无聊。就在这些墙上挂着老照片，可能是一些戏剧人物或艺术赞助人的照片，萨瓦·莫洛佐夫很有可能就在当中的哪张照片上。我注意到，门后有一个小房子样的钟，下面用链子坠着几颗沉甸甸的松果，估计还有布谷鸟的叫声（正是挂在帕谢奇尼科夫家的那个钟！）。还能看到一张长桌，上面铺着白色桌布，桌布上摆着绿苹果、坚果碗和果酱碟。桌子周围摆着有弧形靠背的椅子，有的有扶手，有的没有，没有两个椅子是一样的。这幅画面就像是客人们马上要从某个地方来做客了，他们对彼此都充满了好奇，他们每个人就像自己坐着的圈椅和板凳一样，各不相同。客人们将迎来一顿漫长的晚餐，并进行有趣且大声的交谈，总的来说，就是度过一个愉快的夏日夜晚。

我们在大厅的售票处旁等人来取餐。很快，出现了一个留着红胡子、穿着烧焦的医院制服的怪男人：他的一只袖子不见了，胸前都是烧焦的窟窿，白色的帽子边缘露出一绺红头发。我和阿斯卡尔惊恐地互相使眼色，都没反应过来他是一个从排练场跑出来取餐的演员。男人检查了送的餐，付了钱，正要跑回去，突然注意到我，停住，蹲下，开始研究起我来。我意识到我现在就是一个充满吸引力的研究对象，特别是对于那些有艺术天分的人来说，他们肯定会把自己对残缺小猫的观察转化为生动的舞台表现。也许我的丑陋会激发这类演员发出一些奇特的语调，想出意想不到的过场，过场……不知道他们的行话是不是这么说的。谁知道呢，谁知道呢：创造之路比公羊的角还要歪歪扭扭。

红发男问阿斯卡尔我发生了什么事，阿斯卡尔犹豫了一下，无法回答。然后演员皱起眉头，突然向我伸出双手，他轻轻地用胳膊搂住我的头，而我的整个脸不知不觉地皱在了一起。接着他把我抱在怀里，直勾勾地盯着我的眼睛，他这双眼睛真的说得上是独一无二，但我就不细说了。他皱着眉头盯着我，严肃又阴沉沉地，想着他自己的事情，好像我证实了他的某种推测，好像这种推测正好是他思索出的结果。我把爪子叠在胸前，意外地发出了呼噜声。我呼噜呼噜，八分之六拍，五分之二拍，十一分之七拍。起初，我呼噜地唱着广板，然后我换成了慢板，但我控制不了自己，又唱起了快板。这个男人三十岁左右，我想这可能是一段美好友谊的开始，我不知道我们之间发生了什么，但我发誓我甚至已经准备好离开阿斯卡尔，去和这个演员一起生活了。但随后一扇门开了，一个戴眼镜的女孩喊道：“伙计，你疯了！现在就给我上台！”红发男小心地把我放回地上，回答说：“来了，奥丽娅。”随后消失在门后。

我们就这样在首都走了很多地方，为饥饿的莫斯科人送去食物，欣赏这座城市和它形形色色的居民。我们一起度过的这几周真是太幸福了。

然后就到了一个什么节日，大家都待在家里休息。突然吉尔吉斯人听到墙外有吵闹、责骂和喊叫声，令人惊恐的事情发生了：杰尼索夫斯基巷 24 号联邦移民局的工作人员意外地突击检查了杰尼索夫斯基巷 24 号。就这样，准确地说，他们都不是“突击”，就只是从一个房间走到另一个房间，预先把面具戴在头上，手里拿着自动步枪，为了达到效果还打开了摄像头。中午十二点左右，当上校切尔诺顿 · L. P. 因为宿醉头疼从饮水机接水时，他办公室的门突然被打开，有人高声叫着：“趴下！”他的下属和同事跑到了他跟前，上校被撂倒在地，被绑住了双手，警卫随后押着被逮捕者得意扬扬地往外来务工人员的房间去了。看到这一切，上校的同事们假装他们刚刚得知一切：他们夸张地对着镜头哦哦啊啊，表示很惊讶，好像他们对自己单位楼里的秘密房间一无所知。

门开的时候，我和往常一样在睡觉。我的朋友们从床上爬了起来，我决定也站起来。大家都摊上事了，上校在说认罪供词，记录员在做记录。我愤慨地大声叫着，但被要求闭嘴，他们说：“闭嘴！”我照做了，这让大家很高兴。他们要求我的保护人们在镜头前表明自己的身份并出示护照，有人问他们怎么来的莫斯科，他们看了看上校，从他的脸上已经看不出该说什么了，于是大家决定照实说出来。

半小时后，联邦移民局的官员平静地坐在上校的办公室里，向他解释了这一切发生的原因。结果，这场风暴是带了些戏剧性的，主要是为了以潜在的风险吓唬和警告切尔诺顿。

事实是，高尔基文化公园全部六个班组的住处，都属于联邦移民局的地址，他们都受到了切尔诺顿上校和亲爱的领导尤罗奇卡的照顾。住宿业务蓬勃发展，在过去的一个夏天，上校成功地赚到了钱，把它们用在了建造避暑别墅和他女儿的婚礼上。但总的来看，亲爱的领导尤罗奇卡对酬金分配制度不太满意，他觉得自己冒的风险可不比上校本人少，一旦有什么风吹草动他就会给上校事先通气，上次通了一次，然后又通了一次。第三次的时候，他坦率地告诉上校，事情不是这样做的，他是把开放的合作精神和同志情谊置于一切之上，他甚至还提起了关于罗马共和国及其两位执政官拥有平等权利的事情。上校这次也没有听到他的话。于是，亲爱的领导尤罗奇卡决定让上校自己的同事来对付切尔诺顿上校。他们做出气愤至极的样子，说他们不会容忍，等等，在某种程度上，他们真的很气愤，也确实不打算容忍。他们大声呵斥着，低下头，把手掌贴在脸颊上，然后他们做了一份笔录，用摄像机记录了目击者的叙述。上校现在必须决定他要站在哪一边，上校说，现在的他和以往一样，始终站在法律和当局一边。他的同事们对上校的选择表示赞许，但这赞许只是为了不冒犯现场的每一位公职人员，是为了让大家都高兴。“对吧，列昂尼德·彼得罗维奇？”“是的，伙计们，是的。”上校回答说。

大家决定把几个被指定拆除的半废弃的房子算进去，发展成连锁住宿业务。经过讨论，大家同意把住在联邦移民局的外来劳动队留下来，就当是开张生意。高尔基文化公园的总务主任是公民齐莫罗多夫·尤里·弗拉基米罗维奇，他已经被以温和的形式警告，最好不要以行政权力代表的身份进行勒索。简单点说，如果尤里同意现在的价格，这对他来说是更好的选择，否则——就让他等着收法院的传票吧。（对他可是一点儿不客气，而您，列昂尼德·彼得罗维奇，毕竟是内务部的一名上校，可不是个狗娘养的畜生！）如果谁有向上级打小报告的想法，那法律卫士们将保留以任何必要手段应对挑衅的权利，不排除用最严厉的手段。官方会谈部分就结束了，随后各位代表用白兰地签署了他们的协议。

晚上，吉尔吉斯人被告知他们可以继续住在这里，但条件是要把猫赶走。“因为，外来的人……嗝……是不允许的。”上校说着，打了个饱嗝，“你怎么不把羊……嗝……带来养。”他又补了一句，就走向楼道去了。阿斯卡尔、乔玛特、鲁斯兰、塔尔加特和伊瑞斯凯尔迪面面相觑，看了看我，又看向彼此。然后他们出发去了汉堡王，去举行最高会议。但我不准备等待，等待他们戴上王冠得出的判决。对，我不会等了。我已经很好地领会了一个真理：一切都会结束。是时候离开杰尼索夫斯基巷的宿舍了。没什么可惜的，我也没有回头看那些我带着一只眼睛走过的路。我箭步向前，准备迎接一个新的开始。

七　叶洛霍夫

我离开杰尼索夫斯基巷，前往老叶洛霍夫村的主显节大教堂。我打算去那儿找个临时安身的地方，在老杨树的树荫下，或是在教堂的圆顶下，应该不会有问题。叶洛霍夫村为祖国贡献了两位伟人：傻瓜伊万和诗人亚历山大·普希金。这样的土地难道会缺一颗对我的同情心与慈悲心吗？

我走在街上，环顾四周，路人同情的目光追随着我。有人伸出手想抚摸我，但想到猫癣和跳蚤，很快缩回了手。八月快过去了，太阳好像感知到了快结束的夏天，全力烘烤着大地，我想喝水，所有水坑都晒干了。我在鲍曼地铁站的入口处坐下休息，很快睡着了，醒来时发现面前铺着一份报纸，上面有鸡内脏，我吃掉了别人提供的午餐，又睡着了。我再次睁开眼睛时，看见了一个几乎没怎么咬过的汉堡和一碗水。这样的情况重复了好几次：我每次醒来，报纸上又多出新的食物，鹅肝酱换成炸肉排，鸡块换成羊肉馅饼，肉丸换成百分之三脂肪的萨武什卡牌奶渣（懂的都懂）。

这让我产生了某些思考，我得出的结论是：首先，我睡得越多，周围发生的好事就越多；其次，奇怪的是，残缺在很大程度上让我的生活更轻松了。如果一直这样下去，我终于可以停止为自己的生存而战斗了，我会像猫应当做的那样，将一生的大部分时间投入到睡眠中，同时食物会在我醒来时自己钻进我嘴里。我决定在鲍曼地铁站多待几天，来验证我的推测。确实，警察、路人、普通上班族，当然还有奶奶们——他们都会给我带来食物，所有人都会关心我。在某种程度上，我甚至改变了对春天发生的那场悲惨事件的态度。那老头没有杀死我，他让我变得更强大了吗？不见得，但不幸让人注意到了我。是的，人类以前照顾过我，只是现在的照顾不是出于疼爱，而是出于同情。

第三天，我想起了我的朝圣使命，也许继续留在地铁站是更聪明的选择，但我厌倦了躺在过道里，听着几千双鞋子不停歇地啪嗒啪嗒。我动身出发去教堂，教堂已经离得很近了。

在教堂门前的台阶上，拴着一条老年土狗，他在不停地呜咽，他很伤心，脖子上戴着一个治疗项圈。后来我得知，小时候的鲍勃（大家这么叫他）被亲戚咬得很重，他戴了半年的项圈，虽然康复了，但他已经习惯了项圈的存在，所以到老都没有摘掉项圈。我问鲍勃，这里能不能给疲惫的朝圣者吃些东西提提精神，鲍勃向我俯身，闻了闻，没说话，用鼻头指向院子里。

我绝对不是第一只被叶洛霍夫的大教堂吸引的猫，院子里住着一群猫，有各种血统、颜色和年纪的猫，有猫崽子、衰弱的老猫，甚至还有怀孕的猫。我正好赶上午饭，猫食堂通常是吵吵嚷嚷的，一开始，大家都在吃饭，没谁注意到我，直到一只年轻的虎斑猫注意到我，然后有另一只……一个接一个地，每只猫都丢下饭盆，转过头看我。最终大家不再说话，不再闹腾，都盯着我看。到这一刻，通过自己的同类的眼光，我才意识到自己现在的样子，我的样子可以让他们恭恭敬敬地让出一条路来给我通过，无须费口舌就能吃到饭。没有预料中的蔑视和厌恶，而是获得了尊重，甚至崇敬。

在这里吃什么不重要，人类的残羹剩饭混上鱼软骨和一些没有味道的麸皮，上面撒满了干面包屑（估计是发霉的圣饼做的）。对那些好几天一点儿东西都没吃的动物来说，就算给他们的只是腐烂的麸皮，可能，也会被当成美味佳肴。但我，还没来得及消化那些款待我的珍膳，地铁站的食物把我宠坏了。我完全无视当地居民对我的密切关注，吃完了饭，其中一只猫试图与我交谈，但行动突然中断，他困惑地躲在了其他猫的后面。

尽管如此，离我最近的一只灰猫决定充当谈判者的角色，他说：

“您好，祝您有个好胃口。认识一下，我是奥利弗，您呢?”

我用意味深长的沉默回答了奥利弗。所有猫都专注地观察着我，通过他们的眼睛，我也在审视我自己，窥视自己的内心，我发现我的灵魂开始长满角质，变得坚硬执拗，就像一小块没炸好的牛肉。那时，我突然明白了，就像齿轮正好卡进凹槽，我很乐意就做一个他们想象中的我，我同意他们那么做。我继续咀嚼。

“不好意思。”奥利弗换了一个说法，“如果您不方便透露真实姓名，您可以介绍一下，您的主人是怎么称呼您的。在我们这儿，这很普遍，很正常。”

我没说话。

“很多人都这样做的。”奥利弗补充说，他多少有点灰心。

我不想说出我的名字，不管是真名还是别人给我起的名字。我看到了街对面一个咖啡馆的招牌，它冲着所有人，又好像没有人看到，说：“我叫吉利。我走了很长的一段路，现在我需要休息。也许在你们热情好客的宿舍里，有一张床位是留给可怜的朝圣者的?”

“是的，当然，请去地下室。在那里，您可以安顿下来过夜，想住多久就住多久。”奥利弗说。

恭敬不如从命。他们给我派了一只很年轻的猫做向导，他叫葡萄干。路上他向我解释了这个地方有什么，以及这个组织是如何形成的。这个被称为“骄傲”的地方，是约一年前大家自愿组织的，最初由两位创始猫管理，葡萄干已经很久没见过这两位创始猫了，但对他们的记忆依然鲜活。他们两位决定建立一个真正的猫公社，一个在痛苦与邪恶的海洋中的正义而仁慈的避风港，每只没有亲人的、弱小的、贫困的猫都可以来这里，不需要什么条件就可以成为骄傲公社的一员，喂饱自己的肚子，喝干净的自来水，踢球来舒展身体（为此特意建立了游戏用品室）。一开始，公社的事业蒸蒸日上，当地的修道院院长，神父波利卡普对动物很好，很多猫闻名而来，有自己来的，有结伴来的，也有整个家庭一起来的，他们从巴斯曼、阿普特卡尔斯基、戈罗霍维，甚至波克罗夫卡蜂拥而至。一只来自遥远的西部的猫（就是创始猫之一），从长着银色摩天大楼的城市边缘而来。苦命的猫们不用再为自己和亲人担惊受怕，在叶洛霍夫的大教堂院子里安了家。他们在地下室安顿下来，继续生活。

刚开始的集体生活让大家觉得如同在天堂，但后来出了问题。据说，是创始猫之间发生了争吵，没人能说出确切的起因，但有人暗示，原因是两位创始猫对骄傲公社的政治路线持不同观点。这里土生土长的创始猫坚决认同独裁统治的优势，认为只有强大的爪子才能应对众多外部威胁（狗、恶劣的天气、饥饿），清晰分配的社会角色、等级服从制度、对共同事业的无私奉献，是骄傲公社安全和繁荣的保证。他来自大河另一边的论敌，考虑到同样的情况，认为有必要给予骄傲公社完全的行为自由。他说，要想让猫去服从一个个体的意志，给他强加社会约束，让他习惯职务崇拜，这些都是假象，是幻想，是虚无缥缈的，最终与猫的天性背道而驰；建立垂直的权力结构并不能帮助骄傲公社度过困难时期，只会因为官僚制度和上下层级互相推卸责任（就像在人类社会那里发生的一样）加速公社的毁灭。原住民猫反驳他说，根本不存在什么“垂直权力”的问题，他说他根本不准备建立管理机构，也不会引入职务、官僚和控制体系来复杂化骄傲公社的生活，他会一切从简：任命自己为负责人（说到这里，他的脸上表现出和善，甚至是同情的表情），带两三只聪明的猫作为助手（他转为低声说话并站了起来），而那些不同意的猫，就赶出去。来自大河对岸的猫竖起耳朵，他问道：“我理解得对吗……”“对。”原住民打断了他，威胁地向前迈了一步。“那新的骄傲公社主宰者准备如何对待自己的朋友呢？”“现在朋友就会知道了。”他礼貌地回答并停了下来，他突然变得很悲伤，把头偏向一边，深深地吸了口气，仿佛被某种长久以来无法摆脱的悲伤压得喘不过气来。“唉，摩摩斯，真糟糕，太糟糕了。”他伤心地说，接着继续向前走。“威廉，这还是你吗？”摩摩斯说着，退到墙那里，“我已经认不出你了，老头。”威廉什么都没说，但在他的眼睛中，和悲伤同时出现的还有一个黑点，像一颗子弹，也许是某种标志，是他的预感，预感到现在正要进行的难以想象的残忍行为。他的脸抽动着，眼睛似乎从一种吞噬灵魂的渴望中暗了下来。摩摩斯身后突然蹿出三只猫，他意识到自己已经无路可退了。他僵住了片刻，后退了一点儿，猛地向威廉扑过去，但威廉躲开了，摩摩斯跑了几步撞到了墙上。威廉冲向摩摩斯，他的爪子用尽全力砍向摩摩斯，把摩摩斯的脸从眉毛到下巴都划破了。摩摩斯以一记精准的冲刺回应，瞬间从窗户溜到街上，冲出了院子。威廉和他的卫兵追上去，但摩摩斯已经飞奔过马路，消失在庭院里。从那以后，没有人再见过摩摩斯。然而威廉享受这独占的权力时日不长，几周后，一位孤独的老妇人挑中了他，把他强行塞进一个网格二轮车里，不知道带去哪儿了。

“真是莎士比亚般的激情。”我说。

“可不是嘛。”我的向导葡萄干肯定道。

我能说些什么？来自父亲的阴影一直困扰着我，当我再次听到他的名字，我甚至都不怎么惊讶。虽然，我可能恰好追踪到了他，或许是我们在互相追踪。对，没错，我们在互相追踪，我们跑的圈子越来越小，很快我们就会在靶子的最中心相遇。

我们是从一个小窗口进入教堂地下室的，这小窗口对猫来说足够宽，对狗来说就太窄了。一头钻进小窗口，就到一个石头走廊，这走廊通往一个宽敞的拱形大厅，或者，正如大家所说的，一个客厅。这里冬暖夏凉，实际上，这是一处墓穴，地上铺的是旧石板，在磨花了的表面还能辨认出这位的名字、职位和生卒年。包着某种棉絮的暖气管道，顺着远处的墙延伸，管道后面就是过夜的地方。大家一个挨着一个躺下睡觉，一开始我以为，每只猫想躺在哪儿就躺在哪儿，事实证明我想错了。新来的、病猫和半大的猫在外圈睡，向里依次是年长的和有经验的猫，最中间则属于贵族——奥利弗和他最亲密的朋友们。我也被分配到中间的一个位置，这是一种荣誉，我是如何获得这样的荣誉的，我不知道，但我对此也不感兴趣。

就这样，我在叶洛霍夫教堂院子里的生活开始了。

我很快就适应了环境，掌握了他们的风俗习惯，习惯了新口粮。每天早上我都会做操：绕着自己向右转两分钟，再向左转，在树上爬上爬下几个来回，把指甲磨快。我的身体状态很好，一些叶洛霍夫猫加入了我的练习，他们在广场上排成棋盘形队列，在我身后，重复我的动作。我不介意，这让我想起了好多年前在帕谢奇尼科夫家的电视上看到的场景，一群中国退休老人一起做武术操。

骄傲公社一天放四次饭，如果有猫被发现在非指定时间吃独食，他将会受到谴责，谴责满五次后，他将被驱逐出去，赶出骄傲公社的猫半年后有权再次返回。不过，猫崽、孕妇和老猫除外，他们可以随时吃饭。类似的违规行为还有：有组织的打架斗殴、挑拨离间、言语挑衅，以及未经领导同意带不熟悉的动物来公社。顺便说一句，关于领导，骄傲公社由自称“最配得上的五猫”共同管理，他们都是叶洛霍夫的老前辈，属于第一批移民潮的定居猫。他们中间没有领袖，最活跃的是奥利弗，但他显然应付不来老大的职责，与朋友独处时，他豪放诙谐，但一到公开演讲，他就神色黯然，失去理智，结结巴巴。他在意志上坚定，理论上强硬，但行动上完全是优柔寡断，软弱无力。他缺乏声望，但另一

方面，除了他以外，也没有人想得到那个位置，其他四只“最配得上”的猫似乎完全没有领导野心。开会时，他们多数时候是沉默的，适时点头表示赞许，他们更多时候看向教堂台阶的方向，看那些没有权力负担的猫玩耍。领导班子对自己不是很信任，会上说些胡话，这只或那只猫在问自己，骄傲公社是否需要“最配得上的五猫”，然后与另一只猫眼神相对，他应该也在问自己同样的问题，尽管如此，他们还是继续开完了会。可能，大家都太明白了，骄傲公社有多依赖一个人类的意志，所以管理者的名头其实是幼稚的。

这一个人类就是波利卡普神父，在猫中他被正式地称为“创社恩人”。如果波利卡普神父知道了这一点，他一定会感到无比自豪，因为他年轻时曾是个追求功名且野心勃勃的人，非常喜欢受到关注和获得荣誉。但他在教会的事业并不顺心，也不成功，所以将近老年的波利卡普神父转移了方向，从人类的灵魂转到猫的灵魂：与人类不同，这些猫真诚地珍视他，爱他。

波利卡普神父的情绪是变化无常的。如果他晚上喝酒了（他经常喝酒），那中午之前在叶洛霍夫都等不到他，由此可见，他也不记得给我们吃早饭和第一顿午饭了。如果他牙疼（疼起来经常令他十分苦恼），那他压根就不会出现在教堂。他看过牙医后会拔掉一颗牙齿，根据这一点，有的猫会在算术上精进，算出他什么时候一颗牙齿也不剩，那样他就没什么可疼的了。但遗憾的是，疼的不仅是牙齿，在寒流或是雨天来临之前，波利卡普神父还会骨头痛，他就整天坐在长凳上，咒骂着，疼得哼哧，所以猫猫们在合唱指挥的口令下，竹篮打水般地，在他面前排成一排，唱了一首关于规律饮食有什么好处的歌。除此之外，更重要的是波利卡普神父是莫斯科迪纳摩队的狂热粉丝，呜呼，他最爱的球队胜利与落败的比例大概是一比四，如果以很大的比分输球，那么波利卡普神父会因为纯粹的愤怒不给骄傲公社饭吃。所以，每当迪纳摩队与主要对手比赛时，一些猫会跳上院子入口岗亭的架子，激动地观察决斗结果，如果迪纳摩赢了，波利卡普神父的骨头不痛了，牙齿也不疼了，他会在院子里招待大家吃一顿真正的盛宴。

还有一种情况，波利卡普神父和妻子吵架了。被赶出家门后，他可能会在一天中的任何时间出现在叶洛霍夫，夜深人静，大门吱嘎一声，鲍勃用两短一长的声音向神父敬礼，昏昏欲睡的叶洛霍夫猫们从地下室跑到门口台阶处。波利卡普神父嘴里嘟囔着骂老伴的话，在木盆里搅拌着麸皮和鸡内脏的稀粥，给水槽加满干净的水，一口气喝光一杯小松鼠牌伏特加。随后，不知他是醉了还是清醒的，在没有人类教徒的情况下，他开始给猫们传教。有时，灵感像一个迷路的邮递员，错误地敲了波利卡普神父的门，他的话语中会突然开始跳动一种生机勃勃的感觉，是那种朴素又感人的、对真理和众生平等的渴望，是那些充斥在他少年时代的感情。猫们互相看了看，心想如果能做到这一点，就很好了：凭着良心生活，努力让自己更好，哪怕只有一点儿。

总的来说，骄傲公社很和谐友爱，但内部分成了两大派：一派是出生在街头的猫，另一派是失去家的猫。奇怪的是，第一派的猫更健康、更快乐、更耐寒，第二派猫则独来独往。以前的家猫知道他们失去了什么，他们的悲伤是特别的。与我不同，他们每只猫都不是自愿离开家的，他们从早到晚都在致力于解决一个古老的问题——哪个更珍贵：热烈地想要却永远得不到的东西，还是拥有过却永远找不回的东西？尽管如此，不得不说，他们的举止和习性是温和而有礼貌的，例如两只猫在为吃饭的排队顺序争吵：

“请让我过去，我排在您前面。”

“胡说！”

“请注意自己的语言！”

“不然你想怎么样？”

“请您不要想以后的事，活在当下。”

还有一只虎斑猫，不知道为何大家叫他达莎。他们告诉我，是他的以前的主人那么叫他，一开始把他误认成了女孩，但确定了达莎的真实性别后，主人还是决定不改名。达莎没怎么反抗，他无所谓自己叫什么。但有趣的是，要么是因为名字对命运的神秘影响，要么是因为潜意识的暗流以一种莫名其妙的方式流动，这些年来，达莎变成了一个安静而绝望的同性恋者。很长一段时间，他都不能与自己的需求和解，他千方百计地反抗：他和几十只猫有染，为了那些女朋友和猫打架，和自己的孩子玩耍，他已经完全相信自己的倾向只是表面上的、临时出现的怪念头，一出现就会很快消失。但其实不是，随着时间推移，他再也无力向自己撒谎，他突然变得虚弱、心软，于是他屈服于生命浪潮的意志，但海浪没有把达莎冲到欲望的岸上。然而，猫们很乐意看到达莎继续被痛苦折磨，他不能遇到自己的真爱，再加上他很胆小，过于敏感，那些和他有共同爱好的稀有猫，不知为何，也不想与他有任何瓜葛。不管怎样，达莎不愿离开叶洛霍夫，他在这里住习惯了，占着自己那一小块地方，其他生活中的东西没什么想要的了。

关于葡萄干，几乎没什么可说的。几乎！和他有关的能讲的就一件事，但对于猫来说这是个独特的现象：名字，他出生时起的名字，和人类给他安的名字是一致的。其他方面，他没什么值得关注的地方，但葡萄干似乎把自己这份独特当作一个看不见的奖章戴在胸前。

奥利弗是一只虚荣而狡猾的猫，不过他还不够狡猾，因为他的狡猾人尽皆知。他想要的也就是大家都想要的：重建很久前被毁的家园，家园也许是一个地方，也许是一个寄托。记忆是多变的，有时它恰好把那些我们这个时代最缺乏的品质，赋予了已经过去的时代。正如古人所言：留在记忆中的，不是握成狗头形状的手，而是狗头形状的影子。

日子过得很安逸，时间就这样悄无声息地过去了。这样过了一个多月，我已经在认真考虑，要不要以后就在这里定居了，找个女朋友，建立一个社会单位，对，一个小小的、舒适的、没有孩子的家庭。我越来越倾向于这个想法。

在一个无所事事的下午，见习修道士阿尔卡季正在浇花，他手中的软管跳起了舞，别人看见了，还以为他在用水流写自己心爱的女孩的名字——娜嘉（是他自己臆想出的）。动物们摊开四肢躺在大教堂入口前的广场上，这个火热的广场就像意大利的 piazza[1]，流进下水道的水声听起来像喷泉，更加强了这种相似性。两只小猫在追自己的尾巴玩，我和奥利弗待在长凳的阴凉下，看着孩子们玩耍。

“你知道吗，吉利。”奥利弗看着玩耍的孩子们说，“我觉得，你根本不是你说的那只猫。”

“那我还能是谁?”

“我怎么知道，但我知道吉利是咖啡店的名字，就是我

1 意大利语，（尤指意大利城镇中的）广场。——编者注

们第一次见面那次，我问了你的名字，当时你看的那家咖啡店。本来我根本不会注意到那家店，但我被赶出吉利已经有差不多两年了，正是那家吉利。所以，你就能理解了，我对那家店有特殊的感情。”

“好吧，姑且算你说得对，我有自己的理由隐藏真名。”

“我不这么想，我觉得不是。你就和我们这里的其他猫一样，是迷路的动物，不知道能不能活到明年春天，甚至是活到明天。”

“所以我才没说自己的真名吗？”

“不是，这不是原因。你隐藏自己的名字，是因为，请原谅我的自以为是，哪怕是在精神上回到你曾经幸福过的地方也让你很难过，我猜得对吗？”

我看着他，没说话。

“你为什么沉默了？”

“你为什么觉得，我在以前的地方过得很幸福？”

“从你的脸来看，你以前肯定比现在过得好，我知道，肯定是。狗和我们不同，至少会呜咽着诉苦，信不信由你，这真的让他们过得更轻松。而我们——天性如此，面对命运的打击，我们永远沉默。我们只在春天叫喊，那根本不是因为疼痛，而是，抱歉，因为难以忍受的性欲。”

“听着，你为什么要对我说这些？”

“好吧，我正要说呢。事实上，亲爱的吉利，或者，不管你是谁，你不可能没注意到，本地猫对你的观察有多细致。”

“是的，我很惊讶。”

“但有猫不动声色，决定装成这样一只老道的、因苦难而干枯的猫，对吗？”

“我谁都没有扮演，只是我……”

“明白，经历了生命中一段艰难的时期。”

“正是这样，你们自己都看得到。”

“是这样，吉利，叶洛霍夫的老居民十分惊讶，但，相信我，完全不是因为你令猫同情的外表，而是你和我们其中一只创始猫就像一个模子里刻出来，简直就是同一张脸。”

“你指的是摩摩斯？”

“对，也就是说，你已经听说了他的事。”

“是的。”

见习修道士阿尔卡季浇完了花，他四下里看了看，附近有没有哪个上级，然后抽起了烟。

“你看……呃……”

“铁米尔让。”

“不，不是铁米尔让。”

“八月。”

“也不是八月。”

“好吧，小毛球。”

“还不是。”

“萨韦利。”

“哦，这听起来像真的。”

“你怎么知道？”

奥利弗装作猎手的样子，滑稽地四处嗅了嗅：“楚卡，对，你应该有一个这样类似西班牙王子的名字，但最有趣的是，只须从这些名单里挑出一个，就能足够清楚地描述你的经历，真正精彩的经历，你胜了，完胜。但谁没有呢？总的来说，你有一个慈爱的妈妈，她给你起了名，用以纪念父亲。我说得对吗？”

“不对。”我很喜欢他的说法，但他错了。

“好吧，不重要。两三幢不错的房子，上一个栖身之地是在几个乌兹别克人那里，对吗？”

“吉尔吉斯人。”

“看吧，你的一切都好极了，你看阿尔卡季。”

见习修道士放下软管，从冒着烟的烟头处又点燃了一支香烟。

“如果我没弄错，根据规定他是被严禁吸烟的。契诃夫写过，浴室里的一对夫妻毫不羞于在仆人面前赤身裸体，只因不把仆人视作人。你看阿尔卡季，在上级面前，他怕是不敢抽烟的，而在我们面前就可以。我们——什么都不是。”奥利弗突然严肃而意味深长地盯着我看。“这太侮辱猫了。”他最后说道，深深叹了口气。这种走心的话题不适合他，不过随着他这声叹息，他好像泄露了自己的另一面，也许，哪怕独处时他也不会表现出这一面。

“请听我说，奥利弗……”

“让我们别说敬语了吧。”

“对此我一无所知，什么都不懂，我很少与猫打交道，我有反社会性猫格。”

“好吧，好吧。所以，我想给你一个建议。但首先，我需要告诉你一些关于摩摩斯的事情。我不知道，关于他，你听说了些什么，但我认为没多少是真的。摩摩斯是一只有魅力的猫，很有个性，他从很远的地方来到这里，从那里，”奥利弗将脸转向西边，“从那条大河那里，他以前住在港口，在那里钓鱼。他说过，那里还有一小撮‘志同道合者’，简单说，就是帮派。他有权力和声望、吃不完的食物、女孩，什么都有，然后他突然抛下一切，做了演员，你能想象吗？他打听到，附近有个猫剧院，他去了那儿，坐在办公室门口，向他们询问。坐了一天，两天，第三天有个男人冲他走了过去，那人嘴上涂了口红，脸颊打了腮红，戴了顶红帽子。男人看了看摩摩斯，让他把自己会的东西都表演出来，摩摩斯表演了一遍自己会的一切，男人摘下帽子，让摩摩斯再重复一遍自己会的东西，摩摩斯又重复了一遍。简而言之，他很快被招进剧团，成了明星。摩摩斯挽救了剧院的财务危机，他带着剧院走遍了半个世界，轰动一时，很多人喜欢他：表演有他出场时，校车能从莫斯科环城公路排到三环。他们甚至发售了印有摩摩斯脑袋图案的T恤和冰箱贴。然而，如你所知，剧院就是一个饲养箱，一个恶毒的强盗窝，有人嫉妒摩摩斯，心怀鬼胎，诡计多端。但他做对了：他立刻明确了自己的权力，没有发生任何冲突，而是建立了一个党派，以自己为首。他把一切安排得井井有条，对演员们来说，与他交好，与敌人交恶，才有利可图。但在他的名气到达顶峰时，在他出演了一个猫粮广告后，摩摩斯离开了剧院。他过了河，离我们更近了。他厌倦了舞台和名声，开始住在塔甘卡的某个地方，他尝试成为一只顾家的猫，结果发现家庭不适合他。他搬到了叶洛霍夫，摩摩斯不论走到哪里，都像一颗扔进水里的石头，永远是圈子的中心，在这里也是一样。在他身边很快就聚集起了骄傲公社，他有智慧且有能力地管理大家，获得了所有猫的爱戴。但他被一辆卡车撞了，我当时在场，那场面很可怕，我宁愿没有看到那些，他珍贵的智慧没有为他开启隐身模式，他被卡车碾过，在柏油马路上滚了几圈。哦……”奥利弗哆嗦了一下，“即使到现在，想起这些我还会发抖。”

我们又沉默了。

“确实，摩摩斯是一个伟大的传奇，大家都怀着崇敬的心情铭记他，大家需要他，非常需要，也许他经常对我们不那么公平和善良……但，你知道，猫的记忆中，荒凉的沙漠是被花朵包裹着的。总之，大家毫不怀疑你是摩摩斯的转世，虽然他们中很多猫从没见过摩摩斯。他们希望你能当领袖。”

“为什么要我来当？”

奥利弗看着马路对面，有点委屈，又有点伤心。

“萨瓦，大城市里的猫的平均寿命，你知道是多少吗？两年半，这是估算统计的。但我，根据我对自己的观察，还得少半年。需要我向你介绍生活在骄傲公社的优势吗？啊？像人类说的那样，无忧无虑，自由自在？”

“也许……”

“你以为，我不明白发生在你身上的事吗？你以为，就你一只猫遭遇了这些吗？在城市里，数以万计的伤残动物，正饥肠辘辘地流浪着，没有痊愈的希望，没有家，连有一小块肉的早餐也吃不上。你听说过互联网吗？一群群可爱的少男少女，在生活中不知道做什么，他们没日没夜地守在手机和电脑的屏幕前，他们给不同账户汇了五百卢布，但却怎么都追踪不到这些菲薄的救助金花在了什么地方，但他们可亲的、温柔的心灵却因成就感变得更加舒畅柔软。现在他们也是公民了，他们是如此文明。天啊，万一他们撒的尿落在了马桶圈上，他们要马上擦干净，他们每个月还会给需要的人捐一次血，他们拒绝使用在动物身上做实验的化妆品。但他们的五百卢布，对于一只在门上撞断了脊椎的老猫来说算什么？这五百卢布，对冻伤了腿的猫崽又算什么？对那些死于腹膜炎的可怜虫又算什么？人类无能为力。是的，这些钱可以给流浪猫喂上那么一次饭，管饱，可以给他们去掉耳朵上的蜱虫，但这会让他们更加不幸，因为这点燃了他们希望的灯塔，那代表了远方的、更好的生活。与你不同，他们只看到前面的一条路，这就是他们的救赎，他们别无选择，不管怎样，他们从没想过这个问题。他们只要相信明天一切都会好起来，就够了，不需要更多。他们的信念是正确的，假设他们从未拥有家，不被任何人收留，过一个月，他们会饿死在公园，连给自己挖坟的力气都没有。但他们到最后一口气，到最后一次看到太阳，到咽下最后一滴唾液，依然相信一切都会好起来的。你相当聪明，人类喜欢聪明的动物，就只是喜欢，他们看我们就像在照哈哈镜。我们的低级令他们心生怜悯，他们在愚蠢的电影和平庸的画作中也能收获同样的感觉。看到最聪明的动物会唤醒他们的智力优越感，这就是我们如此被爱的原因。还有鬼知道，他们赋予我们的那些东西，人类认为我们是治疗师、占星家、炼金术士和通灵者合而为一的存在。你知道吗，当我还在吉利咖啡店的时候，我经常假装看到了空气中有什么不寻常的东西，摇晃脑袋，好像我在追踪某个点。人类真是爱极了我那样做！但想象一下，如果我们能接电话，或者能在国际象棋中赢了他们？人类之间会开始广泛流行自杀，因为对于亿万人来说，凌驾于我们之上的优越感、由此生出的庇护、关心我们而得到的感动，是让他们脚踏实地的最后一根锚。他们需要从我们身上认清自己，你明白我的意思吗？而你是怎么使用自己的才能的？你就像一个消了磁的指南针，指针在不停旋转，无法确定指向哪个方向。这是你的问题。”

我不知道要怎么回答他。奥利弗摆出狮身人面像的姿势趴下，专心地看着我，不等我回答，就说：“我给你一些可以拯救你的东西。我要是当领袖，一定比你做得好一千倍，但我没有威望，他们太了解我了。我围着一根我自己埋下的木杆跳舞，对此我无能为力。结果已经是这样了，他们见到你的第一眼就相信你，我不知道这是怎么发生的，但事实如此。要让他们不假思索地相信你，你就必须是未知的。他们不懂你，虽然他们每天都看到了你，跟你说话、开玩笑，他们甚至在你身后重复某种体操。你无意间就在他们心中种下了什么，你在他们心中就是第一位。即使发生地震，即使我们被洪水冲走，即使这个傻瓜波利卡普神父在他的迪纳摩再次输球时突然决定驱散我们，我们总能在新的地方安顿下来。所有猫最后都会去你告诉他们的地方，所有猫，再执拗、再不讲理的猫，小猫崽，老猫，你只要向你想去的方向伸伸脑袋，就算不知道那里等待我们的是什么，所有猫都会前往。这是一种强大的力量。”

“我明白你的意思，我拒绝，这不是我想做的。”

“那你要做什么？”

“不知道。”

奥利弗快速站了起来，他好像开始失去耐心了。

“这就是问题所在，你就好像不存在一样，你这个白痴。你为什么害怕？你个胆小鬼！是什么阻止了你？你也不小了。你不选择一条路，打算以后怎么活下去？莫不是因为你对生活的傲慢态度？你认为你的道路是未知的、独特的——还是什么？你认为你会有一条专属自己的路？难道会有一个无形的幽灵，像妈妈一样叼着你的后脖颈，带着你，把你的四只爪子放在你的道路上？你真的在期待一些特别的东西吗？为什么？为什么？”他重复了一遍，提高了声音。

“奥利弗，我是在期待，但期待的不是这个。”

奥利弗凝视着我唯一的眼睛。

“我向你提议最后一次。你来当领袖，我帮你领导和管理，我会在每个困难的情况下帮你想出必要的解决方案。我甚至不会谈及你将获得的那些特权，相信我，特权会有很多。你，插一句，被阉割了吗？”

“阉割了。”

“没什么，这世上乐子还很多，你知道缬草吗？”

“什么？”

“舔过滴剂吗？”

我打了个寒战，想起了那些液体。我从未想过其他猫会知道滴剂的事情。

“嗯，我知道……缬草，也舔过。”

“好吧，那你想象一下：每天都有滴剂舔。这可不是胡说，正宗德国货，没有废渣。”

一位上了年纪的女教友，顶着一头紫色头发，从教堂前的楼梯上下来，从她苏格兰格纹的手拉拖车包里拿出一个袋子。她把大馅饼里的馅掏出来，开始高声招呼猫们过去，“咪咪——咪咪”。猫们不玩游戏了，跑去接受款待，一只打了另一只的脸，只为吃到最大的一块肉。

我和奥利弗看着这一幕，不知何故，我心里生出排斥的感觉，对我们的目光转向同一件事感到厌恶。我意识到，我讨厌奥利弗，我不希望我们有任何共同点，乃至关注的对象。

奥利弗看向我，他似乎读懂了我的想法，甚至还笑了笑。他说：“还有，实际上你的选择不多，要么你代替摩摩斯的位置，要么永远离开叶洛霍夫，我给你一天时间考虑。”

我默默起身，走到大教堂前的广场。我躺在革命家鲍曼的纪念碑旁的阴凉处，开始思考。尼古拉·鲍曼在他盛年时期遇害，他坐在一辆敞篷的马车里，穿过一群群工人，大声朗读《火星报》的消息。但是，那些人，他认为他在为之捍卫利益的那些人，以怨报德。出于某种原因，其中一名工人决定用铁管敲击尼古拉的头部，尼古拉“哦”了一声就死了。一百年后，周围整个地区开始以他的名字命名。现在青铜的尼古拉·埃内斯托维奇·鲍曼站立在基座上，双腿分开与肩同宽，手里抓着《火星报》，另一只手放在口袋里（雕塑家一定是在那里雕了一把我们看不见的左轮手枪）。鲍曼看着路人，仿佛接受了自己的悲惨命运，但同时狡黠地眨了眨眼，他说："对，他们打了我的头，但有那么多街道和广场以我命名。真是傻瓜！"

奥利弗给我的提议，乍一听可能像是成功、舒适的生活，享有尊重和荣誉，但我不信这些命运的诡计。一天，我在林荫大道上，看到了"环游世界"摄影展，在一张从高空拍的鸟瞰图中，一个贸易商队在沙漠中艰难跋涉，巨大的斜影，向远处拉长了好几俄里，依稀能辨认出这是骆驼的影子，看起来雄伟而美丽。这张照片与奥利弗的提议类似，对我来说都是珍贵货：香料、丝绸、绿宝石和大麻膏，与那焦虑和恐惧产生的无尽的阴影，以及永远伴随着虚假的快乐，比较一下？我没搞清楚自己的想法，无法管理自己的生活。我这样能为叶洛霍夫的骄傲公社做些什么？什么都做不了。这是个挂名的差事，这是没什么分量的权力。有件事提醒了我，在以后的生活中我只会等待快速的回报。我做出了离开的决定，那一刻，鲍曼挑了挑眉，用卷起来的报纸指着中心，再次摆出平时的姿势僵住了。

没有遗憾，没有渴望，我转身永远离开了叶洛霍夫。

八 为了什么

我的青春早已逝去，日子越过越快，是时候收获了，收获过去种下的作物果实。但我能期待什么呢？我身上装的都是破烂货，就像乡下别墅后院里生锈的旧水箱，这就是我的全部收获。即便如此，我也没有抛弃精神力量。我唯一的眼睛以双倍的力量凝视着远方，我断掉的尾巴能预告天气即将发生的变化，比官方预报早得多，我那只断了的腿失去了敏感性，可以毫无痛苦地攻击敌人。

我沿着巴斯曼河向下游走去，太阳落到了尼基塔教堂的圆顶上，一天快过去了。西北风吹来，阵风风速达到七点二米每秒，金星再次停留在狮子座，一场大范围的旋风即将席卷首都地区。国际舞台上的情况不能令人满意：中东又燃起了战火；有一位美国少年对着自己的头部开了一枪，这之前他对自己的十几个同学也做了同样的事情。人民惶惶不安，横行无忌，有人站了起来，是为让其他人跪下；有人以为天意要他夺走邻居的土地，便杀了自己的邻居。这一切被包装成伟大的精神使命和神秘的神圣指示，他们是从哪位先知那里读到的？在哪个石碑上看出了神秘的铭文？我早就发现了，主的字迹越不清楚，追随他意志之人的手就越坚定，缔结联盟，同盟解散，召集全体大会，设立国会。石油变得更便宜，黄金价格上涨，或是反过来。而与此同时，南极洲一座重达一万亿吨的冰山断裂，缓缓漂向人类栖息地。

莫斯科正在进行建设，日夜不停，没有休息日和节假日，漫长而艰苦。交货期限被打乱，工作时间表被提前，发放了奖金，公布了处分。市中心在轰鸣，叮叮咚咚，当啷作响，不停歇的工人在怒吼着。土地无法承受负荷，所以不久前在亚乌扎大道上出现了塌陷，好奇的莫斯科人站在深渊的边上，拿出手机，拍摄脚下各样的人工制品：颅骨、碑文、大车轮胎、几乎已腐烂的礼帽、坎肩、十字架、口哨、桦皮桶、牛奶罐和烛台；在斯列杰卡区出现了另一个大漏斗，一辆公共汽车和两辆汽车都掉进去了，奇迹般地无人伤亡；在奥尔登卡区、卢比扬卡区和多尔戈鲁科沃区都出现了这样的情况。山体滑坡变得更加频繁，路上、房屋的墙壁上出现了宽宽的裂纹和断痕，居民都害怕了，政府保证一切情况都在控制之中。

噪声使人发疯。成群的疯狗在城里跑来跑去，人虽然不会吠叫，但和他们没什么太大的区别。反映精神病人数量的曲线绝对在上升，精神病诊所和药房从未经历过如此大量的访客拥入。单独的、成对的、组着队的患者被送来，大多数莫斯科人是自己来的，与亲人拥抱告别后，他们将帆布背包甩到肩上，将眼镜架在鼻梁上，兴致勃勃地跨过医院的门槛，只求永远不再，永远不再，永远不再跨回去。

我继续向前走。房子的墙面上用绳索吊着一群涂鸦艺术家，他们快要完成某个元帅的巨幅肖像画了。艺术家们没有考虑到画的分布，其中一个勋章的位置是白色的空调外机，而英雄元帅的右眼正好落在公寓的窗户上。当窗户打开时，元帅似乎在顽皮地向路人眨眼，如果公寓里的住户从元帅的眼睛中伸出头来，伤感地抽烟，可就真不好看了。

我拐进了鲍曼花园。天空中飞着各种各样的风筝，做鬼脸的、龇牙咧嘴的、冲着世界微笑的，菱形、三角形、梯形的风筝盘旋翻转。我埋头躲进公园瓦灰色的盲区，长凳上一个女孩在睡觉，她的手有些难为情地交叉在胸前，仿佛抱住了一只在梦中逃跑的猫，我环顾四周，但没有看到猫。一个穿着绸缎灯笼裤的女人正在做瑜伽：头倒立，伸直身体，并进行清晰而响亮的呼气训练，И—Э—А—О—У—Ы。公园的声音显然不能满足瑜伽修士的精神诉求，所以从便携音响里传来了海浪的声音。长满青苔的池塘边，一个渔夫在打瞌睡，他旁边的透明塑料袋里，一条鲫鱼用浑浊冷漠的眼神盯着我，云杉里看不见的松鼠在咒骂。草地上，一只猫女郎坐着看风筝捕手的动作，我悄悄走近，在她附近找了个位子，就在她背后，她目不转睛地看着天空，说道："你觉得，这只猫还能继续飞吗？"

"你指的是哪只？"

"就那只，蓝色身子绿色尾巴的那只。"

"不，绝对的，这只不行……那只可以。"

"那只是哪只？"

"笑得很灿烂的那只。"

"你确定？"

"睡在长凳上的是你的主人吗？"

"不是，我没有主人。"

"就从来都没有过？"

她没说话。天上的风筝跳出了奇妙的舞姿，人们发出不同的声音喝彩。

"首先，物品有主人，而动物没有。其次，这个问题太私人了。"

空气中弥漫着即将下雨的味道，远处雷声滚滚。她终于转向我，鄙视地从头到脚看了我一眼，补充道："再次，我以后再告诉你。看来要下雨了。”

这句“我以后再告诉你”如电流，传遍我全身，从断掉的尾巴到不见踪迹的眼睛。就是说，这是一个我们共同对未来的约定？

“不是，你别乱想，我这不是在向你承诺未来的事情，”她说，“我只是需要一个能聊天的伙伴，我很伤心。”

“你为什么伤心？”

“嗯，我看到，命运把你撕碎了。”

“是的，撕碎了，命运把我。”

风吹得更大了，大雨倾盆而下，公园里空旷无人。松鼠跑回家了，瑜伽修士从公园里飞奔出去，骑上了一辆两座自行车。风筝慢吞吞地降下来。长凳上的女孩在小吃亭的屋檐下躲雨，一只雪貂蜷缩在她的胸前。而我们坐在一棵橡树下，加工那条钓鱼佬的鲫鱼，鲫鱼死去的眼睛，如同活着的时候一样，死气沉沉地看着这个世界，我想，他对自己的死亡一点儿也不感到遗憾，而且我敢肯定，他甚至乐于为我们的胃口牺牲自己。钓鱼佬继续在雨中睡觉，没有注意到失踪的东西。他背心口袋里的收音机正在播放安东尼奥·维瓦尔第 E 大调 *L'amoroso* 协奏曲中的快板。

在这一天，我找到了自己的“为了什么”。

怎么描述接下来发生的事情呢？这看起来很奇怪，但我过了几天才得知她的名字，我也没有向她介绍自己，后来我都没想明白我们一开始是怎么称呼对方的。我们聊了很多，互相讲了很多，但我们有种感觉，好像我们没有从对方那里获得什么新的东西，反而是想起了很多东西。对，就是这样，在我们看来，我们只是遗忘了什么，而现在想起来了。我们因自己的健忘大笑，总之，那几天、那几年、那几个世纪里，我们笑了很多，不需要理由，碰到对方的胡须，看到一个走路姿势奇怪的人，或是注意到一只面相严肃的狗，甚至只是见个面，就能让我们笑起来。不需要理由。

我完全停止了思考，对，很幸运，我不再会思考了。我感觉轻松多了，我减掉了十吨的重量，飞了起来，穿过田野、山谷、沟壑。抑制不住的笑声让我舒畅，一种炙热的、我很久以前拥有但丢掉了的东西，无形地推动着我前进。第一个进入脑子里的，往往就是正确的那个。我习惯了我的影子总是比我大，我的花园里装满了幻影，我知道一处有一个秘密的房间，但我不敢往里看，不知道藏在那里的是死物是活物，真是一个薛定谔的猫爪上的奥卡姆剃刀问题。但一切都变了，我才意识到，现在的时光已经全然不同，现在的时光看起来像一副洗过的纸牌。那些久远的事情现在距离我只有一爪之隔，而不久前发生的事已深埋地里。发生在她身上的事，我敢发誓，曾经发生在我身上。我听说，在古代，维京人会结拜兄弟，他们割开自己的血管，抹在手上，然后将

血液合在一起。这正是发生在我和格蕾塔身上的事，我们的故事混在一起了，有时我们都无法确定哪一件事曾发生在谁身上。我们最喜欢玩一个游戏：我们对有关自己过去的问题进行提问，对方总能准确无误地回答，不知道她怎么会记得我出生时纸箱上的香蕉保质期，而我又怎么知道她所有兄弟姐妹的颜色。她滑稽地眯起眼睛，说出了维佳的外婆在哪个书橱里保存了自己学生的作业本，而我提醒她，她把她最喜欢的小绒球玩具丢在了哪里。我变成了一张风帆，被一阵风吹得鼓了起来。我的一天变得很长，长得可以装下无限的时间。晚上，我们在四周漫步，寻找虫子、水龟和青蛙——我差点要完全忘了我们是天生的夜行动物：我们在黑暗中狩猎，在阳光下睡觉。我们会在黎明时分相拥入眠，我们是那样合拍默契，就像巨幅拼图中相邻的两块碎片。这是怎么样的运气，我们在心里感叹，我们多幸运啊。我们俩常常做同一个梦，如果因为某种原因她的剧情提前了，那她就静静地等着我，等着一起做完梦。有时我醒来，看到她的爪子、尾巴或是胡须在抖动。我闻了闻她，试图辨认出她现在梦到的味道。从留了一条缝的眼睑下，我可以看到她的瞳孔，她似乎在装睡。也许，她就是在装睡，她总是神秘的，但睡梦中她的神秘感翻了三倍，翻了十倍，因为睡着的时候她自己都不知道自己的样子，没有人看过她这个样子，没有人，她轻轻地吸了吸鼻子，几乎从没听过她发出咕噜声。我凑向她的脸，好吸入她刚刚呼出的气体，我知道这样做，我会学到一些关于她的新东西，一些，一些我可能无法理解的东西。无法理解就随它去吧，但那些气息会和我在一起，就像旅行者会随身带着旅途中获得的值钱的外币，但在家乡永远用不到。在梦里，我感觉到他正在看着我，他想着关于我的事情，他的想法和他对我的感觉，让我变得更丰富。是，我们俩加起来只有三只眼睛和一条半尾巴，但是，谢天谢地，这已经很多了，很多了。在认识他之前，我不需要任何猫，而现在，在认识他之后，我更不需要其他猫了。起初他很急躁，因为他一直在想和我在一起时要如何表现，但和我在一起，不必以任何方式表现，当然，他自己也明白这并不重要。接着，不再需要使用视觉、嗅觉和胡子探测器，我就能马上知道，他是否在附近，我不知道我是怎么做到的。以前，我总是觉得自己像一块揉皱的糖纸，就是那种，人类会拿去代替棋盘上丢失的棋子的糖纸。所有猫看我都像在看一个异类，大家都在等着我最后被吃掉，免得我破坏了整体的和谐。现在我不再是谁的对手，也不再扮演别人的角色。我和你在一起，天经地义。他比我大很多，但他的内心仍然是一只无助的小猫，在被汹涌的河水冲走的胶合板上，焦急地来回移动，他是一只大大的猫崽。也许，一切都过得很快，你觉得呢？当然，时光总是短暂的。这令人悲伤，一切都令人悲伤。但事情就这样发生了，按照它应该发生的样子。

但你知道，这里面有些东西，恐怕我们是永远不会忘，别的会忘，但这些不会忘。我也这么认为，这将是我们宝贵的纪念品，最珍贵的东西。这些东西会在伸手不见五指的黑暗中永远闪烁微弱的光芒，有点暗淡的、安静的光芒，但仍然足以让他不受记忆的欺辱。没有任何人会被欺辱。记忆保护这个宝藏免受所有风暴和动荡的影响，当生活变得不堪忍受时，宝藏会带来活下去的力量。也许是的，我是这么想的，我认同。我也这么认为。是吗？好吧，你看，你和我的想法是一样的，我们就像两棵树，树根交织在一起，它们自己也搞不清楚哪些根是哪棵树的。我们就是这样。是的，我们就是这样。我们俩都搞不清楚什么是你的，什么是我的。我们的一切都会好起来的，我保证。我知道。一切都会很好很好。我知道。我也知道。[1]

于是我们开始住在鲍曼花园里。我们在儿童游乐场后面发现了一个废弃的狗棚，木板铺的地上散落着用过的家伙什儿：小牛骨、项圈、生锈的碗、被咬过的橡胶圈。显然，住在这里的那条狗死了。一种几乎无法察觉的气味，如同墙纸下的旧报纸，告诉了我们一些不必要的信息：这只狗是一个体型巨大的品种，年老、阴沉、不爱说话、病得很重，还有

1　这一段中，萨韦利和格蕾塔的内心独白交替出现。——译者注

些饼干的味道。

但在搬进来之前，格蕾塔决定先征得狗灵魂的同意，好住在他以前的窝棚里。我们弄到一个热狗，举行了一场祭祀仪式：我们挖了一个洞，把香肠放在里面，面包就扔到了一边。格蕾塔招待狗灵魂吃热狗，请他对自己窝棚的新主人仁慈好客些。我们坐下来等了一会儿，终于，一阵微风吹过草地，可以了，灵魂欣然接受了我们的献物，我们对着洞鞠了躬就离开了。但过了一会儿我问格蕾塔，她是否认为这只狗生前会说英语。“嗯，”她想了一会儿，“我想不会，怎么了？”“怕就怕，他可能会感到愤怒，因为我们让他做了同类相食的行为。”格蕾塔想了想说，不，他不会生气的，这只是一个愚蠢的文字游戏。但后来她还是决定，我们自己吃掉热狗更好一些，我们就这样做了，吃掉了那根香肠，顺便把两块面包也解决了。

我们花了一整天打扫卫生。我们把窝棚里所有破烂货和垃圾都扒出去了，给木地板铺上了干草和去年的落叶，消灭了墙上的蜘蛛网，现在太阳从木板墙上的裂缝中照了进来，将窝棚清晰地分成了黑暗带和光明带。最后，我们从外面全面检查了新家，几乎没有任何问题，房子的形状很像中世纪城堡的塔楼，所以我建议从现在开始称它为 Château（城堡），格蕾塔没有反对。

在进入 Château 之前，我告诉格蕾塔，人类有一个很奇怪的习俗，在搬进新房子时，会先让猫进去，猫躺过的地方，人类就不会放床或者摇篮。

“为什么？”

“因为他们相信，房子里最黑暗的能量就藏在这些地方。”

“哈！太有意思了。我喜欢神秘主义这类的东西，原来你也喜欢暗能量吗？”

“是的，没有暗能量我活不下去。”

“好极了。但如果我们就是猫，那该找谁先进房子里呢？”

“那就得找个人类来了。”

“对。”

“不过，恐怕这不太可能。人类会把我们的 Château 占为己有，不给我们留一点儿立足之地。”

“是的，萨瓦，你说得对。所以就让我们自己第一个进去吧。”

“好，走吧。”

于是我们第一个进去了，那种感觉，就像是我们俩拥有了一整座迷人的奇妙花园。

我以前说过，我的伤残让我受到优待。人类可怜我，他们给 Château 带来了食品、猫粮，有人在门口放了一个碗，每天换水。公园里有几个售货亭卖一种名叫快餐的食物，木头凉台下有一家咖啡馆，加湿器给周围带去了清凉的水汽，我们会在旁边坐上几个小时，一边避暑，一边谈论世界上的一切。人类爱上了我们，鲍曼花园的服务员和常客给了我们热狗、玉米、各种糁子、谷物、根茎类、荚果类、豆类，当然还有百分之三脂肪的萨武什卡牌奶渣、混合蔬菜冻干、饺子，甚至巧克力。每天阿纳托利·帕里奇都会来到池塘边，可他的收获真是少得可怜，他却还睡得死沉。趁他睡觉的时候，我们从袋子里偷了鲫鱼，带回 Château，就这样一次又一次：他钓上了鲫鱼，睡着了，我们偷走了鲫鱼。

这是一段幸福的时光。公园里经常举办民族宴会、爵士之夜，甚至是电影放映的活动。活动开始前，长凳被搬走统一摆放，游客们坐在上面，每个人口袋里都有一个从“您的爆米花仆人”小吃亭买的玉米穗。

来参加音乐会的有退休双胞胎斯维特兰娜·维塔利耶夫娜和维塔利·维塔利耶维奇，他们穿着同样的春秋外套，外套是十一月黄昏的颜色；我们善良的老熟人阿纳托利·帕里奇坐在前排，腿上轻轻拢着一个袋子，照例装着一条悲伤的鲫鱼，他把钓鱼竿立在了身旁；从儿童游乐场那边走来几个推着婴儿车的妈妈，那儿还有个土耳其式的瑜伽女修士，穿着花花绿绿的灯笼裤。到警察来回闲逛的时候了，他们斜向前提着自动步枪，假装对舞台上发生的事情一点儿兴趣都没有。志愿队员刚摆好最后一个长凳，一对年轻的情侣没说一句话，一屁股坐了上去，小伙子穿着卡其色的衣服，头上留着脏辫，而女孩……女孩我看不清楚，他们就这样坐了整场演出，只有中场休息打断了一次，接着他们又吻在了一起。还有很多我不认识的人。终于大家都落座了。

演出的，比如有女子组合“斯维塔兰娜”，穿着老式服装的迷人少女们成群结队地站在舞台后面，点上了一圈的烟管。那边，在花园的小路上，独唱女歌手莉莉丝·亚伦和团队出现了，他们被粉丝包围，就像小行星带中的土星。女孩们抖掉烟管上的烟灰，咳嗽着走上了台，她们坐在自己的乐器旁，用勺子在平底锅上敲了四下后，莉莉丝开始唱起那首关于汽船的老歌。她就像歌里的主人公：她手掌做出遮阳的动作，凝视着远方，试图看到她心爱的人；然后，场景变换，她把双手交叠在脸颊上，演起了主角最爱的人；之后，她挥舞着胳膊，假装自己是个水手，像乘客一样把手提箱抱在胸前，像一个闲散的旁观者一样抽着马哈烟；而在男主与女友重逢的那一刻，她抱住了自己，这让大家都笑出了声。表演令观众们十分喜欢，我和格蕾塔也一样。舞台周围，莉莉丝的歌迷随着节奏左右摇摆，他们似乎对彼此一点儿敌意都没有，也没有嫉妒。相反，他们带着些许同情的目光交换眼色，说：“对，兄弟，我们和你是一伙儿的，一伙儿的。不要紧，没什么，我们搞得定。坚持继续站着。”

我从来没有听过像莉莉丝这样动听的声音，那声音高亢、响亮，还会流动……是的，我找不到更好的比喻了……它像溪流一样自由流动——仿佛不费吹灰之力，只因大自然如此安排。所有人的目光都无法从莉莉丝身上移开，起初，她一刻也没有忘记自己是在舞台上，以及她在团体中的特殊地位。她对某人使眼色，对她的朋友提了些意见。但随后，她便迷醉于旋律间，被每个音乐家都知道的游戏所俘获，当她隐隐约约捕捉并驯服了向前奔跑的音符时，她就忘记了除音乐之外的一切，那时我们也忘记了除音乐之外的一切。我们想，一个人会唱歌是多么美好的事。我们还想，与其瞎说八道，不如互相歌唱，就像现在的莉莉丝，唱的是某人的窗户，在深夜为一个人点亮。

表演结束了，姑娘们久久地鞠躬，离开了，又回来了，应观众的要求又唱了几首歌，再次鞠躬离开。莉莉丝离开了，前方被一群仰慕者和华丽盛开的花束遮挡，完全看不见她。

接着下一位音乐家上台，他演奏了一种自制乐器，大概没有名字，就像是诗琴多了一个琴颈。这位音乐家弹了三十多年的多木拉琴，但多木拉是一种不赚钱的乐器，演奏多木拉的人极少参加音乐会，于是他决定尝试去教学生。他在报纸上登了广告，但只收到一次回应，尽管这样，第一节课那学生也没来，原因不明。在《天父圣居》节目中，多木拉琴手曾多次与歌手娜杰日达·奥斯特罗米日斯卡娅进行双人表演，音乐会在奥尔登卡的“呼声”剧院举办，一切都井井有条。听众们随着奥斯特罗米日斯卡娅唱着的宗教歌曲的节拍轻轻摆动，他们拽着胸前的吊坠，手上捏着皱巴巴的手帕。但奥斯特罗米日斯卡娅的职业生涯有所上升：她聘请了一名小提琴手和一名巴拉莱卡琴手，而多木拉琴手却失业了。从那以后，他放弃了多木拉琴。

他发明了一种自己的乐器，给它做了一个手提箱。他随身的小推车上，放了一个带黄铜头的音响。他打开椅子，坐进帆布椅，从手提箱里拿出琴，把手提箱放在台下，然后他悲伤地叹了口气，开始表演古老的民谣《绿袖子》。他的宽帽檐上缀满了铃铛，他跟着音乐的节拍点头，让铃铛听话地叮当作响。他点了点头，似乎是无声地同意了什么，或者，更准确地说，是附和了自己一些忧郁的想法。那些铃铛肯定是服役时间太长了：不复杂的结构里已经出现生锈和磨损，因为它们的铃声听起来沉闷而沮丧。这位音乐家戴着剪掉手指的手套，手指搭在指板上：琴颈上镶嵌的珍珠贝母隐约配合着傍晚的路灯，手提箱大张着嘴，请求听众打赏一些零钱。这位音乐家的一切，令人生出忧伤的想法，感叹世界的变幻无常和艺术的徒劳。他的一切，除了小胡子末梢，都俏皮地指向天空。但有一阵儿，《绿袖子》拥抱并温暖了阿尔巴特大街上的人群。曾几何时，拨动琴弦还能使演员之家门窗上的彩色玻璃颤抖，据说，地下室的石头骑士有时会被美妙的音乐所触动，从而抬起他们的脸颊。

音乐家演奏了不超过半小时，然后，像是在道歉，他匆匆收起乐器，身后是一阵稀稀拉拉的掌声。

有时秘鲁乐团印加人会来鲍曼花园，他们的个子都很矮，穿着五颜六色的羽毛、软底麂皮鞋和流苏皮裤。有人吹笛子，有人敲手鼓，有人摇晃雨棍。他们歌唱家乡的美丽，歌唱秃鹰和羊驼，歌唱远古雄伟的神灵和平凡的咖啡豆采摘者。随着音乐，他们会做一些简单的动作，让人很想跟着他们重复动作。于是我们跟着重复了一遍。

每周一次，当黄昏笼罩城市，电影放映员的塔楼里亮起了灯，一块宽大的漆布屏幕落下，布满舞台的整个后墙。对着舞台的小窗里，一束光线以细长的锥形射向舞台，电影开始了。照旧，是一部老电影，而且电影胶片旧了，效果很差。放映中，有人的头发丝在镜头里扭动，还有划痕、灰尘等在眼前乱晃，飞蛾和蠓盘旋在光线周围，它们扇着翅膀的巨大投影不时从镜头中掠过。但是，不管怎样，屏幕前的长凳几乎全都坐满了，莫斯科人喜欢看老电影。老电影的特效很小儿科，剧本很不像话，但这吸引了观众，迷住了他们。飞碟实际上是用金属薄片包裹在一起的厨具，恐龙大概是用黏土粗糙地捏了一个出来，浓稠的番茄酱从被撕裂的人体上滴落下来，结果，在致命的枪伤之后，衣服上连一丝血迹都没留下。

有的晚上，花园的杂役会摆几桌冷餐到舞台前的小广场上。这是市政府在秋季选举前夕送给当地居民的礼物，冷餐有点心，从下到上依次是一块面包、奶酪和一颗无核橄榄，上面插着塑料小刀，还有燕麦饼干、夜晚钟声牌糖果和善牌混合果汁。树上的扬声器放起了斯塔斯·米哈伊洛瓦和格里高利·列普斯的歌曲，选民们欣然接受了款待，吃得津津有味，过了一会儿，便跳起舞来。

每个人都在跳。双胞胎比其他人更大胆些，妹妹一边舞动着双脚，一边走向长凳，固执地摇头，好像在说："我什么都不知道！我可没找借口！"对于演一个中学生，她乐在其中。这时，她的哥哥将腿尽可能地伸出来，迈出一小步，像圆规一样绕着他的"轴心"转了一圈，同时，他与出现在视线里的所有人用力地击掌。这是一个非常奇怪而有趣的舞蹈，我和格蕾塔笑着在地上打起了滚。板凳上接吻的那对年轻人有节奏地跺着脚。瑜伽女修士的动作少而简单：她只是用手做波浪的动作，轻轻摇摆下巴，像一位印度舞者。阿纳托利·帕里奇把糖果和糖纸一起扔进了嘴里，做起了他唯一会的动作：有节奏地使鞋头碰在一起再分开。两名国民警卫队队员在盘子上堆了十几个点心，站在一旁，他们的躯干保持着绝对的平静，而他们的双腿，仿佛违背了自己的意愿，在下面做起了不可思议的“蹦擦擦”。

我很快意识到格蕾塔不喜欢人类，但我们依然没有错过任何一场音乐会、电影放映或冷餐会。毕竟，夏天快过去了，秋天的娱乐和文化活动可不怎么丰富。我们很喜欢看那些活动，我跟格蕾塔说过，如果花很长时间看一样东西，任何一样东西，哪怕是最无趣的东西，随着时间的推移，它都会开始出现不寻常的特点。

“真的吗？那，对人类也管用吗？”

“我猜是的。”

“那我想让那个男人长出大象耳朵。”

“这样不行。”

“为什么不行？你自己说的，那算怎么管用？”

“好吧，我指的是幻想中。”

我们都沉默了，突然格蕾塔笑了起来，而我还不明白她笑的原因，也跟着她笑了。

“你笑什么？”

“实际上，萨韦利，你是对的！如果花很长时间想象他长出了大象耳朵，这更好笑，比他真长出了大象耳朵还好笑。”

睡觉前，我们坐在池塘边，欣赏着五颜六色的小灯泡照进水里的倒影，这些小灯会一直亮到第二天早上。我们回了Château，在快要睡着前，我们给对方讲了一些故事、事件或童话，例如，象棋比赛中，棋手休息时，棋盘上的棋子会做什么。而我们总是还没听到这些故事最有趣的情节就睡着了。

然后，天破了个洞，急雨狂泻而下。雨水斜着划下，仿佛划掉了过去所有的误会和错误。一阵阵袭来的瓢泼大雨，汇集成一条条溪流。故事和童话在波涛中喧嚷，瓶子、地铁

票、绳子和烟头在一旁浮现而过。单位的员工把泡涨的半张报纸顶在秃头上跑着，穿着紧身裙的上班族摇摇晃晃地急忙躲在屋檐下。大雨从早浇到晚，突然，像中场休息一样，太阳出来了。等大雨刚平息下来，树冠上的鸟儿们开始分享对刚才那场雨的看法，蜘蛛们叹了口气，无奈地开始编织损坏的网。树木、汽车和房子上的女像柱闪闪发光，孩子们扯着嗓子响亮地喊，等待清新的空气将他们的叫喊声传遍整个街区，他们乐在其中。突然天又黑了，又一波雷电和暴雨开始了，雨比前一次的更大。就这样，雨下了整整一个星期，而我和格蕾塔感到很幸福，我们很幸运正好出生在这里，在这个古老、疲惫、忍耐了一切苦难的城市。

在一个下雨的夜晚，格蕾塔给我讲了她的故事，来听一听。

我的那位叫斯维塔，我爱她。我不知道是什么样的爱，也许就像鲜花，当你送别人一束美丽的鲜花，它会开一天，再一天，一周，然后开始枯萎、凋落。但是你可以用一种特殊的药剂喷洒它（现在到处都有卖的），鲜花就会在你的窗台上开很多年，以它原来的样子，一点儿都不会变，它看起来甚至会比活着的时候更好。我的情况就是这样，当然，我爱她、依赖她。但直到我从她那儿跑掉时，我才真正明白她是一个多好的人，她为我做了那么多事，没有她我甚至感到抑郁。但，说真的，我知道无论如何我都不会回到她身边，总之，我只能在远处深深地爱着她。

接着说吧，她出生在茹科夫斯基（这是莫斯科郊区的一个小镇），父亲是一名飞行员。她曾想过成为一名空姐，但后来改变了主意，就没去当空姐了。而她也没做成什么，就是说，什么事情都没干。但小时候，她学了各种舞蹈和艺术体操，除了知道怎么跳舞，到了二十二岁，她什么都不会，也不想学习。后来父亲去世了，母亲也去鄂木斯克和父亲的一位大学老朋友住在一起。斯维塔对他一无所知，只知道，尽管他也是一名战斗机飞行员，但他害怕乘坐民用飞机。

总之，我的斯维塔开始出租她在茹科夫斯基的公寓，她自己则搬到了莫斯科。在电气火车上，快到站时，斯维塔将手机铃声从嬉皮士的歌变成了时下流行的舞曲。

那是一个星期六的晚上，斯维塔直接去了尼科尔斯克站，到帕夏俱乐部。她从人群中挤过去，立刻被守卫放了进去。因为她提着一个手提箱，里面装着她简单的舞蹈服装，守卫确定她是一名舞者。

过了三个月，斯维塔搬出了她朋友在科西诺农业研究所的宿舍，在马克思地铁站租了一个房间，安顿好了生活。斯维塔在“丑狼”和“利己”跳舞，这两个舞团都在帕夏俱乐部里。她结识了封闭式无限制格斗的组织者，现在每个星期六她都穿着比基尼，头上举着一个标有回合数的牌子，在格斗台上走来走去，周围的观众狂热而激动，每场搏斗，战士的脸都越来越像一个艺术家的肖像画（我不记得他的名字了），好像是由蔬菜和水果拼成的，他们的脸就像这样。

总的来说，当然，有时也吓人，但斯维塔的幸福感增加了。而且，她妈妈从鄂木斯克给她寄了些钱。斯维塔认识了制片人利沃夫·斯特恩，他许诺会把她打造成“蓝眼睛的小明星”，但他并没有兑现诺言，因为“白金”组合的三名女歌手中有一人被踢了出去，他急速下冲，飞身将她抱起，这让他倾尽了所有。不过，斯维塔并没有很沮丧，因为每个星期天她都要去波科罗夫斯基修道院，去见亲爱的马特罗娜，她能通过一些征兆提前猜测她的愿望是否会实现。结果，当她面向马特罗娜许愿，希望利沃夫·斯特恩将她打造成“蓝眼睛的小明星”时，蜡烛怎么也点不燃，当它终于燃起来时，又立刻掉到了地上，熄灭了。但利沃夫·斯特恩还是帮助斯维塔结识了必要的熟人，很快她就开始为许多著名艺术家担任伴舞，开始巡回演出、出演节目、参加各种音乐会。一次新年夜，鄂木斯克的妈妈还给她打了电话，和萨沙叔叔一起，他们总是打断对方的话头，于是两个人对着电话大喊起来，说他们刚刚在瓦列里·列昂蒂耶夫房间的《蓝光晚会》里看到了她。斯维塔祝福她的母亲和继父新年快乐，并说，他们对她说的话，当然，都听不清楚。不知为何，她因为自己的工作在妈妈面前感到难为情。

不论怎么说，这些工作让她赚了不少钱。三年后，她决定在鲍曼地铁站买一套二手房。在办理抵押贷款之前，她在波科罗夫斯基修道院举行了祷告，她请马特罗娜帮她尽快还清贷款。然后我出现了。实际上，斯维塔想要一只狗——约克犬或哈巴狗，但事与愿违。斯维塔在祷告结束离开时，在教堂门口注意到了我。她认为我是一个好兆头，应该被带回家（这正是我当时试图向她传达的：我是一个非常好的兆头，我绝对应该被带回家）。

我不能说斯维塔对我很上心。例如，直到两周后，她才意识到我是女孩（在那之前，她叫我瑞奇）。所以她不得不给我想一个新名字，事实上斯维塔什么都没想出来，就拿她幼年时养过的狗的名字来叫我——露西。那只狗，本身也是以某个男孩唱的流行歌曲的女主角命名的。最有趣的是，这个男孩是一位歌手的儿子，斯维塔有时会和歌手一起在芭蕾舞团中跳舞。这位歌手是时任市长的好朋友，就在市长别墅的一场音乐会结束后，有人提议斯维塔留下来和客人一起喝一杯，她留下来了。三周后，她买了自己的第一辆宝马。又过了一周，她飞到撒丁岛度假。一个月后，她在科捷尔尼切斯克的一栋高层建筑中租了一套两居室，斯维塔把我带到了她的新住处，把鲍曼地铁站的公寓租了出去。就连她那些见过世面的女性朋友也表示，这是一个令人难以置信的成功，她们一起拍了很多照片，发布在照片墙上。但斯维塔知道，一切都是祈祷来的，她甚至给自己买了一个挂件，里面有一张马特罗娜的头像，她对我更加亲热了：毕竟我真的是她的好兆头。

但有个问题是，斯维塔与德米特里·巴甫洛维奇·伊沃尔金（或者就叫他小熊）相遇，并开始了一段恋情。他们的恋情就像一场拖得长长的暴风雨，我的意思是，他们几乎总是在晚上八点之后，十一点之前，在科捷尔尼切斯克滨河街的一幢房子里，在租来的第十六层的公寓里见面。小熊老是醉醺醺地来，在门口放一个装着各种礼物的袋子——斯维塔第二天清晨才看到：内衣、香水或珠宝——还有向她扑来的人。第一次猛攻后，他仍然躺在床上，仔细看着窗外河湾的黄昏城市。斯维塔走进浴室，从装满热水的洗手池中取出一个陶瓷阴茎，上面画满了格热利花纹。这套公寓为某个在那个年代有点名气的戏剧评论家的孙辈所有，搁板上摆满了各种玩意儿：眼睛左右转着、滴答作响的小丑时钟；洛可可时期的雕像，雕的是彬彬有礼的绅士和红着脸的娇小姐，他们定格在一个吻中；还有面具、铃铛、雨棍、日本小木雕和各种小神像。根据他们的性格和特点，他们应该都在观察我的斯维塔和小熊做的事。

然后他会把头靠在她的肚子上哭着说：“哦，我亲爱的，真好，亲爱的……太好了……谢谢你……如果你知道你让我有多快乐就好了。”——等等之类的话。他的眼泪从她身上流过，流到肚脐，斯维塔像个孩子一样噘着嘴唇，称他为“我愚蠢的小熊”，其中一个音她发得像英语中的“th”一样，结果叫出来的是“我愚蠢的 thiao 熊”。她还抚摸着他的光头想，天花板上的那块污渍到底像什么。

这种情况持续了整整一年半。有时他们会在城市里完成不怎么勇敢的战斗，向世界证明自己的感情，他们在涅斯库奇尼花园的峡谷、在丽思卡尔顿酒店的阁楼房间，甚至在伊斯特拉水库的游艇船长舱内，沉迷于爱情的快乐。这是两个恋人生活中的甜蜜时光。

但后来发生了一件事。一个醉酒的小伙子在一家餐馆，由于等菜的时间实在太长了，大发脾气，把路过的顾客误认为服务员，抓住他的胳膊，大声邀请他去下九流的场所玩一玩。小伙子想了想，还对着其他所有人补充说，他就是个该死的破烂避孕套。事情就是这样，简单点说，原来这位“服务员”是联邦渔业局负责人、联邦安全局少校、意俄银行阿达吉欧·法沃利副行长的兄弟。总之，那小伙子第二天晚上在斯克利福索夫斯基急救中心的病房里醒来时，一条腿打上石膏绷带，像天平的砝码挂在天花板下，鼻子断了，眼睛变成了两颗李子，门牙也被打掉了。几个月后，那小伙子总算康复了，但在那场倒霉的斗争中，他设法向少校、副行长等人交了底儿，说他是德米特里·巴甫洛维奇本人的司机，他威胁说，如果少校、副行长等人还敢再碰他一根手指头（他们不仅用手指碰他，还打断了他的鼻子、肋骨，敲掉了他的牙齿，所以他说出来的是“雨果碰我一根数子头”)，如果对他造成任何伤害，那么欺负他的人明天也活不了了，而少校、副行长这些人竟然记仇……第二天，“服务员”就在喝了第一盅酒后，拨了一个号码，又拨了一个号码，很快就找到了小熊。对话不长，声调很高。

两个星期以来，一切如常。但有一天，小熊没有在约定的时间来找斯维塔，这是以前从没有过的情况。如果他知道自己不能来找她，总是会提前告诉她，一般，他会发一条标准的短信：“瓦迪姆·费奥多罗维奇，明天必须提交文件。”斯维塔等了一个小时，两个小时……她受不了，冒着风险打了电话，电话已关机。她把洗手池里的水放了，把阴茎放在架子上，就上床睡觉了。

第二天早上，她在网上看到，德米特里·巴甫洛维奇·伊沃尔金，他是纳德姆天然气投资公司的领导人之一，还是工农信托公司前负责人，因受贿数百万美元、非法向中国某公司出售两家工厂被捕，还涉嫌与涅克拉有组织的犯罪集团有牵连。

这消息来得不是时候，太不凑巧了。最近，小熊已经将自己的意志凝聚成一个拳头，准备向他的妻子、成年的子女坦白一切，去和我的斯维塔一起生活。马特罗娜的预示还在指引着，尽管在穹顶下飞翔的鸽子似乎预示着案件会有积极的结果，但发生的事情，就是发生了。

几天过去了，几周过去，小熊杳无音信，他的电话始终无人接听。有一次，在健身俱乐部的跑步机上，斯维塔突然在大屏幕上播放的新闻提要中看到了她的小熊。他被带到一条破旧的走廊里：双手被反铐在背后，瘦了很多，胡子没刮干净，在强光下眯着眼睛。而在下一个画面中，他已经坐在了大法院的羁押室里面，试图用一张纸遮住自己的脸，他身上那件毛衫，是他和斯维塔在撒丁岛的一个渔村买的。紧接着，一名泪流满面的女子出现在了法院的入口处，她想对记者说些什么，但怎么也止不住眼泪，显然，她是小熊的妻子。然后就是些九十年代的画面，穿着运动服的男人在湖边吃烤肉；接下来还是那些吃烤肉的男人，但这次他们在刻大理石墓碑上的铭文；钻井台；某条路上的烧毁的汽车；在克里姆林宫，一个长着鹰钩鼻的秃头小个子与叶利钦总统握手；小熊又出现了，他坐在铁栏后面，试图用一张纸遮住他的脸。我的斯维塔环顾四周，就好像有人能认出她是被告的同伙，她加快跑步机的速度，调高了 iPhone 的声音。

晚上，她穿着粉色丝绒西装坐在沙发上，双脚搭在玻璃桌上，手里拿着一杯香槟，若有所思地看着杯底被气泡包围的草莓。我躺在窗台上，低头看着滨河路上水泄不通的交通拥堵。莫斯科河沉重黯淡，令人昏昏欲睡，河上漂过一艘小轮船，我能看到船上跳舞的人影、灯光，甚至桌子上的酒瓶子，你听不到他们的快乐，单看他们的行为，很蠢，他们越快乐，看起来越蠢。在扎里亚吉耶建设中的公园上空，起重机正哈着腰。在克里姆林宫，枞树枝摇摆着，两架巨大的直升机正在降落。

远处的城市闪闪发光。我的斯维塔想，这高层公寓已经提前付清了一年的房租，房贷也还得差不多了，她继续把鲍曼站和茹科夫斯基的公寓租了出去。母亲甚至对女儿在首都的生活一无所知，仍然每月定期向她转账（我的斯维塔会马上把这笔钱几乎匿名地转给古尔纳尔·扎基洛娃“赤裸的灵魂”儿童基金会）。小熊留在她卡上的钱应该够用半年左右了，钱走的是正规手续，没什么好怕的。总的来说，她可以继续生活，不用精打细算，也不用节衣缩食，也就是说，可以继续在莫斯特餐厅、沃罗涅日餐厅和香草餐厅吃晚餐，在特列季亚科夫商场购物。从我的口粮和习惯来看，最近发生的事件对我也没有任何影响，星期一和星期三的羊羔肉，星期二和星期五的兔子肉，星期四是新鲜的鱼，星期六吃生骨肉，星期日就少吃一点儿猫粮。我吃得很饱，但心是冰冷的、空落落的，没有人抚摸我，没有人给我挠痒痒，没有人和我一起玩。现在斯维塔对她的露西更不上心了，我只和她一起出过一次门，就那一次，还是去白牙兽医诊所给我接种疫苗和绝育。

于是，斯维塔坐在沙发上拿着一杯香槟思考。当然，她可以重新尝试演艺事业，但出乎她意料的是，她意识到自己只是出于无聊才想做些事。她厌倦了，她什么都不想要。她比以往任何时候都更接近自己的人生目标——在这一生中什么也不做。

从小熊，也就是德米特里·巴甫洛维奇·伊沃尔金的事情中，我的斯维塔得出了一个结论：俄罗斯男人不负责任、目光短浅且粗鲁。第二天，她就报了英语一级班，同时开始在 YouTube 上用德米特里·彼得罗夫学习法学习西班牙语。斯维塔在语言学习方面表现出了极大的天赋，她在与母语者交流时没有遇到任何问题。她开始结识高级外交官和富有的外籍人士。

她混迹在乱哄哄的人群中，参加各种招待晚会，在各大使馆的活动中展露舞姿，也包括简单的聚会，斯维塔发觉自己落入了餐厅老板豪尔赫·伊格纳西奥·德尔加多坚实的怀里。他在莫斯科和圣彼得堡有数量可观的公司，在埃斯特雷马杜拉有家族城堡，在普罗旺斯、托斯卡纳，现在还包括克里米亚有几个葡萄园。她的生活终于变成了电脑屏保上出现的那种恬静的风景。豪尔赫·伊格纳西奥（或者就叫他伊格纳西）爱上了斯维塔，以一种潮水般的、密不透气的、西班牙私有制的爱，爱上了斯维塔。对于最终决定缩减在俄罗斯的全部业务的他来说，斯维塔可以说是对近年来所有经济困难的补偿。伊格纳西每天早上都给她上西班牙语课，教她做饭，强迫她听歌剧，带她去酒吧看他最爱的马德里竞技队的比赛，与他在西班牙的一众亲戚开 Skype 会议。而斯维塔只用一条围巾盖住她的肩膀，在他面前表演俄罗斯民间舞蹈，并承诺带他去遥远的鄂木斯克看望母亲，这让伊格纳西联想到了盖满白雪的云杉枝。

好吧，一个月后我们又搬家了。这次搬到了黄金地带，在库尔索沃街。我们的豪华大住宅在一个新会所占了整整两层楼，大理石墙壁上常青藤与绳索样的石雕缠绕在一起，法式阳台的锻件被刻意磨损做旧，拼木地板用的都是撒克逊红豆杉木，玻璃钢梁穿过天花板，上面随意地挂着不同时代和各种风格的灯具。一楼的一整面墙做成了真正的俄式炉子铸铁的炉门，甚至还有一个炉叉。走廊里挂着一幅画：脸色红润的农妇戴着古罗斯盾形头饰，从刺绣活上分了心，冲着画家娇媚地微笑，除了画家，还有斯维塔、豪尔赫·伊格纳西奥和我。是的，我们正好需要公寓，我猜我的新猫砂盆至少是用青铜铸造并用琉璃装饰的。

我花了一周时间，只搞清楚七个房间、两个卫生间和两个浴室的位置，我给自己选了两个最爱的地方：炉子上和窗边的地板。我看到那个穿金银饰纽制服、把自动步枪搭在肩上的门卫，当斯维塔和伊格纳西开着玛莎拉蒂从地下停车场离开时，门卫会向他们敬礼。我看到对面建起一个新的精英住宅区“愉悦奥斯托申卡”，有时一群老妇人会带着精神抖撒的莫斯科专家在小区里信步参观。我看到那些有通行资格的汽车，装满了重要的、成功的和极度不快乐的人，在黄金地带空无一人的真空小巷里悄声地簌簌作响。

我的斯维塔过得很幸福。在一个晴朗的早晨，早餐后，伊格纳西抓着报纸弄得啪啪响，然后把它放在一边，把一绺卷发向后梳了梳，认真地，甚至有些凶地盯着坐在长桌另一边的斯维塔。斯维塔咬住了她喝果汁的吸管，把赤裸的腿从桌子上拿了下来。豪尔赫·伊格纳西奥用西班牙语骂了一句，然后果断地走向斯维塔。“斯歪塔，我觉得，我耐你，深深地耐你（斯维塔，我觉得，我爱你，深深地爱你）。”他握紧的拳头对着心口，“请做我的妻子！”这时，两片面包啪嗒一声从烤面包机里跳了出来。

斯维塔向豪尔赫·伊格纳西奥提出了一个条件：如果他真的想娶她，那么首先他必须信东正教。在好几个漫长的夜晚，伊格纳西会把自己锁在楼上的浴室里，在Skype上和他的天主教家庭大声争吵。与此同时，楼下的浴室里填满了芬芳的泡沫，斯维塔往自己身上撩着水。终于，两周后，豪尔赫·伊格纳西奥同意了。斯维塔取下了农妇的肖像画，并在原位挂上了一个大幅的莫斯科圣马特罗娜牧师的圣像画日历。她决定创建一个慈善基金会，这样一个来自莫斯科郊区的单纯姑娘牢牢占据了豪尔赫·伊格纳西奥的心，他再也不想离开俄罗斯了，而且，他“想帮助俄罗西（斯）的孩子们”——没有考虑多久就投资了斯维塔的基金会。

一切都很顺利。但后来我注意到伊格纳西会大声打喷嚏、咳嗽，过了好几周，他那严重的鼻炎都没好。他和斯维塔去看了医生，发现豪尔赫·伊格纳西奥·德尔加多对动物有难以忍受的过敏症。

有一次，斯维塔拿着一杯香槟坐着，在她的笔记本电脑上输入些什么。我回头看了看，看到了我的正面和侧面照片，下面有很多文字（我看不懂），但我明白了一切。我决定不坐以待毙，凌晨，我舔了舔女主人的耳朵作为道别，就从半开的窗户溜了出去。最后，我回头看了看——斯维塔从茹科夫斯基那里带来的窗帘，如一幅画般在风中摇曳。我顺着房檐上的雕塑、男像柱的肩膀、监控摄像头、钢架和玻璃板跳下楼，然后逃跑了。这就是整个故事。

我又问了格蕾塔很多问题，关于她的主人，关于她的童年和少年，关于她生命的头几个月，关于她在遇到我之前的那段时间是怎么过的。我们一直聊到天亮，然后我们互相舔了舔毛，就睡着了。

一天早上，我醒来看到门口有个身影。我转头看格蕾塔——她也惊讶地看着那个闯入者。他呼哧呼哧地喘着气，发出哼哧声，声音嘶哑。显然他呼吸困难，我能看到他肩上有一簇蓬乱的毛发。我们静静地看着他，随时准备伸出爪子跳向他。但闯入者在门口犹豫了一下，没进来。终于，我忍不住了：“你想干什么？”

闯入者没有回答。但从他打鼾和咕哝的音调来看，他不喜欢我的问题。

我重复了一遍：“你想干什么？”

他含糊不清地说着什么，时而哀怨地尖叫几声，不停地回头看，好像谁在后面追捕他。我提议到外面去说，他点点头表示赞成，就出去了，我们也跟着他向外走去。在白天的光线下才看清，原来他是一只皮特伯勒班康犬，一只体型小、浑身黑色、很不招人喜欢的皮特伯勒班康犬。他的面部被砸扁了，鼻子平且凹陷，难怪他会出现呼吸问题，两只狭长的斜眼距离很远，耳朵像两片柔软的花瓣一样垂在额头。这位客人戴着一个破旧的项圈，被下巴上手风琴折层似的褶子给盖住了。他那小尾巴紧张地摇晃着，我以为是皮特伯勒班康犬羞于自己的外表。他尝试了好几次想说些什么，但都没说出来。他使了使劲，踩了踩草地，突然下定了决心。

“我感觉很难受！”他大叫着，嫌弃地环顾四周，一副吃了什么坏东西的表情。“我感觉很痛苦！我被恐惧所支配，我身后一条红色的龙在追我，”他坦白地说出来了，模仿着令人信服的语气，“就是他！”——他转头，看向上方某处。

他说到这儿，我和格蕾塔就真的看向了天空，以为有怪物马上要飞来了。皮特伯勒班康犬已经准备好要放声大哭了，他也确实哭了起来。他先哀怨地吠叫了几声，就像一只狗崽子似的号哭起来，还突然从我俩中间，直接冲进了Château。他倒在一个光照不到的角落里，马上开始打鼾。这很奇怪。

我们的目光跟着这位新客人，格蕾塔说："早上好，亲爱的！"

几个小时后，皮特伯勒班康犬醒了，把我们的两个碗洗劫一空，好像什么事都没发生过一样，咕噜咕噜地喝光了所有的水，然后绕着池塘跑了两圈，作为餐后的锻炼。他还是很忧伤，我们走近他，他的眼睛黑得不可思议，斜得也不可思议，一只眼睛向下向里看，相反，另一只眼睛向上向外看。他应该能理解我的困境。

"你不知道该看我的哪只眼睛吗？向左看。"

"向左……你的左边还是我的左边？"

"都行。"

我顿了一下，但不知为何还是选择了用自己不存在的左眼去看，不过，我很快换了另一只眼，然后眼球又从左转到右。

"伙计，我们已经在这里住了将近两个星期了。这狗窝之前没谁住，这段时间里，也没有任何一个生物声称拥有这块生存空间。"

"我们是一个年轻的家庭。"格蕾塔趴在我肩膀上补充道。皮特伯勒班康犬生起气来，积蓄着情绪，突然又发怒了。

“我没有家人，恐慌总是困扰着我。”他大喊道，厌恶地皱起整张脸。“我必须得有一个屋顶在头顶才行，我病了，孤独，不幸。”他补充道，倒在一边，睁着眼睛躺了整整一分钟。“我应该怎么办？我应该怎么办???”他用夸张的男中音重复了一遍。他看着地面，眼中露出那样没有尽头的忧愁，让人无法不相信。

很明显，我们刚认识的这位有精神障碍。从他嘴里听到的每个词，都不是说出来的，而是朗诵出来的，他为什么这样做？我不知道，也许这样能让他更容易接受自己的情况。我听说古希腊的演员们表演时都穿鞋底很厚的鞋，我忘了那种鞋叫什么，也许，演员们穿那种鞋是为了立于自己所演绎的事件之上，这样一来，离一切不远，也防止自己发疯。

所以，我们新认识的这位搬进Château和我们一起住了。他没有征求我们的同意，他不需要，他知道如何以惊人的方式将优雅的言辞与令人难以置信的无礼行为结合起来。起初我们确信这只狗在我们之前就住在这儿了，由于某种原因被迫离开，现在他又回来了。他明白了我们是这么想的，用感叹和点头的方式，表示他同意我们脑中想的故事版本，这样的情况持续了一段时间。但后来，通过一些迹象，我们意识到他是第一次来这里，例如，在 Château 里发现的项圈对他来说实在太大了；有时皮特伯勒班康犬会在半夜跳起来，精神失常地尖叫说他想回家。总的来说，他没有以任何方式主张他对 Château 的权利。不管怎样，他开始和我们一起生活。

皮特伯勒班康犬的名字是路德维希。是谁在什么情况下给他取了这个名字，我们不知道。每次当我们试图问他过去的事情时，他都会呼哧呼哧地喘气，发出哼哼声，一副要咆哮的样子，所以我们很快就放弃了打听室友的经历。然而，有时他会在半夜叫醒我们："猫！醒醒！龙要来了！我闻到了硫黄味，火焰在烧我的背！哦，这叫喊声，这轰隆声！一切都非常、非常糟糕……"从这些夜间发作的癔症，我们无法拼凑发生在路德维希身上的事情，我们只搞清楚一件事：在他的生活中发生了一件可怕的事情，从那时起，他就像那头该死的母牛艾奥[1]一样，在生命的血红色的平原上，不停歇地奔跑，没有地方让他平静，也没有枕头能安放他难受的脑袋。但有时理智会短时间内夺回失去的位置，这通常发生在吃饭的时候。

"多么迷人的食物啊。"路德维希梦幻般地感叹着，从格蕾塔鼻子下面夺走了一块牛脆骨肉，或是："啊，我亲爱的朋友们！生活在这世上真是好极了，有如此鲜美多汁的肉饼。"当我们走到小吃亭后面互相舔毛时，他在拐角处对我们说："如果能得一条最美味的鲫鱼吃，那这个世界上的

1　古希腊神话中宙斯的情妇，被天后赫拉变成了一头母牛。——译者注

一切看起来都是那么和谐，那么相称。”——在 Château 里，他挤在我和格蕾塔中间，继续思考他的哲学问题。

的确，赶走他也许不是什么难事，我们一开始这样想过。但后来，当他和我们一起住了几天，我们突然发现他只是一只不幸的老年狗，我们不该冲他生气。有些晚上我们在 Château 里没看到路德维希，而当我们去花园散步时，我们注意到池塘边上有一只皮特伯勒班康犬的身影。他俯身趴着，看着高高的月亮，对自己轻声唱着什么，一首我们听不

清歌词的歌，也许他自己也没听过这首歌，就是在路上想出来几句随便唱的。我听说，每条狗都会在月亮上看到妈妈的脸，每次狗嚎叫时，都是在向月亮呼唤自己的母亲。我们没有问路德维希是不是真这样，我肯定他不会回答，只会像往常一样说出一些难以理解、糊里糊涂的话。然后我们回了Château，不久路德维希也回来了。

日子就这样过着。我们醒来了，出去散步，月色永远那么静美，路灯昏昏沉沉的。一只鲫鱼在池塘里嬉戏，明天它就要落入阿纳托利·帕里奇的圈套，然后进入我们的嘴里。大树总是闷着不说话，小路上出现了第一批落叶。路德维希坐在岸边，静静地唱着歌。我们听了一会儿就回家了。

一天晚上，他跳起来，发表了这样一段独白：

“当、当、当时是新年。新的，新年，我和瓦西里遇到了他，我们很开心，非常开心！那、那、那儿有很多食物……唔——很多很多食物，很多美味的食物！然、然、然后有人给我戴上项圈，然后我、我、我们就出门了。有很多狗，不同的狗和……很多香槟。然后……”

“接下来发生了什么，路德维希？”我问。

“然后……然后……”

“快说，老头儿！”

“然后，出现了很多愚蠢、讨人厌的小男孩，他们从这边跑到那边，再从那边跑到这边，到处捣乱。”他不耐烦地说。“而且他们胡作非为。”他戏谑地补充，“他们做了坏事，他们点火、爆炸、发射，他们毁了我的世界，他们连鞋子都没脱，就闯进了我的世界，他们烧毁了我美丽的城市！他们让我失明，让我听力受损。那一切是那么响亮、明亮又残忍！哦，太残忍了！这一切怎么能如此残忍，又如此响亮！哦，那声音太大了，对我来说太大声了、太响亮了。一切都很糟糕……非常糟糕……接着从天上飞来一条红色的龙，他用爪子抓住我，把我从家里，从亲爱的、心爱的、无与伦比的瓦西里身边拖走。而我永远，永——远——不会回家……因为我的听力受损，嗅觉被破坏，这条龙将永远跟着我，永远。好了，说完了，我太激动了，我要休息。”他糊里糊涂地说完，立刻就睡着了。

我们习惯了路德维希，习惯了他的胆怯和脆弱。在没有人类的情况下，他选择了我们作为主人，我们遛他、喂他、照顾他。他比我们年长，如果非要说，他的血统比我们更高贵，但他没有虚荣和空洞的骄傲，他很乐意服从我们。

“萨瓦，”一次格蕾塔对我说，“这太妙了！你知道我一直都想要一只狗！”

“你的梦想成真了。”

“谁能想到，”她看着皮特伯勒班康犬嘴里叼着一个栗子冲向我们，接着说，“谁能想到猫会给自己养条狗。”

路德维希在我们面前吐出一个栗子，疯狂地摇摆他的尾巴。因为我们不能给他扔栗子，这是当然，他就自己叼着栗子跑到花园的另一头，装出搜索的样子，找到了，然后再次冲向我们。

过了一周，一周又一周。有一次，格蕾塔对我说：

"萨瓦，那只猫是谁？就那只总坐在舞台旁的长凳下的猫。"

"我也注意到他了。"

"你不认识他吗？"

"不认识，我想，我没在哪儿见过他。"

"路德维希，你认识这只猫吗？"

"不，我的朋友们，这是我第一次看到他！"路德维希说着，拼命摇了摇头，"我以前从——没——见过这只猫！"

长凳下的猫猜到我们在说他，眨眨眼打招呼，一瘸一拐地向我们走来。这是一只病得很重的老猫，鼻子受伤了，爪子已经不怎么听使唤了，毛也乱糟糟的，看得出来，他已经好几个星期没有舔过毛了。

"既然如此，就让我们认识一下吧，年轻人！我是博斯曼。"

"格蕾塔。"

"萨韦利。"

"我叫路德维希。"

“太棒了。而现在，我的朋友们，告诉我，你们有东西给我这个老兵吃吗?”

“有，我们有一些奶渣和玉米。”

博斯曼冲到碗边，半分钟后，碗里一点儿渣都不剩。看来，尽管博斯曼的健康状况还有很多不足之处，但丝毫不影响他散发热爱生活、积极蓬勃的光芒。

“非、非常好，甚至可以说，好极了。”博斯曼说。“然后我告诉他：你这个小孩，最好别站在街上，否则不消一个钟头，就会被车撞到。”博斯曼继续说道，若无其事地讲着他自己的故事，当然，我们谁都没有听过故事的开头。他还在说话，我闻到了他的气味，突然变得激动起来，我恨不得发誓，这个气味我早就认识了，但我怎么都想不起来在哪里见过博斯曼。那应该是很早很早以前了，在被殴打之前，在特列季亚科夫画廊之前，在莫斯科郊区游历之前……是发生在童年的事。他说着，说着，让我有种感觉，在这个黑暗的房间里，我摸到一根绳子，抓住它，现在我不会放手，直到它把我带入正确的记忆。偏僻的小巷，隐秘的隧道，令人头晕目眩的上升和缓慢的下降，出乎意料的是，我发现自己在谢拉普廷斯基……在帕谢奇尼科夫家的公寓里，在妈妈列娜的房间里，在书柜的角落里。“从我这儿，小屁孩，你什么都拿不到！啊哈哈！对，我就是这么说的!!! 啊哈哈!!!”

突然我想到了……就是那只猫，楼上那只！在角落里做过标记的那只！都过去这么久了，多早的事儿了！要知道，我以前确信他死了！

“对，我就是这么对他说的!! 什么都别想拿到!! 啊哈哈!”

我们——格蕾塔、我，甚至是路德维希，都真诚地笑了起来，这个故事，我们一个字也没听懂，只是因为博斯曼讲故事的感染力太强了。我问他：“博斯曼，你，顺便问一下，从没在谢拉普廷斯基住过吗?”

“住过，那儿怎么了，我在那儿住了很久！对了，在超市的拐角处，有一家很棒的肉店，我有时……”

“我是你楼下的邻居!”

博斯曼不可置信地看着我，舔了舔嘴唇，努力回忆着那个时代的事情。

“哦对，哦对……你就是那个不让整栋楼睡觉的傻小子吗?”

“博斯曼！这是多么不可思议的巧合！真是个奇迹!”

“可不是嘛，你这个小混蛋!”

“我不知道我打扰了别人睡觉。”

“我记得，我记得！小猫整天都在尖叫，真的很可恶，你知道的!”博斯曼模仿小猫呜咽的样子，“妈咪，我妈咪在哪儿？我的家人在哪儿?”

“对，那个就是我！我还以为，你已经……”

“死了？”

“是的，我以为你不在了。”

“啊哈哈！我逃跑了！是的！我的肾里有一个真正的石头花园。我以为我最多只能活几个月了，所以我就跑路了，我想来最后一次旅行。我的主人也没找我。”

“哇！”

“是的，我就出发去看世界了！毕竟我是博斯曼[1]啊！啊哈哈！就这样，正如你们所看到的，我还活着，活得好好的！力气不大，但基因很棒！我兄弟（也是我爸爸）活了十九岁！所以我打算再苟活几年！啊哈哈！”

一整个白天，我们就在鲍曼花园里快乐地闲游，聊着世界上的一切。博斯曼的记忆中有出奇丰富的各类故事，他的记忆就像胶带，能收集猫身上多余的毛发，除了毛发，各种碎屑、苍蝇和其他杂物都粘在这胶带上。单听他讲，我们已经无法辨别，哪些是真正发生在他身上的，哪些是他杜撰的。但有时在我看来，随着时间的推移，那些最有趣、编造得最巧妙的故事，比它们原本的样子更有想象空间，并被真实事件赋予了生命。

1　博斯曼，音译，原俄语单词意为“水手长”。——译者注

再加上，如此精彩而奇怪的命运模型——多年后与一个你实际上从未认识的生物相遇，相遇并认出了他，这对一只猫来说太珍贵了！

晚上，我们偷吃了每天的鲫鱼，然后回到了 Château。博斯曼在外面全面检查了我们的住所，并宣布："这是一间很棒的公寓！伙计们，如果你们不介意，我跟你们挤一挤？"——说完这句话，他就信心十足地走了进去，立刻在门口占了一个角落。"你们知道这个区最好的窝棚门卫是谁吗？"

"也许……"

"完全正确，小姐！就是你上了年纪的新朋友！"

所以，现在我们四个人住在 Château。我们拥挤吗？挤。我想和我爱的人更多地独处吗？想。但不知为何，这样的集体生活，在任何情况下，都让日子变得更加光彩照人。我们喜欢这一切，觉得很好。路德维希和博斯曼非常尊重我们的感受，在涉及她和我时，他们表现得尽可能委婉。不过，说真的，效果并不好，所以我们四个人在舒适的 Château 里，并肩走路，一起吃饭，一个挨一个地躺着睡觉。

有一天，我们在花园里散步。那是一个闷热的傍晚，太阳完全如夏天般炙烤着。走出凉爽的小树林，来到阳光明媚的小山丘，我们依次打了个喷嚏。大家在池塘附近的一座小土包上坐了下来，空中盘旋着一群蚊子，一艘双体船在水面上摇摆。我们看起来就像华托[1]画作中那些礼貌周到的主人公。最后格蕾塔说："博斯曼，你知道那么多故事，但我们对你的生活、你的经历、你的祖先一无所知。讲一讲吧！"

"是的，博斯曼，我们都很感兴趣！"

博斯曼应该没被说服。他眯起眼睛，狡黠地环视着大家，如果他会抽烟，他肯定会从他的泥烟斗中深深地吸一口。但是博斯曼不会抽烟，他也没有烟斗。于是他就开始说了："好吧，我会告诉你们的，朋友们，告诉你们我对我祖先的了解，这是一个非常有趣的故事。你可能经常想，为什么我的眼球这么突出。"博斯曼说道，他的眼睛真的是鼓起来的，以前我们没有注意到，但所有人都同意地点了点头。"果然是这样，我会告诉你们一切。那是在十六世纪中叶，来自葡萄牙的天主教传教使团在南美洲的海边建立了小镇富尔塔多。传教使团由来自里斯本的帕德雷·弗朗西斯科·德·里贝拉神父带领，他的任务是指引土著人走向真正信仰的道路。神父随身带有一个紫杉十字架、一本圣经、一百雷亚尔，还有一个名叫阿布巴巴的黑人随从。弗朗西斯科神父和他的随从首先在总督府邸后面挖出一个宽敞的洗礼

1　18 世纪法国洛可可风格的开创性画家，长于捕捉人物的瞬间动作和表情，对后来印象派画家的素描技巧产生极大影响。——编者注

堂，并将其命名为 Rio Jordão，也就是我们说的‘约旦河’。”博斯曼解释道，想了想又继续说，“然后他从一棵棕榈树上取材，为未来的教徒削了很多十字架。从早到晚，他和阿布巴巴一起走遍了当地居民的茅屋，尝试用拉丁语、葡萄牙语和一点儿希腊语（不知为何，希腊语引起了土著人的特别注意），对赫巴乌鲁部落的印第安人发起号召。这时，阿布巴巴身穿紫色的教士长袍，头戴黑色帽子，在一旁双手合十祈祷并唱诗。其实，阿布巴巴本人也就是半年前才开始信耶稣的，自然是没有任何教职的，但神父在这片野性的土地上找不到另一个音调如此和谐的助手，所以就让他来了，凑合将就，并许诺他在不久的将来会功成名就。”——博斯曼因他的押韵笑了几声。

“赫巴乌鲁人善良、富有同情心，但并不严肃。神父朗诵《致罗马人书》的片段，阿布巴巴唱歌，而印第安人大笑着，招待这些从黎明那边远道而来的人吃炸虫子。日日如此，神父传教，阿布巴巴唱歌，而印第安人大笑。”

“时间飞逝。约旦河洗礼堂从未走进过一个印第安人，神父床头的那捆十字架也原封不动地挂着。是的，神父是主忠实的仆人。他有一个不安而活跃的灵魂，据说，他来自一个古老的家族，他因圣殿骑士的迫害而逃离法国。他的徽章上有一朵云，从中伸出一只握着剑的手，这个徽章可以说暗示了神父本人的一生。他……怎么说更准确……与空虚、与空气战斗。”博斯曼说着，用爪子画了一个圈。“一个理想主义者和梦想家，自愿跨越大洋前往新大陆，他重建了一路上遇到的所有秩序。他如一团来势汹汹的乌云笼罩着令他不满的对象，以闪电般的速度毫不留情地进行打击。在欧洲时他就是这样，而在这里，在富尔塔多，他干涉所有人。他干涉军队的事，教士兵磨枪；他告诉厨师如何正确地拔鸡毛，惹恼了对方；他仔细检查了管财务的修道士的账簿，把自己毫无价值的笔记留在了上面；有一次他甚至劝导起一个在他看来爬树姿势不正确的印第安人，教士给他做了示范，结果掉下来，伤了膝盖，印第安人和他的同胞都笑了。医生走过来，对他说：‘你这个神父，与其教别人做什么，可以这么说，不如先把自己的事情做好，对吧？’”

“这说的可是大实话。北方和南方来了很多信耶稣的西班牙兄弟，从报告来看，他们可比帕德雷·弗朗西斯科成功多了。特米茨利印第安人和尤兹塔印第安人，很早以前就开始穿裤子和连衣裙了，还会参加周日的弥撒。但赫巴乌鲁人还没有退让，不，不能说‘没有退让’，他们根本不明白神父想从他们那儿得到什么，他们认为神父和阿布巴巴是表演者（当时，所有的土著人演出团都在当地巡回演出）。起初，赫巴乌鲁人被他们奇怪的表演逗乐了，但一成不变的节目，很快就让他们厌烦了神父和阿布巴巴。

“不好的想法开始出现在帕德雷·弗朗西斯科·德·里

贝拉神父的脑中，他在茅屋里躺了好几个小时，什么都不做，吃着炸虫子，大声打嗝。观察着这些印第安人，他不禁承认了一个痛苦的事实：赫巴乌鲁人是遵守教规的人。他们不偷窃、不思淫欲、不发怒、不撒谎，他们不杀人，几乎没有武器，只在特殊情况下才战斗。即使有亲人死去，他们也像教徒一样对待死者：他们不像尤兹塔人那样分食死者，也不像特米茨利人那样把死者挂在树上，他们完全和教徒一样，将死者埋在地下。与热带雨林中的野蛮人不同，他们是沿海居民，不崇拜什么，他们不相信什么基本元素，不相信星相学，也不相信灵魂。他们根本不相信任何东西，除了他们听到的、看到的和闻到的。在某种程度上，情况更糟。在神父的一生中，他与穆斯林、异教徒、东方基督徒和自由主义者都交流过，他们的迷惑与空想使得他们想与神父亲近，神父则带着一种居高临下的怜悯对待他们，如同一个人带病人回家……嗯……带一只小猫崽回家的那种怜悯。神父知道如何治愈他们不幸的灵魂，也不止一次地成功了（比如阿布巴巴）。但赫巴乌鲁人没有什么可遗憾的，他们像孩子一样纯洁。

“神父思考了很多。每天晚上，更确切地说，是在黎明前那个可怕的时刻，当一个成年人醒来，与自己独处，发现自己失去了宝贵的经验，失去了个人角色的意义，帕德雷·弗朗西斯科·德·里贝拉神父盯着茅屋的柳条屋顶，哭了。那时，他的信仰在他看来就像一座巨大的冰山，他在从葡萄牙到新大陆的途中看到了它，那是一座雄伟壮丽的冰山，随着一天天接近，它融化又融化，当距离非常接近时，只剩一个小冰丘。神父对此感到非常难过，眼泪顺着鬓角流到耳朵后面，落在草席上。朋友们，我没让你们感到腻烦吧？”

“不，没有！你讲得太好了，博斯曼！请继续。”

博斯曼半信半疑地左右看了看，接着开始讲：

“就这样，神父陷入了绝望。有一次他瘾症发作，扯断了自己最喜欢的石榴石念珠。珠子散落在草席上，神父跪在地板上捡了很久。

“就在神父以一个不熟悉的姿势跪在地板上捡珠子时，他突然豁然开朗。要知道，这种事常有：为了让大脑产生一些新的东西，只需要改变血液流入大脑的方式。嗯，是的，神父认为主是在明确地暗示他，为什么偏偏派他到富尔塔多来向这些赫巴乌鲁印第安人传达主的意愿。神父意识到当地人的宁静和纯真只是一种幻觉，是海市蜃楼，因为只有清醒的人才能进入天堂之门，所以牧师必须为昏昏欲睡的赫巴乌鲁灵魂安排一次真正的考验。

“第二天早上，神父着手让印第安人堕落，引诱他们喝酒，让他们互相争吵，以便在了解并意识到自己的罪孽之后，可以彻底悔改直到步入天堂。不得不说，他在这方面非常成功。神父用马德拉酒和啤酒招待土著人，教他们打牌、摇骰子，从一个茅屋里偷走家居用品，再藏进邻居的茅屋里。然后，奇迹发生了！半年不到，洗礼堂开始排起了长队。先是两三个人结伴来，然后赫巴乌鲁人开始成群结队地来，两个月后，他们不得不为洗礼仪式进行预约登记。弗朗西斯科神父的喜悦是无限的，一年后，几乎整个部落都皈依了真正的信仰。印第安人放弃了自己以前的名字，并自豪地用上了新名字，就是严格按照他们受洗那天对应的圣人的名字。陶醉于成功的阿布巴巴认真地期待着红衣主教的教职，但神父的野心却更加高涨。在他内心深处的幻想中，他发现在不久的将来，他将看到一座以新圣徒——帕德雷·弗朗西斯科·德·里贝拉命名的幽雅的白石城。

“还在幻想中，他就立即对这样的未来深信不疑。神父决定不仅通过实践，而且通过理论来证明自己成圣的权利。当赫巴乌鲁人在他的茅屋外醉醺醺地摇摇晃晃、打架、用葡萄牙语和班图语大喊脏话时（班图语，当然是阿布巴巴教他们的），神父正坐在窗前，仿佛什么都没发生过，写着神学著作，还有一本自传。神父写了很多，他甘之如饴，他用于写手稿的羽毛足以装备整个天使团。写完五页后，神父重读了一遍他写的内容，并修改了最晦涩的地方，以减少未来研究他尘世道路的研究人员的工作量。

“但，不知是遗憾还是万幸，神父因一件很小的事而不够格被列入圣徒，那就是死于非命。神父只是发烧了，但过了三天，他紧紧地抓着胸前的紫杉十字架，将自己不安的灵魂献给了主。葡萄牙人在葬礼上低声开玩笑说，一旦到了天堂，神父就会把没有实体的鼻子凑到别人的事情上，把那里的每个人都惹恼。就这样。”

博斯曼没有继续说下去。大家面面相觑，皮特伯勒班康犬不安地问道：“但是这些和你的祖先有什么关系，博斯曼？”

“正要说呢，耐心点儿！”博斯曼激动地大声说，“很快，一位阴郁而铁石心肠的新神父被派去接替在战斗中长眠的弗朗西斯科。抵达后，他立即在富尔塔多引入了禁酒令、禁纸牌和骰子令。由于他有自己的随从，是一位马来人刘永，于是阿布巴巴与第一艘船一起被遣回欧洲。赫巴乌鲁人非常喜欢这位老神父的助手，他们称他为‘夜色人’，离别时，他们送给他一只亚马孙斑点长尾虎猫。返程途中，阿布巴巴教会猫不少把戏，到了葡萄牙，他们通过在街上表演来谋生。阿布巴巴会巧妙地从黑纸上剪下人物的轮廓、唱赞美诗，而长尾虎猫会冲着他模仿狼嗥叫、翻跟头逗人笑。这个故事，就是这样。”

“但是，你的祖先是怎么、怎么、怎么来俄罗斯的？”皮特伯勒班康犬没忍住问道。

“你为什么……眼睛这么突出？”格蕾塔紧跟着皮特伯勒班康犬问。

“关于我的祖先是如何来到俄罗斯的……没有人确切知道。但我外曾外祖母的外曾外祖母说，有人告诉过她，长尾虎猫是在拿破仑入侵期间来到俄罗斯的。”

“太有趣了！”

“是啊，很有趣。回想一下，例如，尤苏波夫亲王那幅著名的肖像画，画上王子披着一个皮草斗篷……你们觉得那是谁的皮毛，嗯？”博斯曼狡黠地瞥了一眼听众，“正是长尾虎猫的皮毛！至于我的眼睛，也是因为长尾虎猫的眼睛非常大，而且是凸眼睛，Voilà（瞧）！”博斯曼把眼睛睁得圆圆的，用法语结束了他的故事。大家都意味深长地点了点头，虽然很难在死去的长尾虎猫皮毛与他如何移民俄罗斯之间建立联系。

已经很晚了，青蛙在水沟里扯着嗓子喊，猫头鹰在啼叫，白杨树神秘地轻轻摆动，路灯上的圆锥形灯夺走了柏油路上淡紫色的夜晚。丁香花早已凋谢，但我们的记忆是如此兴奋，以至于每个人都能清楚地闻到丁香的气味。一切都很好，大家都很舒服，大家都当其他人是自己人，就连皮特伯勒班康犬在我们中间也不觉得自己是外人，因为在这个夜晚，没有谁，也没有任何东西，是别人的。在我们看来，至少在这几个小时里，我们每一个都找到了理想的主人。我们一点儿也不想离开。

“你们知道的，有时会这样，”我突然说，“例如，你准备去某个地方进行长途旅行——去一个美丽的公园或花园，或者你想参观一些著名的寺庙。你为这次旅行做了充分的准备，对它寄予了很多希望，你对它充满期待，以至于最终你对这次旅行本身的记忆，比目的地还要清楚得多。我说清楚了吗？”

“亲爱的，我明白你的意思。”

“我也是。”

“我不是很明白。”路德维希说，“但我正在尽力理解。”

“所以……我会做梦。梦就像是白天的果皮、你吃不够的那些土豆碎块。而对我来说，梦的意义不少于我清醒的时间。毕竟，当我们很饿的时候，我们是在梦中得救的，因为我们至少可以短暂地忘记胃是空的，我们就听不到它咕咕叫的声音了。”

“对，确实是。”

不久前我做了这样一个梦，应该是很多很多年以后，我们跟着一个大队伍，好像是准备从土里钻出去，是的，我们一起，有纯色的、垂耳的、带花纹的，还有金毛、柯基，当然少不了皮特伯勒班康犬，以及其他没有品种的土狗。我们所有猫猫狗狗向前行进，仓鼠、老鼠和荷兰猪在我们爪子下迷路了，雪貂到处乱钻，家养的鸟兽在我们头顶上盘旋着，我们挤满了大街小巷，使莫斯科环城公路、老三环、花园路、林荫路交通瘫痪，一节节车厢停在环形和放射性的地铁线路上，因为我们用不久前新长出来的尖牙和利爪从死亡中逃脱，我们复活了。而人类挤在人行道上，寻找自己曾拥有的那只，终于有人认出了自己的宠物，大叫着跑向他，把他拉到自己怀里，拥抱他。这个人为了不流泪做出非常凶恶的表情，但他还是哭了起来，他已经不会为此感到羞耻，因为他什么都不想了，除了一件事，那就是奇迹，他多年梦寐以求的奇迹，真的发生了。其他人类也会注意到他们的宠物，他走到人行道边上，就像很多年前一样，吹起了口哨，尽管他的牙齿也不剩几颗，而他的勋爵，或者柏拉图，或者赫敏，会立即以一声长长的喵喵声或一声短促的吠叫回应。主人从怀里拿出一个项圈，他当然是为了这样的场合才留着它，他随身带着它，永远、永远、永远也不会扔掉。他会给宠物戴上项圈，和他的勋爵、柏拉图或赫敏一起沿着只有他们知道的路线散步。冷静下来后，好像什么都没发生过一样，他们开始辨认我们，就像在行李传送带上辨认自己的手提箱。人类一个推搡着一个，一个踩着一个，但他们感觉不到疼痛和委屈。他们会向我们伸出双手，突然间大家终于明白，只需要用手来拥抱，用手来温暖。人类和我们将有很多很多时间，互相看着并讲述一切。我们会讲我们过得怎么样，这么长时间都去了哪里；我们会讲，离开对方的我们是多么空虚和孤独；我们分享一些见闻趣事。如果我们听到一些已经知道的东西，我们会很高兴再次听到它。毕竟，这是自然的安排，如果你与自己的宠物依偎了很久，你身上就会形成一个凹陷的地方，这个凹陷与你的猫或狗凸出的形状完全吻合。而且你越爱自己的宠物，这样的凹陷就会越多，这些凹陷无法在维修中心修复，也不纳入保险报销范畴。就是这样的一个梦。

皮特伯勒班康犬对着月亮号叫起来，就像他晚上离开Château时做的那样。就连博斯曼也显得特别难过。格蕾塔张着嘴看着我，眼里满是赞叹，还有一些我不知道叫什么名字的东西。

“是的，萨韦利。多么凄美的故事啊。”博斯曼说，“如果这一切真的发生了，我是说如果。我不是人类的忠实粉丝，但是，人类也是分好坏的。是不是，路德维希，老头?”

“不要说人类的坏话。”狗说着，回到了我们身边。他恳求地看着博斯曼，沮丧地说:“他们当中有一些很棒的人。”

东方现出粉红色，白杨树上第一只鸟醒来了，某种早起的野兽在九月干枯的树叶中沙沙作响，也许是鼹鼠。该回Château了，我们沿着池塘边高高的路走着，我们黑色的身影在黎明的映衬下显得格外醒目。当我最后一个进入我们的窝棚，回头看向花园时，第一道光束已经照到了尼基塔教堂的金顶上。

我知道我和格蕾塔不会在这里待太久，我们很快就要离开了。我们想和新朋友们一起度过秋天最后的温暖的日子。历经这些时光，可以说，就像喝干一杯红酒，一杯我从未品尝过，也不见得有机会品尝的酒。日后，我们有很长的路要走，穿过广阔的生命平原。而现在我们似乎是走出了一个幽深的峡谷。

温度一会儿下降，一会儿又升回去。有时，夜里水塘能结出一层冰，而白天的空气依然温暖。孩子们不戴帽子到处乱跑，带松紧的手套也用不上，垂在他们的袖子口。瑜伽女士上次来花园，穿着夏天的衣服，结果她还是染上了肺炎，消失了三个星期，再回来的时候带了一个女朋友来（从她们的对话中我们得知，她们在医院病房是邻居）。可惜现在不是骑自行车的季节，不然她们可以一起骑双人自行车。

我教会了格蕾塔爬树，我们坐在红枫叶间的树枝上，就像坐在帐篷里，坐了几个小时，不说话，三只眼睛也没有对视，然后我们吃了午饭，接着——玩耍时间到了。路德维希给我们带来了栗子和木棍，我们对他大喊“去追”，他跑远后，再把东西叼到我们面前来。博斯曼的故事取之不尽。我们会结伴在舞台旁参加音乐会，周末去开放电影院，莫斯科人现在认得我们了，我们成了鲍曼花园的景点。我们不去想多余的东西，也不去说我们过得有多好，以免在不经意间把我们的幸福吓跑。

我和格蕾塔经常去散步。我们穿过门洞，飞跑过院子，要知道，这些街道以前是蜿蜒在桤木或白桦树丛之间的狭窄小径。

一天，我们被扩音器里响起的一些欢快、振奋人心的歌曲吵醒了。博斯曼和路德维希不在Château里，我们走到花园，看到不同的人群，有独自行走的，有成对的，还有脖子上骑着孩子的。莫斯科人和来首都的客人们手里拿着国旗，他们手里没有冰激凌什么的，只是四处张望。一个男孩在他父亲的监视下喂了路德维希羊肉馅饼，路德维希高兴得像喝醉了一样，大声感谢他们，并许诺，如果他们把他带回家，会有很多好事发生，但他们没有带他回家。博斯曼坐在不远处，看着这一幕咧嘴笑了。

原来，那天是莫斯科城市日。我们洗了脸，互相舔了舔毛，就出发去花园环线看城市各服务机关的汽车游行。我们坐在栏杆上，欣赏看不到尽头的游行，有无轨电车、摩托车、货车、小巴士和普通小轿车，这些蓝色、红色、绿色、白色的车，全新的车和古董老爷车排成整齐的一列，慢慢地从我们身边经过，这些车分别代表了莫斯科电梯厂、紧急情况部、莫斯科天然气厂、警察局，甚至水上巡逻队。想让船在花园环线上航行实在太难了，于是他们决定将船放在拖车上，而水上巡逻队的工作人员则穿着潜水服，坐成一排，戴着面罩微笑，向人群挥手致意，啪嗒啪嗒地拍打着脚蹼。

“你从没爱过你的人类吗？”

“我爱他们。但，相当抱歉，没有他们我也能轻易应付过去，我很感谢他们。还有一件事。人类的一切都设定好了，以至于他们需要将多余的无法消解的精力花在某件事上。要知道，很多人一辈子都没有学会利用那些精力做有益的事，正好我们登场了。我常常觉得自己身上充满了某种黏稠的液体，像焦糖一样浑浊，呈黄色，这东西是人类的力量，是人类无处可释的力量。如果他们把这种力量积聚在身体里，而不消耗在什么事情上，那么力量就会衰老，变得沉重，这会让他们生病。我不喜欢这种设定。”

“所以到那个时候你就离开了？”

“几乎每次都是。你知道什么是存钱罐吗？”

“不知道。”

“就是一种陶瓷猪，人们在里面放各种硬币、零钱和小额钞票。当他们的至暗时刻来临时，他们便毫不留情地砸碎这些存钱罐，所有零钱散落在房间里，那些钱加起来连香肠都买不起。有时我感觉自己正在变成这样一个存钱罐，他们把那些糟糕的东西塞进我身体，好让自己解脱，后来我也存不下了，就跑了。但很多我们的同类很享受这件事！”

“为什么？”

“因为他们在其中看到了自己的命运，在主人生病时、健康时，都陪在他身边。”

“这是狗的事。”

“也许吧。早上，博斯曼给我讲了一个笑话：狗想，这个人照顾我，这个人喂我、关心我，他可能是上帝；猫想，这个人照顾我，这个人喂我、关心我，我可能是上帝。”

“斯维塔从不怎么关心我。只有当她不知道在照片墙上发布什么照片时，她会和我合影。”

“这座城市很快就冷起来了，我们需要找个地方过冬。”

“你有想法吗？”

“有，我有几个打算。”

晚上，我们向朋友们宣布，是时候分开了。博斯曼重重地叹了口气，路德维希唱了很多次“不！”，仿佛他是古希腊合唱团的成员。

“朋友们，和你们在一起，我和格蕾塔很开心，但我们该把我们这个年轻的家庭设在其他地方了。”

“是的。”格蕾塔说，“我们已经爱上了你们，深爱着你们。”

“那好吧，年轻人！愿上帝保佑，或者谁还坐在那云端，请他保佑。这不是最后一面！啊哈哈！”博斯曼说着，嗅了嗅我们作为告别，他轻轻将额头贴在我们的额头上，用身体蹭蹭我们的身体，他以前从未这样做过的。

我知道告别应该短暂，所以我立即转身，将格蕾塔拖到我身边。但后来我还是停了下来，看了看池塘，看了看阿纳托利·帕里奇，很快他就会把他的鱼竿换成手钻，在冰上放一把折叠椅，在漫长的冬日里守在冰洞边。我看了看舞台，看了看白杨树和装饰灯串，灯串现在已经亮得很早了。我对水手长和路德维希说："Château 留给你们，朋友们！照顾好我们的房子，每周日记得打扫！不要忘记我们！"

"再见，亲爱的！"

"再见，朋友们！"

九　栖身之地

我立刻就知道了我们要去哪里。是的，我对此毫不怀疑，我决定让格蕾塔看看我第一个家，我出生的街道，可爱的谢拉普廷斯基。我有多久没回去了！唯一一次，是坐着阿斯卡尔的自行车经过了谢拉普廷斯基，那次不算。我做好了一切准备，也许见不到我的妹妹们，也见不到我的妈咪，有什么在提醒我，对，也许见不到我的摇篮金吉达纸箱。过去了这么多年！一切沉重又生了锈，就像放久了的炮弹会粘在一起。

我们还有很长的路要走：穿过戈罗霍夫斯基大街、托克马科夫街、伊丽莎白大道，沿着亚乌扎河，经过瑟罗米亚特尼奇水闸。冰冷的水洼周围一圈泛着黑色，狗在院子里大声分享无关紧要的消息。天空一会儿被盖上一层灰蒙蒙的面纱，一会儿突然放晴。这时，在某个时刻，人们相信，不管今年的冬天是怎样的，冷空气一定会绕过我们的城市，如果绕不过城市，那也至少会绕过我们这个区，如果绕不过这个区，那也至少能绕过我们家。几乎所有的鸟儿都已经离开了莫斯科，我们在这儿、那儿看到一些小家伙，被汽车的鸣笛声吓坏了，从树冠中飞出，匆匆出发向南方。

在滨河路图波列夫研究院，地面又出现了塌陷。紧急抢险人员正在塌方现场抢险，莫斯科人被要求不要停留，从边上绕过去。我们到了瑟罗米亚特尼奇水闸，听着水声，快艇和小船在桩子上发出响亮的碰撞声，黄腿银鸥从船体上英姿飒爽地起飞，格蕾塔和我从未见过的大海似乎离得很近。

当然，没有见到玛德琳姨妈，这让我感到难过。不过阿里斯顿洗衣机还立在老地方，希望姨妈只是有事去了别的地方。

到了海关大桥，安德罗尼科夫修道院就在左边，已经很近了。再走一点儿就到了，二十号有轨电车擦出阵阵火花，圣谢尔盖教堂，秘密瞭望塔的尖顶上的球还和以前一样。我决定绕一绕，走更远的路。我的心怦怦直跳，我不停地对格蕾塔说着什么，她用非常温暖的眼神看着我。我说了一遍又一遍，这些她听了很多很多次，她对我了如指掌，却仿佛是第一次听我说一样。她愿意倾听，因为周围的一切都曾是我的，现在也变成了她的。

ABK 超市不见了，现在被一个叫 Cash&Go 的迷你超市取代。儿童游乐区搭建了一个仿真的宇宙飞船发射场，于是小谢拉普廷斯基人学会了在点火器、连接台和星际火箭上尽情玩耍。印度舞蹈工作室“香提·香提”取代了“科尔叔叔的维修店”，科尔叔叔现在去哪儿了？他还活着吗？罩着帆布篷的“扎波罗热人”我也没看到，取而代之的是一辆黑色的大吉普车。杆子上有很多出租或租房的小广告，这让我产生了希望，也许我的老朋友米迪亚·普拉斯金还在这附近走动，张贴传单，给尼古拉斯基人、谢拉普廷斯基人、佩斯托夫斯基人和斯坦尼斯拉夫斯基人送信。

我们走近莫洛佐夫家的豪宅。这么多年它没什么变化，仍然被绿色的建筑护栏网围着。只是建筑更老旧了，外墙上的女神和萨蒂尔的身体已经基本掉光了，还能看到一点儿古罗马长衬衣的褶皱、一部分芦笛，或一只凸出来的耳朵。裂缝越来越宽，越来越深。白嘴鸦抛弃了顶层阁楼的小圆窗。宅子的入口处竖起了一个标示维修承包商和完工时间的牌子。从数字上看，维修工作应该在三年前就完成了。有人用有伤风化的语言写下了自己对此的抱怨与申诉，并在下面用斜体字留下了手写签名，当地居民知道如何坚定而优雅地表达他们的要求。

我们从左边绕着妇产医院走，当我们从拐角处走出来时，我闭上眼睛，那样站了几秒钟，为一切做好准备。正如我所料，没有香蕉纸箱，没有看到猫科动物生活的一丁点儿痕迹，妈咪不在，妹妹们也不在。那棵大杨树，很久以前在树下埋葬了我兄弟的那棵，现在看上去似乎没有那么大了。我也没有见到鼹鼠，没见到，一个丧葬队队员都没看到，他们肯定能告诉我，我的家人发生了什么事。那地方又空又冷，但未知的东西解放了我的幻想，我可以想象任何事情，想象一下，就像经常做的那样，然后立即相信它。格蕾塔走到我身边，什么也没问，但她似乎读懂了我的心思，说："我认为，你的家人一切都好。"

"你为什么这么认为?"

"嗯，毕竟要么好，要么坏，概率是相同的。所以我认为他们一切都好。"

"是的，但如果概率相同，为什么你就觉得是好呢?"

"因为我们的运作机制就是这样的，我们要相信最好的一面。

"对，要相信最好的。"

"要相信最好的。"

"维佳带我去他家的时候，我每天只想着我的妈咪和妹妹们，我会在窗边站几个小时，爪子扒在玻璃上，从高处看着院子。在我逃跑的那一天，我从未想过要来看看她们，我以为她们会一直在这里，我可以随时回到她们身边。最重要的是，这中间我都可以来看她们！但我没有回来。而现在……她们都不在这里了，只剩一片寂静。”

“她们一切都好，相信我。”

已经很晚了。月亮出现在夜晚的天空中，猫头鹰啼叫了几声，树木懒洋洋地摇晃，隐藏在高耸草丛中的刺猬意味深长地沉默。我们走到宅子的后院，那里是花园，花很久前就谢了，但我清楚记得每一种气味，我闻到了卫矛、雌雄异株的触须菊和绣线菊的香气。我记得一切，每一个微小的印象，记忆中的沙沙作响的每一声，都像一个从布满绿藻的河湾中浮上水面的浮标。我亲爱的，我最爱的，你们现在在哪里？有人喂你们吃饭吗？喝水呢？挠痒呢？妹妹们，妈咪，我们多久没说话了，多久没一起玩耍了，多久没一起吃饭了？我向格蕾塔第一百次讲起了那些，关于我们的香蕉纸箱，关于我们的摇篮，关于那辆老旧的“扎波罗热人”，关于我们生命的最初几周，而我通过她，通过她的眼神，又重新经历了那段时光。那段时光，从她身上流过，被她的思想丰富，又回到了我的身体中，我开始哭泣。我一哭出声，她也要哭了：眼睛仍然干涩，但从身体深处的某个地方生起一种无法抑制的悲伤的声音。于是你张开嘴，释放这呻吟，好让这声音飞得又高又远，飞在乌鸦的叫声之上，飞在空客和波音的隆隆声之上。甚至飞得更高，穿过厚厚的云层——进入冰冷的真空，把这声音永远地冻在那里。对，让这呻吟声从你身上飞走，让它向高处飞去，飞到比这里空间大得多的地方。在那里，没有人会为那些声音感到难过，而你会觉得好些。会觉得好些？当然！不再有什么让你痛苦，没有谁，也没什么，再让你痛苦。这里每朵花都记得你、爱着你，没有谁会谴责你。我——不仅如此，现在我还有了你，我的格蕾塔，我们会住在这里，住在莫洛佐夫的宅子里，我们要住在这里……我们要带着她们的份儿，以两倍、三倍的感情住在这里。我知道，我的妈咪、妹妹们和玛德琳姨妈，无论她们现在在哪里，这次都会和我们一起生活。有的记忆，就像银行存款一样，到期之前谁也拿不走。但当那个独一无二的时刻来临时，当外部游移不定的物质正好与内部酝酿已久的东西相符时（哦，从来没有人知道这是怎么发生的！）——就这么神奇，当它发生时，你就收回了那笔投资的红利，它有着令人难以置信的增长，你能做的就是在喜悦中静静地为生命的奇迹和神秘而哭泣。如果要解释这一切，我已经没什么力气了。你同意吗？我们一切都好，一切合情合理。现在我体内好像有什么在绽放，好像有什么，那是世界上的一切都为之而存在的东西。说到这儿甚至有些忧伤。忧伤？是的，但这是一种好的忧伤。

我们走进漆黑一片的宅子，爬上踩坏的、摇摇欲坠的台阶，有的地方只剩钢筋了，我敢肯定，在隆重迎接克莱门汀·丘吉尔的来临时，这上面铺了一条长长的鲜红色的地毯。楼梯呈螺旋状一圈一圈转到楼上，越靠上的圆圈越小，最后台阶也变少了。阁楼的门没有锁，我们从门缝中钻进去，在门槛上停下来嗅探周围的环境。

阁楼潮湿阴暗。风在炉子的管道口呼呼作响，我们躺在小圆窗旁的木地板上。我惊异地想，我终于靠近了这个天窗，以前我只能从外面看看它。地上的西瓜皮笑意盈盈，被扔得到处都是。怎么会有人想到在这里安排宴会？我指向帕谢奇尼科夫家的公寓给格蕾塔看，他们的窗户还亮着灯。在厨房，我看到了妈妈列娜，我看不清她的脸，看不出这些年她老了多少，我看到她穿着外婆的睡袍，真是奇怪。然后我把目光转向隔壁房间的窗户，那里的布置都和以前一样，维佳坐在桌边，我从那像酒瓶一样又窄又斜的肩膀立马认出了他，还有他浓密的头发，他一双忧郁的大眼睛盯着显示器散发的蓝光，正聚精会神地写着什么，应该是在写某种历史报告或论文。然后我看向了外婆房间的窗户，这个房间变化很大，墙纸颜色换了，窗帘换了，吊灯和家具也换了，只有她的植物还在窗台上，天竺葵、芦荟和……和……还有水塔花。是的，没错，格蕾塔，是水塔花，谢谢。我看到一个陌生女孩的身影，真没想到，她小心地摇晃着什么东西，我看不清，因为那东西比窗户低。然后她又拿起别的东西，弯下腰开始摇晃，接着她好像笑了，是的，她做了个鬼脸。这就是新消息了，变化真不少。我把视线移到四楼，丹尼斯·阿列克谢耶维奇住的公寓，就是那个给我介绍维瓦尔第 *L'amoroso* 协奏曲的丹尼斯·阿列克谢耶维奇。但他的窗户里一片漆黑，当我仔细观察时，说真的，我觉得就在窗帘旁，一个老人将他的额头抵在玻璃上，正盯着我们。好吧，拜托，那就是丹尼斯·阿列克谢耶维奇——那个鳏夫、厌世者和音乐爱好者。

突然一道闪电闪过。窗外的栅栏给阁楼增添了不祥的阴影，亲爱的她紧偎着我。开始下大雨了，奇

怪的是，我们明明是在大城市的最中心地带，却像住在一座乡间别墅一样，虽然我们没有去过别墅，但我们知道别墅里应该就是这样。外部的寒冷使我们的身体凑得越来越紧，好让我们的热量流失得更慢。我们比平时更照顾对方的感受，于是我们越抱越紧，这么一来，我们的感情也在不断加深，而我们所拥有的一切，我们微薄的财产，就是这些沙沙声、耳语声和簌簌声，至于河底的金沙，我们就没必要从水里淘出再过一道筛了，那些都是我们对彼此的记忆。记忆是一个奇怪的东西，是我们临时的温暖与永恒的一次门不当、户不对的婚姻，是一个不大却无价的宝藏，是触碰到星空的眼睛，是我唯一的爱，你是我唯一的记忆。她向着我探过身来，那一刻，那些许多许多失去的日子仿佛都回到了我身边。我穿过树林，继续往前走，穿过云杉林，走进红色的夕阳里。我不停地走着，向前，向前，我的脸发热，尾巴发凉。笼罩着我的黑暗裂开了一条缝，枝叶在强烈的阳光下看起来黑油油的。我撕开蜘蛛网，向着夕阳走去，我眯着眼睛，心里好像有一团火。我感觉体内似乎有无数条溪流在涌动，不为人知的力量在我体内升腾，我把一切都传递给了她，传递给了我亲爱的。我因发生在自己身上的事情大哭大喊，我不知道这世界究竟是如何运行的。我在河中游泳，我往深处走去，走进过去的日子，看看前些年我经历了什么。惨不忍睹，就像数不清的球体，一个堆在一个上面，一个堆在一个上面，越堆越高。我紧紧抱着我亲爱的，咬着她的耳朵。然后……然后我如同分解了一般，消失了。

清晨，阳光透过小窗照了进来，天空已经放晴了，昨晚的雷声和闪电仿佛不是真实存在过的，是想象出来的。我们洗了脸，在宅子里闲逛起来。墙上挂的蜘蛛网耷拉着，走廊上立着几个白色的玻璃橱柜，里面摆着各种医用设备。房间里还留着带脚踏板的专用扶手椅，甚至还有床头板上有三角软垫的单人床。一些用皮套装好的东西收在房间里，电器、监视器，还有些结构复杂的仪器上落满了灰尘。艺术家贝拉昆曾经住在这里的某处，但我们没在任何地方找到他留下的痕迹——没看到画笔，也没看到颜料。在墙上的一个角落里，我们看到一个用粉笔画的日历：一排排数字间距均匀，两列周末的数字上画了两个圈，其他数字画上叉组成了罗马步兵队。也许这就是艺术家曾经待过的地方，到处是老鼠的骨头架子。走廊都被熏得黑乎乎的，墙上的瓷砖开裂，有些地方的木质天花板坍塌了，显然，这里曾经发生了一场火灾。其中一个房间里的巨大的旧地球仪引起了我们的注意，我确信，这地球仪上有一个秘密岛屿或王国，点一下，地球仪会打开，那些被遗忘了几个世纪的白兰地、威士忌和高贵的葡萄酒就会出现在我们面前。在另一个小贮藏室里，我们发现了几幅装裱在华丽画框里的画。在楼道里，我们甚至看到了真正的穿盔甲的骑士，他的盔甲上雕了一幅画：背景是一座城堡，前景是一顶帐篷，旁边是一位戴着尖顶帽子的女士，她腿边有两个女孩和一个男孩在玩耍，而那个男孩正直冲冲地看着我们。格蕾塔的暴脾气来了，她跳到楼梯转弯处的大理石球上，再跳到骑士的肩上，对着打开的面甲喵喵叫。作为回应，一支萤火虫小队从面甲中飞出。

我们又在花园和周围走了一圈，但还是没有遇到一个熟人。我们决定在阁楼里安家，这里的食物跟鲍曼花园的比要差得多，但我们还是想办法解决了。有时我们会抓到老鼠，或者从商店后门的垃圾箱里捡过期的鸡肉。虫子我们也不嫌弃，在大街上几乎不可能看到它们，但在莫洛佐夫庇护所却能找到大量虫子：飞蛾、甲虫、蜈蚣和蜘蛛。我们没对蟋蟀下手——它们安静的对话让我们感到平静。说到虫子，我不禁注意到，它们根本不怕我们，相反，它们自在地走到我们面前，就像博斯曼故事里的那些印第安人一样。多半是我们给它们的生活换了花样，打破了它们熟悉而无聊的秩序。从某种意义上来说，我接过了在叶洛霍夫院子里放弃的角色。虫子爱我们，服从于我们，无怨无悔地，甚至还很高兴地接受了作为我们食物的命运。我们对它们的善意给予了回报，例如，在十月的寒夜里，我们不介意把几十只虫子安置在我们的绒毛里，如果实在是太冷了，我们就再把自己裹进堆在角落的病号服里。

我们在大宅子里已经住了好些日子。过去生活的痕迹再也没出现过，收银员季娜和阿卜杜洛都没有遇到过。后来发现，在杆子上贴广告的人不再是米迪亚·普拉斯金了，而是某个矮矮的胖女人，她的眼睛瞪得圆圆的，就像有人想勒死她，但勒了很久都没有成功。格拉菲拉·叶戈罗夫娜肯定早就离开了这个世界，现在完全按照她的期望见到了亚当、彼得、约拿，甚至还有吞下约拿的鲸鱼，他们会经常在一起评论这个，评论那个，日子过得很快乐，在他们那里也许不叫“日子”，就按他们的叫法来。

我在期待什么？在期待什么？历经这些年，历经狂风暴雨，历经烧尽周围一千多平方公里的所有活物的大火，我的家人还会留在我离开她们的地方吗？不会的，不会的。我在想，在我逃跑之后，维佳会不会收留 ABK，或季娜，甚至是妈咪。为什么不呢？也许她们中的一个正在上面看着我，就像我多年前在窗子旁看她们一样。但我在帕谢奇尼科夫家的窗户里一只猫都没看到。

一只猫都没看到，取而代之的是丹尼斯·阿列克谢耶维奇，他忧郁地看着我们，梳着他灰白的头发。我们幻想了一下他的生活，假设他出生在一个写作世家，是的，他的父亲是一位作家，这位作家很长寿，以至于他最喜欢的夹克外套三次进入时尚单品行列。正是如此，还有什么？还有？当

阿廖沙[1]还在念中学的时候，他去了一次布隆纳亚的家具店，从那里带回来一种不干净的病，医生建议将疾病发端处浸入热溶液中治疗。啊、哈、哈！太有意思了！经过治疗，阿廖沙很快就康复了，但他十分喜欢这道治疗程序，康复后，在根本不需要的情况下，他几乎每周都重复这道程序，就这样持续了七十七年，直到去世。据家族的传说，他死在五月的一个安静的夜晚，坐在窗户对面的扶手椅上，把自己的小弟弟浸泡在他最喜欢的杯子里，上面写着："献给亲爱的父亲、祖父、曾祖父和外高祖！"我喜欢这个故事！对了，顺便说一下，三十八岁那年他被送到了一个营地，正是在那里，他居然成功地在脑子里编出一整部小说，不仅编出来了，甚至还翻译成了法语。瞧瞧这好记性！是的，他活着回来了，几乎没有受什么伤。这部小说他在心里一字不差地记了好多年（包括俄文版和法文版）。机会一到，他就把手稿拿到编辑部，一年后他就成名了，他得了一套大楼里的大公寓。就是这样！是的，丹尼斯就是在那里长大的。他继承了父亲的文学雄心，已经写了十二首诗，多数是自由诗。不过他对抑扬格也不陌生，一天他在夜里醒来，趿拉着拖鞋走进秘室，用简单而酣畅的抑扬格，在纸上一气儿挥洒出一

---

1 根据丹尼斯名字中的父称阿列克谢耶维奇，可知丹尼斯的父亲叫阿廖沙（阿廖沙是阿列克谢的爱称）。——译者注

首短诗。他还创作了几十篇短篇小说，小说的主人公们，不是十二月党人的妻子，就是帝国主义战争前夕贵族的儿子。但不知怎的，丹尼斯没有与文学结缘，他什么事情都没做成。于是他搬到了谢拉普廷斯基，靠卖父亲书的微薄收入为生，顺便听听唱片。

仿佛是为了证实这一点，丹尼斯·阿列克谢耶维奇在窗子里悲伤地摇了摇头。

“萨瓦，你应该成为一名作家！”

“哦，如果我会写作……我听说，作家们吃得多，上厕所的次数也多。”

“为什么？”

“灵感加快了新陈代谢。”

“有道理。”

“如果我真会写作，我就写长篇小说，而你则躺在窗台上，默默地为你的爱人感到骄傲。”

“对，我会躺在窗台上，默默地为我的爱人感到骄傲。但为什么要默默地？不，不要默默地。我会对着窗子缝，隔着防虫网大声喊！我还会去敲暖气管：‘我的萨瓦是世界上最好的作家，感叹号，现在快去书店买他的新书，感叹号。’”

“那你得去上了电报员的课才能做到这一点。”

“是的，我得去上电报员的课。没事，你会发财的，到时候你给我钱，我就去上课。”

“好主意。”

有一次，在宅子的地下室侦察时，我闻到荆芥内酯的味道。格蕾塔问这种奇妙的香味是什么，我就把我知道的关于这种药剂的一切都告诉了她。格蕾塔很感兴趣，很快我们就发现了一箱药，我在里面翻出了几瓶治疗牙齿的滴剂，它们的有效期早就过了，但这让效果更加不可预测。我建议格蕾塔试试。

“这个有毒吗？”

“用量小就不会。”

“那你是一位优秀的定量员吗？”

“是这附近最好的。”

“那就试一点点。”

“就一点点，但关键是，你得只想着好事，这样感觉才会更好。就是说，万一你想了坏事，效果也是相反的。”

“我就只想着你，怎么样，现在让我们验证一下，你到底是好是坏。”

我舔了舔橡胶盖子，然后用指甲把它扯了下来。液体洒了一地，芳香四溢，闪闪发光。从呛鼻的气味来看，我们只要用鼻子吸几口就够了，但格蕾塔想把滴剂喝下去。她用舌头舔过水滴，我也照着做了。在药物开始发挥作用之前，这么说吧，在奇迹爆发之前，我们决定沿着亚乌扎河走一走，一直走到“电影院”。

天气又干又冷，树木光秃秃的，高高的桥倒映在河中，路上堵塞的汽车不满地嘟嘟囔囔，黄昏的城市响起了碰撞声和鸣笛声。

“对你有迷幻作用吗?”我问格蕾塔。

“没有，也许洒出来的滴剂已经没有作用了。”

“那好吧。没有那些东西，我和你在一起就很好。”

“我也是，和你在一起就很好。”

“你听到了吗?”

“这是长笛声?”

“对，还有人在打鼓。”

“就在附近。”

“我知道是怎么回事了，”格蕾塔惊叹道，“啊呀，是滴剂!”

音乐家们在一位奇怪的乐队指挥的率领下列队前进，而格蕾塔扮演了一位情绪化的城里人，她朝他们挥了挥爪子，擦去一滴眼泪。

“你们要回来啊，雄鹰们! 无论怎样，无论战争那个杀人狂把你扔到哪里，要记住:‘子弹是笨蛋! 刺刀是好汉!’格蕾塔向幽灵军团喊着临别赠言，他们走到河弯后面，越走越远。——我喜欢你的金芥内纸。”

“是荆芥内酯。”

“我体内的一切怎么都焦躁不安？我想脱掉这层皮，我感觉，皮下面藏着一个完全不同的我。”

周围的一切似乎都增加了一倍，然后增加三倍，再然后增加十倍。我和格蕾塔也变多了，只要我们有足够的眼睛，我们的分身就会穿过无数的廊厅，向远方散开，就好像如果把两面镜子对着放，光束就会从胡须向四面八方射出，我们在绿松石色的尘烟中扑腾。我们好像回忆起了一切，梦想着曾经拥有的一切。在索良卡的拉斯托格夫斯茶馆附近，我们看到在阿特拉斯那大理石躯干里的心脏闪烁如七色彩虹。然后我们迅速跑向伊林卡，北方保险公司大楼上的黄色表盘已经亮了起来，但日落还早着呢。我们在交易广场摆了一个街头剧院，我滑稽地向格蕾塔行屈膝礼，伸直脚尖，触地三下，邀请她和我一起跳沙龙舞。作为回应，格蕾塔娇媚地将她的手腕贴在脸上，拍打了几下看不见的衣服上的褶皱。我用手比画着，做出夸张地捧场的样子。我们扮演了一些角色，那些角色最后都在我们自己的笑声中死去了。我们跌跌撞撞地穿过广场，抓那些周围看到的小狐狸，他们扇动着花花绿绿的蝴蝶翅膀飞舞着。中国游客在用相机拍我们，有人喊道:“瓦德，瓦德，快看，猫疯了！”

天黑了，绚丽的北极光铺满夜空，彗星拖着华丽的尾巴飞过，群星低语。人类从办公室和地下通道中涌出，马上挤满公共汽车和商店，四散在各个林荫道与大街小巷中。他们

把一个小小的光源拿到脸附近，小心翼翼地拿着，把它凑近耳朵听着，像在听海螺一样。海螺里有一种安静柔和的轰轰声，那是失去声音、失去听觉和失去知觉的轰轰声……

我走在湿漉漉的街道上，我亲爱的走在身边。我看着她，她就是我活着的意义。兴奋涌上我全身，我可以控制它，让它从身体的一个部位流到另一个部位，就像马戏团里的大力士在自己身上滚铁球，从鼻子流到尾尖，从左前爪穿过脊柱，流到右耳朵，再转回来，从胸部流到肚子。我碰了碰格蕾塔，把这股兴奋的电流传给了她。那时我感觉，我们的爱在这一瞬变得看得见摸得着了。我们的圆心可以在任何地方，而圆周却不知道在哪儿。[1]

第二天一整天我们都躺着抱在一起，滴剂的后劲大得出奇，我们彼此承诺，以后再也不碰那些滴剂了。

在第一场真正的严寒到来之前，我们都住在这个豪宅里。但穿堂风越吹越烈，雪花从没装玻璃的窗户毫不费力就飞进我们的阁楼。食物充足的时候，这情况也还过得去，有时我们好几天吃不到东西，虽然格蕾塔什么都没抱怨，但我愈加清楚地意识到，我们需要给自己找个新住处。但我们能

1　几个星期后，我在长凳上发现了一张被人落下的报纸，上面有我和格蕾塔的照片，照片下面的标题是《疯猫之舞在 YouTube 上的浏览量已达 5 亿次》。

去哪儿呢，我一点儿主意也没有，我不能寄希望于玛德琳姨妈的洗衣机，可以是可以，但我不想，就算洗衣机没有被谁占着，水闸周围一个商店都没有——食物问题会更加严峻。况且给姨妈喂饭的看门人，可能已经换人了，我没有任何理由指望新的看门人会突然成为一个爱猫者。但我也没打算回鲍曼花园，更别提叶洛霍夫庭院，当然，我也没认真考虑和我的吉尔吉斯朋友们团聚。

“萨瓦，我从斯维塔那里逃跑后，认识了一只猫，她有一个朋友，那位朋友的朋友，住在一个很奇特的地方……”

“什么地方？”

“我不知道那个地方到底叫什么，但好像是间咖啡馆，很多猫住的咖啡馆。人类去那里吃东西、喝咖啡，就能和猫玩耍，如果愿意还可以把猫带走。”

“你不怕我们被分开吗？”

“我会安排好。”

“那说说看，这家咖啡馆在哪儿？”

据格蕾塔的记忆，这个奇怪的机构位于波克罗夫卡大街的某个地方。没考虑多久，我们就告别了克拉拉·泽特金妇产医院：末了，我们仔细嗅了嗅一切，默默感谢，然后，按照惯例，在小路上坐了一会儿，就启程上路。

我们顺利到了中国城，波克罗夫卡大街就在这儿，首都隐秘的核心所在。我们顺着街道，寻找我们需要的那个地方。我们看着公寓的窗户：每一个方格都被猫浇灌过，或是不幸被狗浇灌过，他们对我们的幸福默默承认。十一月了，天黑得很早，在傍晚的头几个小时，天已经冷得令我直打哆嗦。我们走遍了马罗塞卡大街和波克罗夫卡大街，来回走了两趟，从升天教堂走到彼得保罗大教堂，从普列夫纳英雄纪念碑走到花园街。没找到，甚至都没看见一点儿和我们的搜索目标有关的地方，我们找不到了。

最后我们到了车尔尼雪夫斯基纪念碑附近的广场。天空中的月亮还年轻，就像穆斯林的新月标志。我们卧在下水井盖上取暖，看着车尔尼雪夫斯基雕像。这是一个奇怪的纪念雕像，这位雕塑家似乎违背了原本的意愿，表达的与其说是尼古拉·加夫里洛维奇的内心情感，不如说是他病恹恹的身体。你看，比如眼袋就证明了肾脏的凄惨状态，作家一只手扶着自己的肩膀，好像是心脏疼，另一只手放在膝盖上，可能患有关节炎或痛风。可以肯定的是，他的肝脏肿大得离谱，对胆囊造成了压迫。而且他绝对患有胃炎，胰腺需要立即进行手术干预。

“人类怎么这么热衷于苦难。”格蕾塔说。

“你这么觉得？”

“他们能劳动，他们能实现自己的梦想，但他们却要给自己编造出可怕的噩梦，结果自己竟然开始相信那些编出来的噩梦，并感到畏惧。”

“是啊，更可悲的是，噩梦能在生活中复活，还能把它的创造者吓死。”

寒意愈加浓烈。融雪剂卡在爪子里，很难弄出来，这种药剂会腐蚀我们的毛发和皮肤。我们迫切需要找到这家咖啡馆，然而说真的，我越来越不相信咖啡馆的存在。不过运气站在了我们这边，一辆公共汽车停在离我们不远的地方，它迅速把公交车站的人群吃了进去，作为交换，留下了一个瘦高个儿年轻人。他梳了一头脏辫，穿着军装外套，提了一大袋猫粮，他背上的行军背包里肯定装满了同样的粮食。年轻人把身子弯得很低，从我们身边走过。

“格蕾塔？”

“对，我觉得也是。”

我们跟在那个年轻人后面，走了没几步。在波克罗夫斯基林荫大道上，在刚刚建成的露天圆形剧场对面，有一家 CATPOINT[1] 咖啡馆，招牌上印着彩色的胖胖的字母，每个 O 上依次装饰着猫眼、猫耳朵和猫胡须。年轻人按了门铃，给他开门的是一个染着翠绿色头发、戴着鼻环的女孩。透过橱窗，我们看到了一个由猫抓板、猫爬架和猫梳器组成的小镇，这就像给猫设立的某种新兵训练营，地上到处都是球、棍子、老鼠和其他游戏用具，能满足不同猫的口味。餐

1 俄文为 КОТОПОЙНТ。——编者注

桌旁，顾客们在看书、玩平板电脑、喝咖啡，电视上放着动画片，孩子们跑来跑去。当然，还有猫，我数了数，有十九只，我告诉了格蕾塔（她不太会数数）。公猫和母猫睡在顾客的腿上、架子上、桌子上，整个咖啡馆都是猫，有的猫在和孩子玩，有的猫在吃东西，有的猫坐在橱窗前，看外面的街道。总体来说，这幅景象非常安宁闲适。

“亲爱的，我们好像到目的地了。”

“应该是的。”

接下来的一切发生得自然而然。我们就坐在咖啡馆的门边上，开始等待。很快保安波波夫就出来抽烟了，波波夫家族的男人都喜欢打架，以至于随着时间的推移，家里男孩的颧骨上开始出现特有的凹痕，而且他们的鼻子向一侧斜得厉害：遗传学就是这样根据我们的爱好改变我们。这也就不难解释为什么波波夫看到我的样子，对我充满了友好的感觉。他走了，接着和那个带我们来咖啡馆的年轻人一起回来了。

“就在这儿，塞纳，瞧瞧他俩！”

“他们刚来的？”

“对，我出来抽烟，就看见——站着俩猫。”

“那一只要年轻一些。”

“嗬，真是满身的伤啊，他怎么活下来的。”

“怎么着，波波夫，我们又来补充队员了。”

我们被 CATPOINT 录用了。

这儿的负责人有两个，都是年轻人，塞纳和柳芭。他们刚过三十岁，在来到这儿之前，他们做过很多工作，换了几十个地方，尝试了不少事情，他们拒绝了一些工作，但更多时候他们还是接受了。现在他们游出了水面，吃惊地四处张望，努力呼吸着空气，认不出周围的环境。令他们惊恐的是，他们发现这个世界留给他们的自由空间，就像他们身上没文身的皮肤一样少。波克罗夫卡收留了塞纳和柳芭，给他们提供了这个温暖而深邃的洞穴。关于塞纳的事我应该讲一讲。

十五年前，塞纳开始留脏辫，吸食印度大麻和大麻素，使用安非他命。他和朋友们聚在博洛特纳亚广场上，转一个两头燃着火的链子，一转就转到天亮。他会定期去霍赫洛夫斯基巷上哈他瑜伽课，参加欧雷·尼达尔喇嘛的进修班。塞纳喜欢穿军装风的衣服，那些衣服是他从沙博洛夫卡街的二手店里偷来的，那也是他上班当售货员的地方。要把偷来的衣服藏好可不容易，尤其是另一位兼职售货员（柳芭）就和他住在一起，而且盗窃就发生在顾客和商店主的眼皮子下面，要偷得神不知鬼不觉就很难了，更别提还要把衣服穿在自己身上。所以塞纳上半身和下半身穿的衣服所属的军队是不一样的，有可能是交战两方的衣服都在他身上。塞纳的搭配全凭自己喜好——就是为了找乐子。

一年夏天，他和朋友去了克里米亚一个原始度假区利西亚海湾，在不谨慎地吸食麦角酸二乙基酰胺后，他有一年半都想不起自己的名字，朋友们把塞纳送上硬卧草草了事，让他回了莫斯科。到了家，却没钱治疗，区保健院的主任医生拿着小灯照了一会儿塞纳的瞳孔，在病历本上飞快地划拉了几笔，眉毛上的文身皱成一团，他低沉地对塞纳的父母说："自作自受，这混账。"塞纳被胳膊肘夹着拖出了医院，他嘴里重复着："自作……自受……"亲友们试图让塞纳相信自己就是塞纳，但很快就放弃了，尤其是如果有人叫他阿尔塞尼，或者更糟，叫他阿尔塞尼·维克托罗维奇，会让这个不幸的人更加困惑，让他的眼中充满泪水。有一次女朋友柳芭带着一束雏菊来到塞纳家，坐在床边，抚摸着病人的手，说她永远不会忘记他，连自己都忘记了的塞纳对此完全无动于衷。而他在抛弃了自我后，并没有成为另一个人，他没有将自己与伟大的历史人物，或物体与元素联想在一起，这让塞纳的伤情更具古怪和悲剧色彩。就这样，他在父母的公寓里住了长达十七个月，一个亲人都不记得：干干净净地、忧伤地，用儿童玩具围满自己，那些玩具在世嘉游戏机出现后，被遗忘多年，现在从搁板上被重新拿了下来。

但有一天，是新年夜，电视里放着总统的致辞，当听到"祝大家身体健康"时，塞纳突然把嘴里装着土豆沙拉的勺子吐了出来，惊讶地环视了一圈，站起身来，似乎有些迟疑地说："塞纳……我是塞纳！"他用勺子指着自己，把豌豆和土豆撒得到处都是，他哭得下巴都在颤抖，继续说："我就是塞纳！就是我！妈妈，爸爸！我就是你们的塞纳！"妈妈双手捂住脸颊，摇了摇头，爸爸喝完了酒盅旁的一整瓶酒，就连每年从布良斯克来莫斯科过新年的米沙叔叔，也喝醉了酒在隔壁房间疯狂地号叫着什么。电视上响起的国歌和出现的克里姆林宫印证了全国人民的喜悦。

一切都回来了，大麻和 Dub[1] 音乐会、欧雷·尼达尔喇嘛的进修班、博洛特纳亚广场上的火花，还有女朋友柳芭也回来了，在他们分开的这段时间，柳芭和二手店店主生了个孩子。塞纳没有继续做售货员，而是在库兹涅茨克大桥的贾格纳特印度餐厅当了一阵子收银员，后来在猫咪庇护所当了经理。

到店里首先要做的，就是洗澡、吃饭、到最远的房间隔离，我们必须在那里等待兽医的到访。早上，我的老朋友伊戈尔·瓦伦蒂诺维奇来了，他详细打听了关于我的事情和健康状况，然后他给我们做了检查。他拿着棉签，这儿摸一摸，那儿蹭一蹭，摸了摸我们的腹部和两侧，碰了碰

1 一种音乐演奏形式，将歌声抽离只剩下音乐的雷鬼乐。——编者注

尖牙，发现我们除了有轻微的牙结石，大体上是非常健康的。这是一个令人开心的惊喜，因为我们已经很长时间没有接种疫苗了，就算告诉我这几个月我们攒了一箩筐毛病，我也毫不怀疑。我们又在隔离室里待了十天，中间我们得到了一个球和两只老鼠来玩耍，我认出其中一只老鼠，正是我那宜家知心鼠斯蒂拉维尼亚的孪生兄弟，这让我内心十分激动。

房间里唯一的窗户朝向林荫大道。一天里天气会变化好几次，早上下雨，中午放晴，到了傍晚，开始下雪，每天这三段表演给我们带来了很多乐趣。此外，从窗户还能看到露天圆形剧场。其实，圆形剧场是十年前修建中国城的城墙时，在附近挖掘出的，一直以来，没人决定如何处理它：掩埋还是拆除。但后来上任了一位新市长，他带了一个自己的公司来，据说其中一位设计师是希腊人，是古代剧作家埃斯库罗斯的第六十七代传人。出于对故乡建筑亲切的感情，设计师提出了一个大胆的解决方案，很快，一个真正的圆形剧场就出现在了林荫大道的中央。

我们这个房间温暖又舒适，有人从一扇小门给我们送吃的和喝的，晚上，清洁工还会来给我们换猫砂。与外部世界隔绝的我们，十分享受两只猫的生活，如果可以，我想我们愿意拉长康复的时间，这样就能有更多时间享受两猫时光。但那些软膏、药片、黏糊糊的药剂知道它们在做什么，十一天后，我们便已十分健康。

早上门开了，塞纳脖子上挂着照相机进来了。格蕾塔是天生的模特，她大方自如，潇洒自在，这些在我身上是看不到的。我突然为自己的残缺感到难为情，我只想转过脸，背对着镜头。但塞纳对这件事另有想法，他确信我令人同情的外表，恰恰会引起特别的注意。一般来说，这些照片都发布在互联网上，还会配上有关我们习惯和性格的冗长描述（就好像塞纳在这几天就能了解我们似的）。而且，少不了的，我们暂时借用了新名字，他们叫我波吕斐摩斯[1]（这个还是很好懂），叫格蕾塔——奥黛丽，是为了纪念某位女演员。柳芭说格蕾塔简直如同和奥黛丽一个模子铸造的，我不知道，无法评价，我没有看过这个奥黛丽演的任何一部电影，大概，这位女演员与格蕾塔有一定的相似之处。我的格蕾塔，眼睛是玛瑙绿色的，皮毛远远看去是全黑的，但仔细一看，能看出栗色的细绒毛，一身乌黑而慵懒的皮毛，小胡子不太长，鼻子（也是黑色的）很小。顺便说一句，格蕾塔没有任何斑点或杂毛，她以此为荣。

塞纳最早以为我是格蕾塔的父亲，当他们发现我们俩都被绝育后，他以为我们是在街上流浪的兄妹。他这些关于我们的猜测并没有让我感到困扰，真正困扰我的只有一件事，

1　希腊神话中的独目巨人。——译者注

怎么样能让我们未来的主人不要只选择我们其中一只带走。实话说，我根本不想有人把我们带到任何地方，但如果事情要发生，就让他们带我们一起走。塞纳和柳芭注意到我们的感情，对外宣传我们是一对情侣。我们很欣赏他们的敏锐和细腻。

CATPOINT 的猫们形形色色，要和他们建立一段认真的关系或友谊可不容易，因为大家很快就被拆散了。我们说起话来，就像航班起飞前排队等候登机的人——尽可能礼貌，但简短，每个人都更专注于自己而不是前后的人，他们在等待即将到来的航班时会或轻微或严重地产生紧张感。如果用一个词来形容笼罩在咖啡馆的氛围，那就是“躁动”。就连那些一开始不怎么想找个家的猫，天天沉浸在大家迷信的躁动中，过一段时间，也发现自己想找个主人了。不知道是什么原理形成了一些假说：如果有顾客带了伞，那肯定会有一只母猫被带走；如果那人穿了黑色外套，就会有一只公猫被带走；如果有顾客使劲吃糖霜饼干，那天谁都不会被带走。我们中有一只年轻的猫弗鲁斯，这个弗鲁斯很想有个家，所以他每次都会拖着糖霜饼干的包装袋，藏在最不起眼的角落，讽刺的是，最后收养他的是一个十分爱吃糖霜饼干的人。

我们中，只有波斯猫杜修斯和串串猫斯塔斯称得上是长寿猫，但他们已经非常习惯待在 CATPOINT 了，他们不但失去了拥有一个家的全部希望，而且也不再想这件事。所以很多猫对幸福的期望变得尤为需要和急切，甚至超越了幸福本身。

那些自愿来 CATPOINT 的猫，正好也是那些不愿意从这里离开的猫（比如，我们就是）。其他猫要么是在外面流浪，被送来，要么是主人死了，从公寓被抓了过来，还有很多被弃养的，有些小猫被扔在了门口。就这样，咖啡店的人气越来越旺，塞纳面临着一项艰巨的任务，即正确地平衡送走的与送来的猫的数量。店里猫的数量始终不能少，按照塞纳的话说，“我们这些猫要让顾客眼花缭乱”。也就是说，一方面，得按照计划行事，而另一方面，不能超额完成任务。

塞纳和柳芭设立了一个机智的支付制度。每个顾客进门时会拿到一个闹钟，他们可以随意吃喝（饮品有茶、咖啡和果汁，食物有饼干、棉花糖、水果软糖和华夫饼），还可以玩各种桌游。咖啡馆还募集了很多书，组成了一个令人印象深刻的图书馆，很多对猫不感兴趣的顾客，来店里就是为了看书。当然了，我们还是主要的娱乐项目，人类和我们玩耍，抚摸我们，给我们梳毛、揉肚子。出口处站着既是经理同时也是保安的波波夫，他负责收走闹钟，严格按照在咖啡馆度过的时间收取费用。如果顾客决定把一只猫带回家，那他就不用付钱，但动物实际转交给他还要等一周，这一周里顾客必须仔细考虑自己的决定，店里的人会与他进行座谈，研究他在社交媒体上发表的内容。有时，塞纳和柳芭还会去收养人的住所看看情况，他们非常负责地进行收养的审查。如果申请人通过了测试，就会与他签订协议，只有过了这一关，在相机的闪光灯下，猫猫才会被隆重地交给主人。

最狡猾的客人很快就想明白了怎么能在咖啡店白吃白喝。他们和我们一起玩了几个小时，每人吃了两包巧克力棉花糖和五小篮奶油，他们来了一场正规的桌上冰球锦标赛，然后是一系列季后赛，在离开之前，他们说他们非常喜欢某个弗罗西娅或杰拉德，于是他们就被放走了，一个戈比也没收。然而后来他们要么不接电话，要么接了，听筒里传来咳嗽和打喷嚏的声音，他们说很乐意带一只猫回家，但他们，咳……咳……听到没，突然就过敏了。

塞纳没指望把我们很快打发走，毕竟我是一只收养起来不怎么轻松的猫，而且我们在 CATPOINT 过得很好，不想搬去别的地方了。所以，我们就没有表现出原有的那些亲热、温柔、可爱的样子，我们不会去找顾客要抱抱，不会绕着顾客的脚转来转去，也不会要求顾客给我们挠痒、陪我们玩球。当我们被抱到腿上时，我们会忍耐，出于礼貌打打呼噜，但如果我看到隐隐要被收养的苗头，我会立即，这么说吧，划清界限，让他看到我的壁垒，有几次我都咬了那个搞不清状况的顾客。格蕾塔倒是没做到这个份上，但她会发出生气的“嘶嘶”声，如果必要，她还会大叫。

没想到的是，塞纳自己也不想把我们送走了。事情是这样，他们在网上办了一个支持 CATPOINT 的筹款活动，要知道，猫粮、疫苗还有房租都是很贵的。结果，用我的照片筹到的钱最多，每周我能给 CATPOINT 增加两到三万的收入，这可是一笔不小的数目。

孩子们很少和我玩。孩子的世界里没有缘由，只有结果，他们把我的残疾看作我本性的外化，他们觉得是大自然将我的内心世界暴露在外，所以视我为恐怖、邪恶的猫，也就是他们该远离的猫。一次，一个三岁男孩甚至踢了我一脚，但很快他妈妈就给了他一脖拐。我没有生他的气，从他的角度看，他是在迎合命运的意思，为加速实现命运的计划助一把力。

这里的猫咪们都很喜欢我们。我们没有当老大的想法，不会找由头去吵架或打架。当看到柳芭或塞纳拿着一袋猫粮时，我们从不像院子里的看门猫或小猫崽子那样飞快地冲过去，我们总是最后一批吃饭的猫。我们不会占用任何猫的床铺，我们看中了橱窗旁一个无人的角落，就住在了那里。

好几次都有顾客把我和什么巴里卡放在一起比较，我从人类和动物那里听说，我的样貌和习惯很像一只前不久刚被带走的猫。我没有详细询问他们关于那只猫的事情，我已经习惯于追随摩摩斯的脚步，我知道这事与他有关。不知何故，在我看来，他也感觉得到，无论他走到哪里，我都在追赶着他。其中应该有些规律可循，这让我十分平静。

我无意去想摩摩斯，无意去想我们的新环境，也无意关注人类，我只想着格蕾塔。她把我饱受苦难的脑袋中的垃圾都清扫了出来，她把这块旧桌布上干掉的残渣抖搂了个干净。我变得平和而安心，这时我意识到，这就是我的生活，这就是我的目的地。大厅的墙上挂着一幅画，吸引了客人的目光，夜晚，大海，旅店的白色长廊，穿着讲究的一对华尔兹舞者，服务生在他们之间往来穿梭，在那很远很远的地方，远到天边，真正的悲剧正要上演。耀眼的光亮撕破了黑暗的地狱，岸边是无声无息的轰隆声，想象中的画笔让海浪冲上了月球。而外廊上一片寂静，酒店的房客们互不相识，他们在露台上看着远处的风暴——雷轰，电掣——感受到了一体同心，他们想聚在一起饮酒畅叙，讲讲各种故事，类似的感觉也浮现在我们身上。窗外终于迎来了大雪纷飞的季节，这让我们快乐，让我们精神焕发，这个城市需要大雪，否则它是那么无助与忧郁，白茫茫的一片遮盖了不足，粉饰了缺陷，抚平了粗糙的表面。但那里天寒地冻，那里有饥饿与贫困，那里有恐惧。而这里暖暖乎乎，这里有疼爱。

在最后一位客人身后的门关上后，波波夫也回家了，塞纳和柳芭会去里面的房间抽一抽烟斗。这时，我会给大家讲一些乱编的故事，比如有一个故事关于拿破仑军队的士兵，他在一场大火中被烧死了，后来，每到夜晚他就拿着军用饭盒出现在年轻的莫斯科人面前，用蹩脚的俄语乞求他们给饭盒装满水来灭火。我还想出了一个人物，叫猫塔·猫托维奇，他是一个狡猾的卖货郎，在马罗塞卡附近卖干鱼和葵花籽，他总是给顾客少找钱，但他的方式巧妙又幽默，所以没有人对他生气。还有疯子旧货商阿尔缅·瓦兹根诺维奇，他在奥尔登卡有一间铺子：出售有年头的小摆设、画和家具。他唯一的朋友是一盏青铜猴造型的古灯，猴子的一只爪子拄着权杖，另一只爪子举着灯罩，那样子看起来阴沉又严酷，但正好就像史前向导一样，在繁茂得难以穿行的神秘丛林中开出一条路来。晚上，阿尔缅·瓦兹根诺维奇会带上他的朋友外出，穿过严寒，迎着冷风，艰难地迈开腿，他用牙齿咬住大衣的翻领，在他伸出的手中拿着铜猴，铜猴自己也拿着一盏灯，暗沉地照亮被雪覆盖的缥缈道路。猫咪们张着嘴，听着我的故事，迫不及待地想在第二天晚上听到一些新的故事。

夜里，格蕾塔经常起来和其他猫一起玩游戏，那时，她会悄声而老练地从篮子里站起来，没有多余的疑问和仪式，就加入游戏。这游戏是有点幼稚，看着她从一个搁板跳到另一个搁板，顺着几条挂起来的绳子向上爬，我尤其明显地感觉到我们在年龄上的差距，不过，这不会让我感觉窘迫。而后，她又同样悄声地回来了，她把头和前腿放在我身上，后腿悬在编织篮筐的边上，很快进入了梦乡。我看着她的胡须、尾巴和爪子在睡觉时抽动，透过她闭上的眼皮，我能看到她的瞳孔，那看上去，仿佛她没有睡着，而是在戏弄我，但她确实睡着了，还梦到了什么。这时，我充满了难以名状的喜悦，这喜悦来自一个生物对我的信任，来自她对我意志的服从，她一整个都是我的，甚至连她梦到的，也属于我。我看着漏水的天花板，上面渗出的水渍就像奇妙的大陆，我想象着我和格蕾塔从一个大陆到另一个大陆旅行，然后我就睡着了。我知道，在我睡觉的时候，她也在看着我，她脑中的想法和我一样。

猫崽子们好像在模仿我们，谈起了恋爱，这是我们喜闻乐见的，他们自己也愉快。他们就像跟在要离开的远征军后面列队齐步走的小孩子。

有天在探索 CATPOINT 的房间时，我们在角落里发现了一个窟窿，从那里钻过去，就到地下室了。我们就这样轻而易举地找到了一个通向外部的出口，于是我们每天都可以在新鲜的空气中散步。现在我们自然可以避免不合心意的领养：如果有这种情况发生，我们就能跑到外面去。

当然，CATPOINT 的常住猫很快就发现了我们短暂的缺席。但他们认为我们的想法很奇怪，毕竟，在他们看来，没有一个心智正常的猫会自愿陷入寒冷。没有人类注意到我们的缺席，我们只在清晨散步，不超过十五分钟。我们一头栽进雪堆里，跑下圆形剧场的台阶，跑到舞台上，在雪地里翻跟头。而店里的猫都聚在窗子前，看着我们，为我们的勇气感到惊奇。很快我们就回到店里，躺在暖气片上烘干了毛。

这就是我们的日子，幸福而快活的日子，是我宁愿放弃寿命也想换取的日子。

十　***

然后……然后一天早上，格蕾塔说，她不知怎么了，想待在家里，于是我独自去散步了。第二天也发生了同样的事情，还有后天、大后天。之后，她还是和我一起出门了，当我们散步时，我大声讲了一些关于马拉谢伊卡的故事，她听了我的话，笑了，然后突然停下来，以一种从未有过的方式看着我，说:“萨瓦，我感觉有什么不太对。”

我很不喜欢她说话的感觉：怎么会低微而忧伤?

“怎么了?”我在人行道上看到一粒融雪剂，不知道怎么回事就开始踢着玩。她阻止了我。

“别踢，你的爪子会受伤。”停了一下，她继续说，“萨瓦，我想你没理解我的意思。我感觉身体有些不对劲，可能是哪里出问题了，完全出问题了。我不知道怎么了。”

离我们不远，工人们正在搭架子，那是一棵即将成形的圣诞树。他们默默地工作，一个字也没说，互相传递着金属杆、紧固件和一些小零件。

“你生病了吗？”

她也看了看那棵圣诞树，然后又看了我一眼，眼神更专注、更严肃，她说：“对，我想我得了什么病。”

“什么……不，等等，你哪里疼吗？”

“几周前我就注意到我呼吸起来有些奇怪，然后……我身体侧面有些地方开始疼，接着……我什么都吃不下。最近这几天我吃东西，只是为了不让你发现有什么不对，但其实，我每次都赶紧绕过拐角把食物吐了出来。”

我感觉，就像有一架钢琴从五楼掉到了我面前。

我想说点什么，却卡住了。而她很严肃，同时又那么直白，她也对我有所期待，她自己也不知道期待的是什么。我应该说些什么，也许要做出什么决定。我必须做点什么，理出头绪。我抽筋了，但我控制住了自己，试图驱散恐惧。

“听着，你也明白我们都还活着，我们会生病，这很正常。每只猫都会生病，每只猫都会痊愈。我终于知道我在说什么了！”我说，我对自己的话感到厌恶，而且我假装开玩笑的语气似乎很不合时宜，因为我觉得……“我们就告诉塞纳和柳芭，他们会带你去看医生。一切都会恢复正常！”

“真的吗？”

“当然了！你想什么呢？”

“我相信你！我都想吃东西了。”

我们回了CATPOINT，格蕾塔确实吃了一顿丰盛的早餐，还和她的朋友们一起玩，过了一会儿又和小猫们闹腾在了一起。但到了晚上，她躺在篮子里，蜷缩起来，安静了下来。

对塞纳不用做什么明示、暗示，他立刻就注意到格蕾塔出了点问题。他先量了她的体温，这对她来说非常不愉快，量体温总是让猫恼火，但又能怎么样呢，我对塞纳没有任何怨言。体温很高，三十九点八度。

早上，格蕾塔要被带去诊所了。

“我会好吗？”

“你说什么呢！！！我都告诉你了！一切都会好的！一切都会很完美！我们换季的时候经常有这种情况，体质会变差，得嘞，各种感冒就来了。我有个朋友，他叫，哈利……他也生病了……寒流来了就这样……现在他康复了，没事了！我们毕竟不喝维生素，这不，得传染病了！”

“抱抱我。”

我抱住了她，但没有抱得很紧，免得她觉得我害怕。而我害怕，我非常害怕，我体内的红色小鸟长大了，它在我身体里飞来飞去，从头飞到尾，从一个角落飞到另一个角落。我想让它飞出去，但我不能。我失去了平静。

塞纳把格蕾塔装进了猫包，门在他身后关上了，我听着门铃声渐渐变小。

“波吕斐摩斯！好歹别那样叫！你是个男人。”波波夫说。

我在心里跟着塞纳的路线走，他们沿着林荫大道坐车到阿尔巴特，然后沿着库图佐夫斯基大街，右转，上莫斯科环城公路，从莫斯科环城公路再绕进市里，到斯特罗吉诺了。就是这个不大的房子，上面画着蓝色的宽条纹，就像拿积木玩具拼成的。其他动物正在排队，他们的眼中都有无声的恐惧。我愿和命运来一次小小的赌博，如果在格蕾塔前面看病的那只动物的名字里有元音，一切就会好起来的。那我就……那我就做什么？我能用什么来回报命运？放弃另一只眼睛？砍断自己的腿？伊戈尔·瓦伦蒂诺维奇医生检查诊断了，结果是什么，在他们回来之前我不得而知。

这很奇怪，起初我只想着她，我还能好受一些，我从笼子中出来，我待不下去了。可一旦我独自待着，黑色的、闪着光的像石油一般的想法开始吞噬我，而且上空还飞着那只不安的鸟，长着同炽热的炭一般骇人的眼睛，这让我难以忍受，让我发疯。

周围的每只猫，就连孩子们，似乎都明白最好不要靠近我。我躺在窗边，额头抵在冰冷的玻璃上。我自己似乎是某种非必要的化合物，是一个意外形成的生物聚合体。我的心跳得厉害，这剧烈跳动的脉搏是怎么回事？鲜血很快如潮水般涌出，但我不会这样束手就擒，我没有屈服。我尽力控制住自己，我的注意力有所转移，因为我再次想到了她，想到了她现在的样子，想到了她的恐惧、她的渴望，我感觉很糟糕。

大约三个小时后，又到了与命运交易和签订契约的时间。我再次恳求大自然让天平向我们倾斜一点儿，我求大自然不要这样。我从来都不是懦夫，我身上出现的这种怯懦从何而来？我从来没有拥有过任何东西，我轻如鸿毛，一无所有。我没有什么珍惜的东西，所以我害怕支出，这就是我最害怕的。现在到了付账的时候了，而这些都是非常昂贵的账单，毕竟命运的服务是那么周到，哦，那是一流的服务。我害怕，我害怕，我害怕，我害怕，我开始习惯这种恐惧，就像被绑在一棵有毒的树上，我不能再吃普通的食物、喝无色无味的水。这棵树用它的毒果实和坏透的毒剂喂我，而我慢慢地，一根头发接一根头发，一根胡子接一根胡子，与它变为同一个生物，它用它肮脏潮湿的树枝缠绕着我，并承诺永远不再放手。

直到晚上，我不知道我是怎么挨过这段时间的。这些钟表，我真不知道拿它们怎么办才好——在我脑中加快指针的速度，还是恰恰相反，尽所能地减缓指针的速度，我不知道哪个更好，也不知道如何决定，我不想吃也不想喝。我的尾巴又疼起来了，已经很久没疼过了。但我至少还有力量，相信一切会有好结果。

九点左右，他们回来了。塞纳把格蕾塔放进篮子里，就去和柳芭说话了。我跳到格蕾塔身边，立刻明白了一切。我鼓起勇气，想问她医生说了什么，情况怎么样，但我没问出口，而是躺在她旁边开始给她舔毛。她自己说了起来。

“他们说，我的什么管道出了问题，总之，和肝有关系。”

“是什么病？”

“我不知道，‘肝’开头的什么，肝胆或者肝肠之类的。”

“肝炎？”

“就是这个。”

“这个……这个没事！当然，这不算好事，但总归能治好。”

“这不是最糟的。”

那只红色的鸟腾空而起，俯冲，再猛地向上飞起，似乎要从我的眼睛和耳朵中飞出。

“医生还说了什么？”

“我的心脏，病得很重。”

新年快到了，波波夫和柳芭拿装饰用的雪球布置了橱窗，给四处挂上花环，还买了一棵活的圣诞树，给它找个笼子装了起来——不是为了防止猫捣乱，而是为了有趣。这几天顾客流量增加了，尤其是孩子特别多。起初，格蕾塔待在开放大厅，后来塞纳把她直接放在篮子里，带到了后面的房间，我跟着她，门没有锁。如果我们愿意，我们可以回到大厅，和顾客们待在一起，但我们不想。格蕾塔还会下意识地跳起来抓挂在逗猫棒上的老鼠，或是去踢一踢薄荷球。但她做这些时，行动迟缓，没有任何欲望，仿佛比起她自己的意愿，她更多是在为我做这些事。她很快就累了，躺进了篮子里。

我尽力让自己精神振作，到处跑，编造一些好笑的故事，这些故事都是我的想象结合自己的经历而成，像以前一样，我自己都搞不清楚，到底哪些是我编的。格蕾塔假装接收到了我传递给她的能量和信心，但我知道，她也知道，事实并非如此。

一次，CATPOINT 来了一位我们的熟人，鲍曼花园的那位瑜伽女修士，在她之后，退休的双胞胎斯维特兰娜·维塔利耶夫娜和维塔利·维塔利耶维奇也来了，坦率地说，我已经记不清他们了。这很奇怪。更奇怪的是，切尔诺顿上校带着他怀孕的女儿突然来了，然后是我在特列季亚科夫画廊的领导，当波利卡普神父来咖啡馆时，我已经一点儿也不感到惊讶了。在访客中，我认出其中一位是以前在大波利扬卡的主人加丽娅（她为自己挑选了一只小猫带回了家）。当米迪亚·普拉斯金出现在门口时，我能做的只是微笑，为了打桌上冰球，他开始每天来看我们。维佳和他的妻子也来了，还有一个闷闷不乐的男人，长着灰白的长发，肩上扛着一个折叠画架，我觉得我应该对他很熟悉，还有那个红头发的演员，我和阿斯卡尔曾经到剧院给他送过吃的。

如果这一切不是发生在此刻，我一定会非常惊讶，但现在我觉得还好。此外，当我和格蕾塔默默地望向窗外，看到周围一片静谧的白色时，仿佛整个庞大的世界都崩塌了，只剩下波克罗夫斯基林荫大道上的一小块土地，而所有人都聚集在这里，边缘之外什么都没有。一切都消失了，也许这就是它本来的样子，它本该如此。

疾病凸显了她的血统，在这之前可不怎么看得出来：她的小脸蛋上隐约可见阿比西尼亚猫的特征，据体态看，她大概有个英国血统的祖先，而软塌塌的尾巴又像是遗传自西伯利亚的远亲，但她的外表还是发生了些变化。没谁表现出嫌恶或顾虑，生怕这病会传染，相反，大家都尽可能地支持她，对她和我说了很多必要而恰当的话。而那些不见踪影的猫，他们足够聪明，只是保持沉默。但在这一切的背后，我看到了一些完全不同的东西，这个世界不再接收她了，这个世界拒绝了她，给了她一块黑色的墓碑，她如玻璃上的一个脏点，这个世界想刮掉她。因为她变成了异己分子，这是最可怕的，这是侮慢，这太伤自尊了，她也很快就感受到了，她感受到了并接受了。因为事情就是这样。

这一周，格蕾塔又被带到了斯特罗吉诺，三趟。周三，另一位兽医来看我们，这件事让我可以断定情况很糟糕。我不再需要查看医生的报告或是盯着看塞纳的笔记本电脑的显示器，我自己就什么都明白了。格蕾塔一天比一天吃得少，越来越瘦，她的眼睛里也出现了一些东西……非常糟糕的东西，有关冷淡和屈服。她会看着我，蹭蹭我，抚摸我，甚至给我舔毛，但她也会看向别的什么地方，她已经能看到我看不到的东西了。而我只能在每天清晨外出十分钟，悲号，我快要被自己的无能为力和这世界的不公逼疯了。

其实，我还是看了医生留在桌子上的那张纸。纸上写了很多数字、小数点和零，有些数字被红色马克笔圈了起来，有些地方有两个甚至三个感叹号。另一张是X光片，就这张。

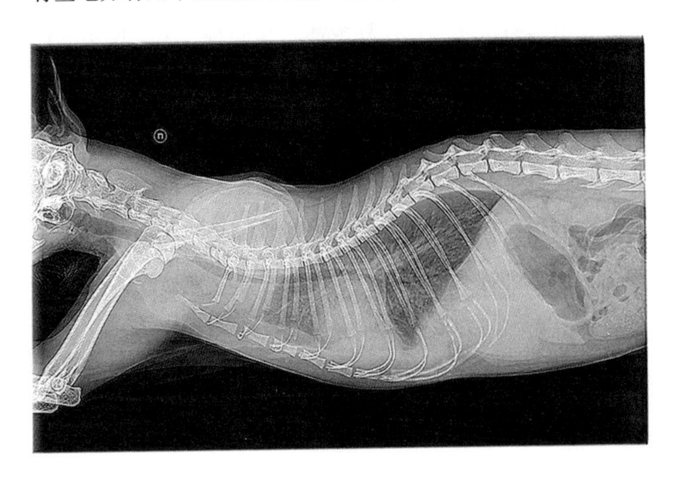

我没必要看这张X光片，没什么好看的，这张相片不正常，我不知道是不是有问题，从这张相片上我什么都没看懂，但我懂了，我的格蕾塔就要死了。

有谁向我走了过来，是斯塔斯（在这里住得最久的猫），没有什么多愁善感，没有说什么鼓励的话，他就平静又硬邦邦地问，她生什么病了，医生说什么了。一开始我回答他，一切正常，一切都好，只是有些轻微的不适，但接着我就有点被冲昏头了，我开始坦白自己知道的一切。我开始大声说出所有这些病毒、数字、症状，我开始毫无隐瞒地列举医生写的药剂和治疗方法，我把一切都说了出来，我一开始就没有对自己隐瞒任何事情，我说个不停，突然停了下来，我的喉头哽住了，说不出话。斯塔斯用脸颊蹭了蹭我，低声说："顺其自然吧。"

我也多想生病啊！这样就能与她同行，无论这条路将带我们去向何方，都和她在一起，陪她一起走，加快速度追上这条她走过的充满恐惧和痛苦的路。对于即将发生的事情，我心里已经想好了，但想着想着，大脑就罢工了：没有了她，我明天要怎么去窗台上？属于她的那一份空气会蒸发去哪儿？属于她的那份猫粮会被谁吃光？属于她的水又会被谁喝干？我又陷入了羞愧，我为我感受到的痛苦和我害怕承受的痛苦而羞愧，因为我考虑的都是自己，都是自己，一切都是自己，而不是她。我从旁边看了看她的眼睛，这简直令我再度崩溃，我无法相信这样的美好要消逝了。这双眼睛，这双绿宝石般的眼睛，是我一生中见过最美的东西。

很快到了周五。那是一个安静而洁白的清晨，她把爪子伸向我，我意识到，这是最后一次了。我把能找到的勇气都聚在了一起，也许这些勇气是老天暂时预支给我的，我用这些勇气，再次看向她的眼睛，看向她寂静的眼。她没有说话，但在这沉默中我听到她说，一切都很好，一切都是必然，这很好，一切都好。对于这一切，我宁愿没有看到、没有听到，我厌恶老天给我看见与听见这一切的力量。我知道，这个世界上没有一个角落是安宁的，我也知道，即使她在很远的地方，在命运的地图上，我们的路也会一起向前延伸，一起绕过坑洼和小丘。而现在，现在怎么办？没有人向你许诺在最后审判日会叫醒你，没有人会呼唤你的名字，你会被埋在不深的地方，乖乖地跟着地球自转，永无止境。我们的温存会蒸发成什么样的气体？我们的爱将沉淀入怎样的岩层？它们会被保存下来吗？亲爱的，你还会记得我吗？你还认得出我吗？如果你在梦里给我留下一些信息，如果你低声告诉我在哪里可以找到你，我会拼上所有，我会找到那个洞穴的入口，我会找到你，拥抱你。我会告诉你一切，因为我的愚蠢，以前我总是把珍惜爱人放在以后做，以后，以后，就没有以后了，什么都没有了。墙后一点儿吱吱声都没有，夜晚漆黑而闷热，说实在的，亲爱的，这个黑乎乎的傻瓜的胃口都比你的好，他可以吃掉所有没藏好的东西。我们还能爱谁？谁？在半径为一万亿光年的范围内，我们没有谁可以爱了，没有谁，只有我和你。唯一可能发生的事发生了，也许我们变成幽灵也会继续在一起？如果有人在错误的时间提前离开，那未耗尽的生命力就找不到收件人了，就会变成这样的幽灵，这可能吗？亲爱的，现在我该去哪儿找你？我该去哪儿找你？我什么都不求，谁也不要，夜晚一片漆黑。我在万千回音的密林中徘徊，从不知声音的源头是哪儿，从未找到门在哪儿，总是在同一个地方绕圈。每天从一个笼子走到另一个笼子，等待着逃跑，徒劳无用。他每天想象这些混乱的事情，深入地思考，听完一个又一个无聊的忏悔，他的耳朵衰老了。一个小天地的故事多到讲不完，太多了，他厌倦了写作，名字都弄乱了，他把我们也弄糊涂了。我想，他厌倦了我们的故事，他讨厌我们的故事。我意识到，这个世界容不下所有的故事，但我不得不讲出我的故事，我应该把这个故事讲完。这个地球，是一个因积液而疼痛的侏儒，这些街道能做什么？傲慢又沉默，傲慢又相当沉默，但也比什么都没有好，比什么都没有好多了。但我应该把故事讲到最后，永别了，我亲爱的。

晚上，塞纳从斯特罗吉诺回来了。我发现她独自留在了那儿，留在医院，留在笼子里，大家很快就都发现了。我想象着那笼子上摆了一个名牌，但上面不是她的名字，是别人的名字。一夜过去了，早上塞纳带着我，把我塞进怀里，出了门。我们坐在公园的长椅上，塞纳拉开他外套的拉链，我探出头来。一辆有轨电车过去了，后面是第二辆，天气很冷，周围一片宁静。我们坐了很久很久，有三四个小时。然后一阵微风吹过，树木似乎在叹息，那一刻我一切都明白了。

几天后，我离开了 CATPOINT。我不记得我怎么就到了亚乌扎河，我走啊走，走路我学得很好，我比这个星球上的任何生物都走得好，在这方面没有谁能与我相提并论。在林子里，我注意到三只小猫，他们身后有一个用来装摩洛哥橙子的纸箱。他们看着我，显然被吓到了，我停了下来，他们后退了几步，我的样子令他们恐惧。

“孩子们，你们好吗？”

他们没说话。

“你们不饿吗？”

他们继续保持沉默。终于，他们中的一个毛色棕黄的小子说：“不饿，我们刚吃过。”——他想了想又补充道：“谢谢。”

“你们的妈妈去哪儿了？”

“她很快就回来。”

下雪了。我默默地看着他们，看他们的小眼睛，有蓝色的和绿色的。这是他们的第一场雪，刚才他们玩得很开心，我一定是打断了他们的游戏。

“你们还好吗？”

他们交换了眼神，回答我问题的是个女孩，她除了脖子是白色的，身体毛发都是黑色。

“还好，就是斯捷潘伤了后爪。”

“没事儿，爪子很快就恢复了。”我一边说，一边试图猜哪个男孩是斯捷潘。

我一直看着他们，他们惊奇的样子那么好玩，纳闷的样子那么可爱，他们一定想知道我为什么要问他们这些问题，以及我在这里做什么。

“你们是很棒的孩子。”

我继续走，快到瑟罗米亚特尼奇水闸区了，看门人的窗户里亮着灯，底板、石墩和连接闸门的铁链上盖着一层雪，下面有冰，水面上起了一层薄雾。汽车不断经过，车身带着污泥浊水，飞快地驶过。

我走向护墙，水流声太吵，我连引擎的轰鸣声都听不到了，一切都淹没在这水声中。在路对面的左侧，我看到有几个人，妈妈、爸爸，带着一个九岁的女儿，爸爸蓄了胡子，妈妈戴着眼镜，女儿戴了一顶带耳朵的帽子。他们看着我，我看着河。我看着水流落下的地方，那儿有杯子、瓶子、树

叶、门票、烟头，水花将它们搅在一起，原位转起圈来。女孩朝我走来，后面跟着她的妈妈，爸爸站着没动，但也继续朝我这边看着。女儿和妈妈在路口停了下来，等绿灯，过了马路，加快步伐，她俩走到我身边。女孩伸出双手，于是我转身跳了几步，就发现自己已经在马路上了。第一辆公共汽车躲开了我，第二辆车也躲开了，但这辆卡车无处可躲了。

* * *

“那时候，你会对他们说什么？”

“我吗？会对他们说什么？”

“嗯。”

“不知道，我想想。”

“想想吧，你那么聪明。”

“我会说：你好！好久没见了！”

“就完了？”

“我不知道，拜托，就这样吧。”

“好吧，好吧。现在抱住我吧。”

“这样吗？”

“对，就这样。该睡了。”

“好，很晚了，睡吧。”

图书在版编目（CIP）数据

莫斯科小猫 / (俄罗斯) 格里高利・斯鲁日特尔著；(俄罗斯) 亚历山德拉・尼古拉延科绘；丁一译. —福州：福建教育出版社, 2023.11（2024.7重印）

ISBN 978-7-5334-9728-6

Ⅰ. ①莫… Ⅱ. ①格… ②亚… ③丁… Ⅲ. ①长篇小说—俄罗斯—现代 Ⅳ. ①I512.45

中国国家版本馆CIP数据核字(2023)第152404号

Savely's Days
©Grigory Sluzhitel, text
©Alexandra Nikolayenko, illustrations
The simplified Chinese translation rights arranged through ELKOST International literary agency and Rightol Media（本书中文简体版权经由锐拓传媒取得 Email:copyright@rightol.com）

本书中文简体版权归属于银杏树下（上海）图书有限责任公司

著作权合同登记号 图字13-2023-093

莫斯科小猫

Mosike Xiao Mao

作　　者：[俄罗斯] 格里高利・斯鲁日特尔
绘　　者：[俄罗斯] 亚历山德拉・尼古拉延科
译　　者：丁　一
出 版 人：江金辉
责任编辑：黄晓夏
美术编辑：季凯闻
筹划出版：后浪出版公司
出版统筹：吴兴元
特约编辑：袁艺舒
营销推广：ONEBOOK
装帧设计：墨白空间・李易
排版制作：肖　霄
经　　销：新华书店

出版发行：福建教育出版社
（福州市梦山路 27 号　邮编：350025　网址：www.fep.com.cn
编辑部电话：0591-83716736　发行部电话：0591-83721876/87115073，010-62024258）

印　　刷：河北中科印刷科技发展有限公司
开　　本：787 毫米 ×1092 毫米　1/32
印　　张：10.875
字　　数：190 千字
版　　次：2023 年 11 月第 1 版
插　　页：2
印　　次：2024 年 7 月第 3 次印刷
书　　号：ISBN 978-7-5334-9728-6
定　　价：68.00 元

读者服务：reader@hinabook.com 188-1142-1266
购书服务：buy@hinabook.com 133-6657-3072
投稿服务：onebook@hinabook.com 133-6631-2326
网上订购：https://hinabook.tmall.com/（天猫官方直营店）

后浪出版咨询(北京)有限责任公司　版权所有，侵权必究
投诉信箱：editor@hinabook.com　fawu@hinabook.com
未经书面许可，不得以任何方式转载、复制、翻印本书部分或全部内容
本书若有印、装质量问题，请与本公司联系调换，电话 010-64072833